壁井ユカコ

2.43

清陰高校男子バレー部　next 4years〈I〉

SEIIN HIGH SCHOOL
MEN'S VOLLEYBALL CLUB
NEXT 4YEARS
YUKAKO KABEI

集英社

目 次

2.43
清陰高校男子バレー部
next 4years〈Ⅱ〉
目次

2.43　清陰高校男子バレー部

next 4years

〈Ⅰ〉

プロローグ――スイングバイ

ある夏休み、〝2．43〟という記録をたまたま耳にし、灰島公誓《はいじまきみちか》はそのスポーツに興味を持った。

景星《けいせい》学園の運動部寮からひと気が消えるのは盆暮れ正月だけである。夏休み中も約百名の運動部生が共同生活を送りつつ部活動に励んでいた。その夏は地球のどこか反対側で世界陸上が開催されていて、寮の談話室に夜ごと陸上部員がひしめいて大型テレビの前に陣取っていた。

2．43――二メートル四十三センチは、走り高跳びの現役選手の最高記録とのことだった。一九九三年から破られていない世界記録二メートル四十五センチにもっとも近い選手として、今大会こそ世界記録の更新なるかと大いに盛りあがっていた。陸上部員のど真ん中で気にせずあぐらをかいて灰島が走り高跳び決勝の中継に見入っていると「チカがバレー以外見てる!?」とバレー部の仲間に明日は槍が降るんじゃないかという大袈裟《おおげさ》な驚き方をされた。

灰島にとってもそれは縁がある数字だった。

バレーボール男子のネットの高さも二メートル四十三センチだ。

バレーのネットの上端に沿って走り高跳びのバーが置かれたところを想像すると、この高さをどうやったら背面跳びで越えることができるのかと驚く。バレーのスパイクジャンプの世界最高到達点は三メートル八十センチ台ある。そのレベルの選手になるとスパイクの際にネットの上に胸まで余裕ででるので、やろうと思えばネットの向こうに飛び込めそうではある。もちろん走り高跳びと同様に向こう側で分厚いマットに受けとめてもらうことが前提だが。

走り高跳びの選手をして〝ハイジャンパー〟と呼ぶと知り、それならばバレーボール選手ももう一つのハイジャンパーだろうと思った。

数多《あまた》あるスポーツの中でも、器具を使わず自らの身一つをもって、〝世界でもっとも高く跳ぶ者たち〟だ。

ハイジャンパー――……

弓なりに背を反らしてテイクバックを完成させた黒羽祐仁《くろばゆに》の一八九センチの長身が空中にふわりと浮かぶ。ネット越しに見あげるその姿に灰島はその言葉を重ねる。美しく、気貴く、灰島にとってなによりも尊いスパイカーたちを表す言葉。最高到達点三五〇センチは日本人選手ではトップクラスの一人だ。しかもまだ伸びしろを宿した高校三年生。

ここにあがったトスにはどのタイミングで、どこでインパクトするかは知り尽くしている。空中でこちらの守備を視界に捉えてなにを考え、どのコースを抜きにくるかも、まるで心が共鳴するかのようにわかる。

完璧に仕留めるイメージをもってブロックに行った。

豪腕からの強打がブロックを打ち砕かんとする。景星学園が誇る盤石の組織ディフェンスが待ち構える。ガンッと人間の手と革のボールが立てるとは思えない硬質な打撃音を残してボールがブロックを通過した。だがワンタッチを取って跳ねあがったボールに長身リベロの佐藤豊多可《さとうゆたか》が「っしゃ、オーライ！」とジャンプして届く。

プロローグ——スイングバイ

〝春高《はるこう》〟の愛称で知られる〝春の高校バレー〟三日目、センターコート進出が懸かる準々決勝。東京都第一代表・景星学園に挑むのは二大会ぶりにしてやっと二回目の全国大会出場となる福井県代表・七符《ななふ》清陰《せいいん》高校。三連覇を懸けて王者の道を邁進《まいしん》する東京の強豪私立に北陸の小さな公立校が玉砕覚悟で立ち向かうという構図だった。

だがこの対戦が二年前の同大会、同じ準々決勝の再戦であることを覚えている観戦者もいくらかはいるだろう。

そして七十回を超える大会史上でおそらく前代未聞なことに、二年前はともに清陰側で力をあわせて景星と戦った二人が、三年生になった今大会では黒羽が清陰側、灰島が景星側に別れてネットを挟んでいた。

景星に比べて選手層が厚いとはとても言えない清陰では苦しい状況の攻撃はすべてエースの黒羽に託される。それでも点を取るために打たねばならないのがエースだ。二年生のセッターに向かって黒羽はいかなるときも気丈にトスを呼び続けていた。

あっち側でトスをあげて助けられたら——と、頭をよぎった無理な考えに胸がぎゅっと痛んだ。

でもその一方で、どうしたってわくわくしているのだった。

二年間待ってた。二年前に二人で一緒に戦い抜いて、涙も経験した、この夢舞台で次はライバルとして戦えるのを楽しみにしてた。清陰の出場が決まったときにも組みあわせが決まったときにも、絶対に景星とあたるまで負けるなよと祈ったほどだ。

よくここまで来たな……。戦力の少ないチームのエースを背負ってここまで引っ張ってきたんだな。どれだけ頑張ってきたんだろうな。強くなったんだろうな……。

けど……ここまでだ、黒羽。

この試合は王者・景星学園を背負って、全力で倒す。高校六冠の看板をひっさげて次のステージに乗り込むために。

豊多可がコート中央に高く返したボールの下に灰島が入って構えるあいだに、スパイカーとなる残り四人が助走に下がる。——キュッ！　シューズの底が床を擦る鋭い音がコート上で相次ぎ、取って返して怒濤《どとう》のごとくネットに向かって助走する。ユニフォームにあしらわれた星が降り注ぐようなイエローのラインが象徴するとおり、九メートルのコート幅を使って隕石群を降らすような攻撃を仕掛ける。清陰の前衛ブロッカー三人で防げるものではない。山勘《ゲス》で動けば《れば》ブロックがばらばらになり景星により有利になる。

景星コート、清陰コートすべてに感覚神経の翅脈《しみゃく》を張り巡らせて味方の攻撃を通す場所を探しながら、

ゲスるなよ、慌てないでリードブロック徹底——！

心の中だけで清陰側に飛ばした灰島の指示に共鳴したかのように、

「ゲスんな！　慌てんとリード徹底！」

とネットの向こうで黒羽の指示があがった。トスをあげる瞬間、嬉しくて頬がゆるむのを抑えられなかった。

第一セット25－17、第二セット25－15。セットカウント2－0のストレートで景星学園が準々決勝を制し、三年連続となるセンターコートに堅実に駒を進めた。ユース代表として国際大会も経験した黒羽を擁《よう》する清陰も要所で好プレーを見せたが、点数だけ見れば景星の横綱相撲だった。

二年ぶりの出場となった清陰は前回出場と同じ準々決勝で姿を消した。

唯一の三年生である黒羽を下級生が囲んで「すんません、先輩っ……」と涙に頬を濡らした。一年生時の同じ舞台では、初めて経験する大きな敗戦を受けとめきれず自らが泣きじゃくった黒羽だった。だが二年後の今日、目を赤らめながらも涙はこぼさず、後輩一人一人の肩を叩いて「ありがとな」と声をかける姿があった。

整列、礼のあと両コートエンドから選手がセンターラインに走り寄る。景星側から灰島がネットの下に左手を差しだすと、清陰側で黒羽がプラカードを右手に持ち替えて左手を差しだした。

「負けるつもりで挑んだわけやないけど、やっぱ完敗やったなあ」

「春からはすぐそばで助けられる」

ネットを挟んで灰島が言うと黒羽が赤い目を軽く見開いた。それから嬉しそうに笑った。

「迎えに行くから。春休み」

「……あ、ほーいやおれ、春休みハワイ行ってるわ」

と、逞《たくま》しくなった顔から一転、思いだしたように黒羽がとぼけた顔で言うので灰島は「はあ？」と声を裏返らせた。

＊

「じいちゃんの誕生日が三が日やでそれにあわせて正月に行く予定やったんやけど、おれの春高あったで三月にしたって言われたらおれも行かんわけにいかんやろー」

「知らねえよ。っていうかそんなことよりなんでおれまでこうなったんだよ……」

「なんちゅうかまあ、それは正直すまん」

と一応申し訳なさげに謝る黒羽の首には花で編まれたハワイアンな首飾りがかけられている。ただの浮かれた奴にしか見えないので殴ってやりたくなるが、そういう灰島の首も同じもので飾られていたりする。「おまえんちの親戚は百年たっても変わってなさそうだな……」

「ほんではぁ、我らがボンとぉ、大江《おおえ》さんとこの公誓くんの東京での前途を祝しましてぇー、僭越《せんえつ》ながらわたくしぃ、ボンのいとこおじにあたります塩宮幸三《しおみやこうぞう》が音頭を取らせていただきます。三本締めでお願いいたします。皆様お手を拝借ぅー」

三月上旬の昼下がり、福井県紋代町《もんしろちょう》で一つきりの単線の駅には吹きさらしの短いホームに溢《あふ》れんばかりの町民が押しかけ、長大な横断幕まで広げられていた。

ハワイは常夏なのだろうが北陸の山間《やまあい》の町はまだ春めいてもいない。防寒着で着ぶくれした上から南国の花の首飾りを提げてほどよく日焼けをした季節感が遭難事故を起こしている人々と向きあっているとくらくらしてくる。……いとこおじってどういう線で繋《つな》がる親戚なんだ、と現実逃避してやりすごす灰島である。

黒羽のじいさん本人はこういう場に顔を見せない人物だが、横断幕にしたためられた豪快な墨字は見覚えがあった。黒羽のじいさんの筆だ。

『祝・大学合格　黒羽祐仁　灰島公誓』

合格を祝われてもまあ、二人とも大学側からスポーツ推薦の声をかけられて話を受けた形なのでよほどのことがなければ落ちないやつだ。

景星の卒業式を終えて寮も退居し、実家——父親が暮らす都内のマンションに一度帰ってからまもなく、灰島は福井へ発《た》った。福井は母方の郷里だ。幼少期に母を亡くすまでは一家三人で福井に暮らしていた。

プロローグ――スイングバイ

　あっちはまだ寒いぞと父が言うので着込んできたのだが、福井駅に着いたときには覚悟していたより寒くなかったので拍子抜けしてマフラーをゆるめた。温暖化の影響なのか駅前のロータリーには雪の影もなかった。福井市街を流れる足羽川《あすわ》河川敷のソメイヨシノの並木道があと一ヶ月もすれば視界がけぶるような壮観な桜色に染まるだろう。

　が、油断させられたのは福井駅周辺の「都会」だけだった。ローカル線に乗り換えて紋代町を目指すうち、車窓から見える景色に如実に雪が増え、空はどんよりした雪雲に覆われはじめた。

　ああ、これが福井の冬だった。

　雪起こしの雷が一日中不機嫌そうに空の上で唸《うな》っていて。気が塞ぐような荒天が続く長い冬の先に訪れる春を待ちわびた。

　ひさしぶりに祖父母に顔を見せた。食い切れないほどの飯を食わされつつ、町の大地主でありいまだ現役で黒羽本家当主であるじいさんの喜寿《きじゅ》の祝いだとかでハワイ旅行に行っていた黒羽の帰りを待った。例によって大型バスをチャーターして企画された一族総出のツアーだったらしい。

　昨日帰ってきたばかりの黒羽と連れ立ち、今日、二人で東京へ発つ。

　景星の寮にあった私物のほとんどは次の住まいでも使えるので寮から直接送ってある。手荷物は袈裟《けさ》懸《が》けにしたエナメルバッグとドラムバッグ一つずつ。

　線路の両脇に残る雪の小峰《こみね》を猛々しく吹きあげて近づいてきた二輛編成の電車がホームに停まった。この季節は手動開閉になるドアを黒羽と左右から引きあけ、見送りの人々に一応それでもありがたく挨拶をして乗り込んだ。

　暖房でぬくまった車内のボックス席に座ってからも雪がちらほら舞うホームで町民たちが万歳三唱していた。戦時中かよ。運転士もその雰囲気に感化されたのかなんだか知らないが、パァーン、と高く一つ警笛が響いた。

町が変わっていなすぎてうんざりしつつも、そんなところすら心のどこかでは懐かしんでいた。そしてあらためて身が引き締まる思いがした。

黒羽の見送りが主目的とはいえ、「大江さんとこの公誓くん」も当たり前のように黒羽と並べて送りだしてくれた。景星を卒業するまでは自分のけじめとして福井に帰らなかったのだが、本当はいつだって〝帰ってきていい場所〟だったんだ。ずっとここに、変わらずにあったんだ。

灰島の人生の岐路において、この町が何度も出発点になった。

今回もここに帰ってきて、ここからまた出発する。

視力の悪い灰島の目には眼鏡のレンズと結露した車窓、二枚のガラス越しに見えるホームの景色がすぐにぼやけていく。横断幕に太々と書かれた自分と黒羽の名前だけが最後まで見えていた。

「いってきます」

と呟《つぶや》くと、進行方向向きに座っていた黒羽も後方に首をひねり、窓に両手をつけて「いってきまーす！」と明るい声を張りあげた。

いってきます——今回は二人で。


ＪＲ福井駅まではこのローカル線でおよそ一時間だが、途中の七符駅で下車し、高校一年時にだけ通った七符清陰高校に立ち寄った。

かつて練習に明け暮れた体育館ではなく、「新しいほう」の体育館に黒羽が鼻高に灰島を連れていった。

もともと部活動に力を入れている学校ではなかったのでバレー部の練習も週の半分は砂地の屋外コートという環境だったのだが、男子バレー部が全国大会出場を果たしたことに乗じて練習環境の改善を求める声が運動部全体で高まり、第二体育館が去年の晩秋にやっと竣工したそうだ。

灰島にとっては思い出はない体育館だが、その入り口の前で思い出深い二人が待っていた。

三十センチ差の長い影と短い影が並んで立つ姿にすぐに懐かしさがこみあげてきた。

「お、来たか」

長軀《ちょうく》のほうがクールに片笑《かたえ》み、

「灰島。ひさしぶりやな」

短軀《たんく》のほうは生直《きすぐ》に破顔一笑した。「小田《おだ》さん、青木《あおき》さん。関西にいるんじゃ……」すこし驚きながら灰島は大学生らしいのかどうかはよくわからない私服の二人に歩み寄った。

「どや。体育館の新しさだけなら景星に負けんくなったやろ」

と青木が得意顔で館内へ顎《あご》をしゃくった。第二体育館新設の運動の発起人が清陰在学当時の青木である。

校舎からは離れた場所にあり渡り廊下でも繋がっていない。ガラス戸の出入り口を入ると靴脱ぎ場があり、まだぴかぴかしたスチール製のロッカーが碁盤の目状に並んでいるのが見えた。「おれは一ヶ月しか恩恵受けれんかったでがっかりですよー。もっとはよできればよかったのにー」一年生の頃の三年生を前にすると黒羽が甘ったれた口調になって頰を膨らませた。

「天井が高そうですね。床材と照明も見たいです。エアコンは……」さっそく灰島が青木と小田のあいだに割り込むようにして館内に目を凝らしていると、くすくすという含み笑いが聞こえた。

両側の二人が苦笑して目配せしあっていた。「……あ」挨拶もまだろくにしていなかったことを思いだし、いったん身を引いて殊勝《しゅしょう》に二人と向きあった。

「………おひさし、ぶりです」

言葉を探したが二年ぶん溜め込んだ感謝や報告を短い挨拶ではとてもまとめられなかった結果余計に短くなってしまい、ぼそっと言ってうなだれると、小田が噴きだした。

「ああ。元気そうやな。活躍ぶりはこっちにも伝わってたわ。黒羽には年末に会ったときも言ったけどな。あらためて二人とも、高校卒業と大学合格、おめでとう」

「はい。ありがとうございます」

「関東一部、欅舎《けやきしゃ》大、か。小田より三村《みむら》を選んだっちゅうことけ」

冗談半分に青木が皮肉った。つまり半分は本気の皮肉ということだ。「おれの背中なんて追わんでいいんや。追うような背中やないやろ」と小田が青木をたしなめ、

「三村んとこへ行くことにしたんやな?」

小田の口ぶりには皮肉はなかった。

灰島は黒羽と視線を交わした。悪びれることだとは思っていない。二人に向きなおって堂々と答えた。

「はい。三村統《すばる》と一緒にやる約束がまだ果たされてませんから——」

＊

去年の十一月末、都内で数箇所の会場に分かれて開幕した全日本インカレを灰島は一人で見に行った。正確には景星のチームメイトたちと一緒に出掛けたのだが、それぞれ目当ての大学があった

ので各会場に散ったのだ。

灰島の目当て、欅舎大の初戦がはじまる前にちょうど着いた。

階段状の二階スタンドの最前列までおりていって手すりの前に立った。スラックスのポケットに両手を突っ込み、ブラウンのブレザーの上に巻いたマフラーに顎を沈めて一階フロアを見下ろす。

公式練習前のアップ中で、ゲームパンツの上はまだ練習用のチームTシャツを着た欅舎大の選手たちがコートで身体《からだ》を動かしている。三村の姿もその中にあった。

三村統。福井県高校バレーの常勝校・福蜂《ふくほう》工業高校の絶対的エースとして、かつては県内で愛された選手だ。

しかしその三村は下にジャージのロンパンを穿《は》いたままだった。レシーブ練の球打ちをしているコーチとボール籠のあいだに立ち、コート上であがる掛け声に大きな声でまざりながらコーチにボールを渡す役をしている。

「まだそんなとこにいるのかよ……」

険しい視線でその様子を睨《にら》んで灰島は独りごちた。

アップが終わる頃になるとベンチ入りメンバー以外の部員は慌ただしくフロアの出入り口から姿を消した。フロアではベンチ入りメンバーが三々五々アップを抜けて裏に引っ込み、ナンバーがついたユニフォームに着替えて戻ってくる。一方それ以外の部員は応援のため灰島がいるスタンドにあがってきた。

三村がこっちにあがってきたらひと言言ってやろうと灰島が考えていたときである。

上下ユニフォームに着替えた三村が最後に走ってコートに現れた。ロンパンを脱いだ左右の膝には存在感のあるプロテクトタイプのサポーターを装着している。後ろ手でシャツの背中をゲームパンツに突っ込みながらアップに再び合流した。

灰島はにわかに手すりから身を乗りだした。

「なんだよ、今日エントリーされてんじゃん！」

独り言を超えた声量になり、すぐ横の列にぞろぞろと入ってきた欅舎の部員たちがこっちに気づいた。

「景星の制服……うお、灰島だ」

「って、うちに推薦で来ることになってる……？」

「高校六冠の〝天才セッター〟……」

灰島がくるっと横の列を振り向くと囁《ささや》きあっていた部員たちがぎょっとして口をつぐんだ。

「おれ個人は今五冠ですけど、六冠ひっさげて来年行きます」

景星が高校六冠を達成し、一ヶ月後の春高で七冠に挑もうとしているのは事実だ。だがその一冠目に灰島は関わっていないので〝個人では五冠〟である。

「お、おう……」「すげぇな……」などとどよめいただけで引き気味になっている部員たちに軽く会釈してコートに目を戻した。

四年生から順に若いナンバーをつけるのが通例なので二年生の三村の胸と背についたナンバーは17番と大きい。ベンチ入りはしてもスターティング・メンバーではなく、試合がはじまると三村はウォームアップエリアに下がったが、リザーブの選手たちの一番前で絶えずコートに声を送り、自チームの得点時には大きな身振りで盛りあげていた。

灰島はみぞおちに手すりが食い込むほど乗りだしていた身を引き、また仁王立ちして両手をポケットに突っ込んだ。隣でメガホンをかしましく鳴らして応援を送る部員たちが興味深げにときどき横目を送ってきた。

その試合中には結局三村がコートに送り込まれる機会はなかった。

まだか……。でももうすこしだ……。間にあえ……。

ウォームアップエリアで声をだしながら小刻みに足踏みしている三村の姿に焦《じ》れる気持ちをこらえて灰島は念じた。

間にあえ……間にあわせろよ。おれのほうから行ってやるんだ。〝悪魔のバズーカ〟が、このまま終わりはしないだろ？

第一話

砂漠を進む英雄

1. SEASON OPENING IN COLLEGE

「今いい？　忙しい？」

　膝の上でノートパソコンを操作していると柔和な声が横合いから聞こえ、長椅子型の座席の端に浅く腰掛ける者がいた。

「いいよ。開始前やし」

　越智《おち》光臣《みつおみ》は気易く応えてノートパソコンを向こう隣の席におろした。

　浅野《あさの》直澄《なおずみ》が「お疲れ」とにこりとし、越智の隣に尻を滑らせてきた。すらりとした一九一センチの浅野に対し越智は日本人成人男子の平均値付近である一六八センチ。揃いのチームジャージを穿《は》いているのに膝から上が優に拳一つぶん長い浅野の脚が隣に並んだ。一浪している越智より浅野のほうが一学年上だが歳はタメなので上下関係はない。浅野の偉ぶらない人柄によるところも大きいが。

　横浜体育大学蟹沢《かにさわ》記念体育館はバレーコートが三面取れる広さがあり、南北に二階スタンド席が設けられている。長椅子型の座席が階段状に列を成し、収容人数は約二千人と、関東圏で利用できる公営や民営の体育館に次いで設備が充実しているのはさすが体育大学だ。リーグの開幕戦や最終戦のように来場者が増える試合日の会場には横体大《よったいだい》の体育館が使われることが多い。

　四月八日の土曜日。まだ本格的に新学期の授業もはじまっていないこの週末、関東学連一部の大学バレー部は今シーズン最初の大会をさっそく迎える。五月下旬までほぼ毎週末続く春季リーグの第一戦だ。明日の日曜には第二戦がある。

一階フロアで〝旗持ち〟の一年生たちが長い竿《さお》にくくりつけた部旗《ぶき》を高く掲げ、ノリのいい雄叫びをあげて各チームの陣地となるコートに躍りでてきた。第一試合はA、Bコート同時にはじまる。四色四竿の大きな旗が自由な鯉のぼりのようにコート中を泳ぎまわる。大学によっては竿の長さは三メートルや四メートルに及ぶ。各大学の伝統の象徴でもあるが、体育会系大学生のノリの産物ともいえる。

コートをひとしきり走りまわった旗持ちがコート中央に旗を立て、歓声とともに雪崩《なだ》れ込んできたほかの部員たちが旗に群がって円陣を組む。と思ったらあるコートでは一年生の旗持ちから上級生が旗を奪って逃げるという悪ふざけがはじまった。追っ手のタックルをサイドステップで躱《かわ》したところを待ち構えていた伏兵に捕まり、大勢の部員がそこへダイブして押し潰す。山盛りに折り重なってげらげら大笑いする。

「調子乗ってバカ騒ぎすんなっちゅうの……。高校生よりあほばっかやな。これだからリーグの序盤は緊張感ねぇんじゃ」

「おれはリーグ好きだよ。初日で誰も泣いて帰らないでいい」

あきれる越智の隣で浅野がさらりとした耳心地の標準語で言った。

今はまだ気楽な見物気分といった感でコートを見下ろしている浅野の横顔を越智はちらりと見やった。こういうことを飾らずに言って嫌味がない奴なんだからな、と詮無《せんな》い嫉妬をちょっとだけ覚えつつ、同感の意を表して頷《うなず》く。

「まあ高校はほとんどトーナメントやったし、厳しかったっちゅうたら厳しかったな」

「三年間で限られた回数しか大会はないのに、その全部が一回負けたら終わりっていうプレッシャーの中で高校生が戦い続けるのは酷だよ」

こんな優しげな男こそが、〝攻撃の景星《けいせい》〟と呼ばれるパワフルな組織バレーで高校七冠を打ち立てた景星学園の、その歴史の第一歩となった春高《はるこう》バレー初制覇を果たした代の主将なのである。あの灰島が浮かないくらい個性の強い選手揃いのチームを浅野がどうやって率いていたのかは越智が思うに学生バレー界七不思議の一つだ。

と、浅野が誰かを見つけて嬉しそうに手を振った。

越智たちがいるのは南側スタンドだ。正面に北側スタンドが見え、南北スタンドを繋《つな》ぐ東西の壁沿いのギャラリー（通路）の上では試合前のチームがジョグをしているのが見える。平均身長が高いバレー部員が行ったり来たりしていて見通しが悪いこともあり取り立てて目立つ誰かの姿は見当たらなかったが、

「直澄！」

と急に近くで声が聞こえた。越智が振り向きざま浅野の後方に二メートル級の大きな影が現れた。

「篤志《あつし》」

反射的に身構えてしまった越智をよそに浅野は平然としてその名を呼んだ。

座席を難なく跳び越えて浅野の向こう隣に尻を落ち着けたのは果たして、二メートル級どころか一七〇センチ台半ばの小柄な人物だった。ターコイズブルーのチームポロシャツはMサイズで十分だろう。いやMサイズは本来別に小柄ではないが、この会場内ではあきらかに骨格がひとまわり小作りで華奢《きやしや》に感じる。

「ちわ」

と越智は浅野の陰から首を伸ばして会釈した。まあ歳はタメなのだが、なんとなく気圧《けお》されて。

慧明《けいめい》大学の弓掛篤志《ゆみかけ》。高校時代は浅野のライバルとして福岡の箕宿《みぼし》高校を全国王者に導き、現在は三年生になったばかりにして慧明の〝大〟エースを張る男だ。

「アナリストと作戦会議中やったら遠慮したほうがよかと？」

越智の姿を見て弓掛が愛敬《あいきょう》のある博多弁で言った。そう？という顔で浅野がこちらを見たので越智は首を振り、

「いや、今日の段階で聞かれてまずいことなんかないで」

慧明と対戦するのはリーグ終盤の第十戦に決まっている。まだ一ヶ月半も先だ。

「……欅舎《けやきしゃ》か」

と越智は弓掛の目当てに気づいた。

答えるかわりに弓掛の意志の強そうな瞳が虚空をなぞって下のフロアに向いた。

「今年の〝台風の目〟になるかもしれないからね」

浅野が弓掛が言葉にしなかった答えを代弁した。

「一年が入っただけでそんな急にひっくり返るか？　あいつら昨日が入学式やろ。今日でるんかもわからんし」

「その方言って……福井なん？」

と、一度フロアに注意を完全に移した弓掛が越智のイントネーションに興味を示して視線を戻した。

「ん、ああ、福井やけど……」

「越智は三村《みむら》と同じ高校だよ。清陰《せいいん》じゃなくて」

浅野の補足を聞いて弓掛が「三村……」と呟《つぶや》いた。弓掛の次の言葉に越智はつい期待をもって耳を澄ませたが、「……ああ、欅舎の17番やっけ」知らないわけではないが特に強い印象もないといった反応だった。バカにした感じもなかったので本当に素直な印象がそれだけなのだろう。

三村も高三までに全国大会には何度も出場している。しかしベスト4を目標にしながらついぞ叶わなかった福蜂《ふくほう》と違い、ずっと高校の頂点を争ってきた弓掛の眼中に入るプレーヤーではなかった——それが客観的に見た三村の評価なのが、致し方ないが現実だ。

三村も越智も、三年前の福井で〝台風の目〟に陥落した側のチームだった。

あのとき清陰高校で台風の目になった一年生二人が、今度は大学で旋風を巻き起こすのかもしれない。三年たてば悔しさはとっくに喉もとを過ぎ去ったと思っていたが、あいつらに対していまだにちょっとだけ負け惜しみを抱いている自分がいるようだ。

第一試合の開始を前に越智はAコートをコートエンド側の真後ろから見下ろす席に陣取っていた。昨年度秋季リーグを六位で終えた欅舎大と、同七位の督修館《とくしゅうかん》大。中堅クラスどうしがまずは初戦でぶつかる。

欅舎大は関東一部の中ではトップ争いに絡んだことはないレベルだが、ユース代表として高校生世代のトップでプレーした二人の大型ルーキーが加入したことでにわかに注目されていた。

欅舎の選手層が厚いわけではないのもあるにしろ、昨日入学式を終えたばかりの二人がもうユニフォームをもらって公式練習に加わっていた。

二年生の次に振られているナンバーは黒羽祐仁《くろばゆに》が23番、灰島公誓《はいじまきみちか》が24番。

練習を見ている限りでは灰島は控えのセッターだ。スパイク練のトスは新四年生のセッターがメインであげている。練習には春休みから加わってはいたのだろうが、合流してせいぜい一ヶ月の一年生がいくらなんでも初戦でスタメンセッターは任されないだろう。

大学で本格的に身体《からだ》づくりに取り組みはじめた二年生以上に比べたら一年生の二人の体格はまだまだ高校生だ。さすがに初戦であいつらが通用しては困る……というのは、越智の個人的感情もだいぶ含んでいるが。

エントリーメンバーは最大十四名。一年生がベンチ入りすればもちろんかわりにベンチから押しだされる者がいるため、欅舎の十四人の顔ぶれは越智の予想と変わっていた。

今日から9番やな、統《すばる》……。

先ほど弓掛が言った17番は去年のナンバーだ。三年生になり、四年生に次いで一桁の若いナンバーをもらった三村もまた灰島、黒羽とともに公式練習に参加している。去年の全日本インカレからやっとエントリーされるようになったのに、またベンチから外れないかと懸念していたのでユニフォーム姿を見られて安堵《あんど》した。

コートの外周でスパイク練の順番待ちをしていた三村と黒羽が同時にセッターに向かって手をあげた。助走に踏みだしかけてブレーキをかけた黒羽を三村が手振りで先に行かせた。

「福井出身が三人……今年の欅舎は福井と縁が深いチームになったよな」

浅野の呟きに特に含みはなかったのかもしれないが、越智は「あっ、言っとくけど欅とやるとき手ぇ抜くなんてことないでな?」とつい早口になって言い募った。「対策きっちり提案するためにこうやって初日からデータ集めに来てんやし。むしろ絶対負けられん」

「あはは。そりゃそうでしょ。仲いい奴とあたったときこそ絶対こいつ叩き潰して参ったって言わせるって思うよね」

優男然《やさおとこ》とした顔立ちに似つかわしくない不敵な片笑《かたえ》みを浮かべて浅野が向こう隣の弓掛と顔を

見あわせた。対照的に顔立ちからしていかにも勝ち気な弓掛が「当たり前やん」と好戦的に笑って頷いた。

越智からすると不思議な関係だ。アンダーエイジの代表選手や強化選手として招集された先でチームを組むことは何度もあった二人だが、実はこの二人は所属チーム自体が同じになったことは一度もない。彼らの豊富なバレー経験の中では一緒にプレーした時間が占める割合はごくわずかに過ぎないはずだ。

同世代のトップを走り続ける者たちにだけ通じあうなにかがあるのだとしたら、越智には理解できないものなのだろう。

公式練習が終了し、午前十一時。A、Bコートに四チームの選手が整列した。第二試合以降は試合が終わったコートから追い込み方式で次の試合がはじまるので時間がずれていくが、第一試合は二コート揃って仰々《ぎょうぎょう》しくはじまる。

フロア、スタンドとも水を打ったように静粛になる。学生連盟の運営委員の声でアナウンスが流れた。

『ただいまより、春季関東大学男子一部バレーボールリーグ戦、第一日第一試合、Aコート欅舎大学対督修館大学、Bコート楠見《くすみ》大学対秋葉《あきば》大学の試合をはじめます。試合に先立ちましてレフェリーを紹介します――』

コイントスにより第一セットは欅舎が北側コートを取ったため、越智がいる南側スタンドからだとこちらを向いて整列した欅舎の選手たちの表情が見えた。

欅舎のユニフォームはカレッジカラーであるネイビーと白を基調にしている。襟と脇にネイビーが入った白いシャツとネイビーのパンツ。ナンバーもネイビーのゴシック書体だ。

部旗もネイビーの布に白で校章が染め抜かれている。

その部旗を手にした黒羽だけがナンバー順の列を抜け、1番をつけた主将の隣で旗竿《はたざお》を床に立てて神妙な顔で直立していた。入学して最初の試合で旗持ちという、高校生にはなかった仕事を任されてしゃちほこばっているのが可笑《おか》しい。

十四人の中でナンバーが一番大きい灰島が黒羽と反対側の端にいるが、こちらは黒羽と違って誰より実戦慣れしてるみたいな不貞不貞《ふてぶて》しい顔である。

黒羽と灰島に挟まれた残り十二人の中ほどに三村がいた。隣の選手のほうに首を傾けてなにかこちょこちょと喋りかけ、首を戻しても妙ににやついている。こら、緊張感もたんかと越智は胸中で苦言を漏らしたが、気が緩んでいるというよりは、楽しそうなのだった——ユニフォームを着てシーズン初戦を迎えることが、たまらなく楽しそうな。

弓掛しかり、浅野しかり、灰島しかり、黒羽しかり。中学、高校時代から全国大会のセンターコートや世代別の代表を経験し、大学に進んでも一年や二年からコートに立つ選手がいる。その一方で、大学三年や四年になってから力が伸びてやっとレギュラー入りする遅咲きの選手もいる。

三村は——後者だ。

三村に〝遅咲き〟という枕詞《まくらことば》をつけねばならないことが、福井時代を知っている越智には不本意ではあった。地元福井では小学生でバレーをはじめた頃から持ち前の運動神経と愛されるキャラクターですぐにカリスマ的存在になった。以降高校三年まで、福井の絶対的エースという看板を進んで引き受け、福井のバレーをずっと先頭で盛りあげてきたのが三村だった。

けれど、福井は北陸の小さな県だ。自分の認識が井の中の蛙《かわず》だったことを、こうして関東にでてきてから越智は思い知った。

ピ――――！

静まった体育館に長いホイッスルの音が突き抜け、選手たちが一礼とともに握手をするため踏みだした。空気が静から動へと一転し、以後の進行は各コートに任された。

シーズン開幕の熱の高まりに心地よく身を置きながら越智はノートパソコンを膝の上に戻した。

コート全体を立体的に視野に収められるコートエンド側の席には越智のほかにも各大学でアナリストとして働く部員がスタンバイしている。

大学上位レベルの多くのチームではマネージャーや学生コーチらのスタッフとともに学生アナリストを置いている。エンド席で耳に通信機《インカム》を装着しノートパソコンを開いている者がいたらそれがアナリストだ。スタンドの最前列の手すりの前にはビデオカメラを取りつけた三脚が所狭しと設置され、そこだけ黒々とした針葉樹林帯みたいになっている。毎試合必ず朝一番に来るアナリストたちが場所を争って設置したものだ。

スターティング・メンバーとローテーションを目視して分析ソフトに手早く入力し、アナリストのほうも第一セット開始の準備が整う。

欅舎のスタメンは四年生中心だ。三村、黒羽、灰島はともにウォームアップエリアに退いている。

公式審判員の制服を着た主審が審判台の上で胸を張ってホイッスルをくわえた。

ピィッ！

最初のサーバーがサーブを放った直後から、越智を含むアナリストたちがいっせいにキーを叩きだした。

フロアではじまった躍動的な戦いの陰で、スタンドでは静かに仕事をこなす者たちの指が最低限の動作でキーボードの上を滑る。カタカタという小さな、それでいて個々に強弱の個性がある打鍵《だけん》音が空気中に浸透する。どこにサーブが入ったか、どこにレセプション（サーブレシーブ）が返りどこにセットアップされどのコースにスパイクが打たれたか――目視で得た情報を暗記してある記号《コード》でリアルタイムで記録しているのだ。

「はじまったばっかりなのに交替する気満々だよ」

隣で浅野がくすりと笑った。

ブラインドタッチでキーを叩きながら越智は浅野の視線をなぞって欅舎のアップエリアに目を投げた。

ジャージをはおっている者もいたが灰島はユニフォームのまま、応援の声をだすこともなく腕組みをしてコートを睨《にら》んでいた。味方側の調子、敵側の作戦意図――コート上のあらゆる情報をインプットするような鋭い目つきで。一年生の四月の態度じゃないな、まったく……。

「じゃあおれはそろそろ下りるけん」

浅野の隣で弓掛が腰をあげた。

「うん。慧明Ａ２だっけ」

浅野が弓掛を振り仰いだ。慧明はこのコートの第二試合。秋季リーグを総合三位で終えた慧明の初戦の相手は同十位のチームなので実力差はかなりある。

越智に向かっても気さくに「そんじゃ」と言い残して階段を上りだした弓掛を越智は会釈で見送った。

「あ、四年の人たち……」

と、ちょうどスタンドの出入り口に現れた黒いジャージの集団が目に入った。

越智と浅野が所属する、関東一部で唯一の国立大――八重洲《やえす》大学の四年生たちだ。

中学や高校の最上級生に比べて大学の最上級生は一線を画した存在だった。三学年でひとまとまりの世界だっただけに、その上にもう一学年いる四年生にはおとなの風格を感じるのだ。身長は全員一九〇センチ以上。高さ・幅とも十分に余裕をもった造りの鉄扉の前を三、四人で縦も横もほぼ塞いでいる。越智や浅野と同じ黒のジャージが布製ではなく鋼鉄製の甲冑《かっちゅう》であるかのように見えるのは、その体格の仕上がりの差ゆえだ。

と、弓掛が押し殺した声でその中の一人の名を口にした。浅野の隣で楽しげに喋っていたときの愛敬は跡形もなく消えていた。

「……破魔《はま》」

そちらを睨み据えたまま弓掛がおもむろに階段を上りだした。席に現れたときに越智が息を吞んだあのオーラが一段ごとに再び肩から立ちのぼり、ゆらゆらと弓掛を包んでいく。最上段に着いたときには小柄な背中がまた二メートル級に膨れあがったかのような錯覚を起こした。

正面に立っていた四年生が一歩よけて鉄扉の前を弓掛に譲った。弓掛に特段の反応を示したわけではなく、単に人が来たので通り道をあけたという感じで弓掛を見送る目線と縦にぶれない首の動きがどことなく、防犯カメラが動体検知により自動的に首を振ったようでもある——誰が呼びはじめたのか知らないが、聞けば誰もが納得してしまう二つ名がその男にはあった。

〝ターミネーター〟破魔清央《すがお》。

一九七センチの堂々たる長身だが、黒いジャージに包まれた厚い胸板が身長以上に身体を大きく見せている。

弓掛の後ろ姿が鉄扉の向こうへ消えたとき、入れ違いに八重洲のジャージ姿の部員がもう一人現れた。一昔前のコンピューター・グラフィックスめいた表情で弓掛を見送った破魔の顔にそのとき初めて人間らしい表情が浮かんだ。

親しげに破魔と声を交わしながら現れた新たな部員も四年生だが、バレー選手としてはごくごく中背《ちゅうぜい》で際立った体格ではない。しかしそれを補って余りある際立った特徴が一つ——。

黒いジャージに映えるひときわ明るい金髪が、控えめな茶髪ですらほとんどいないこの会場では異彩を放っていた。破魔をはじめとする偉丈夫《いじょうふ》ばかりの四年生に囲まれると、まさにあの映画の中のように未来から送り込まれたターミネーター軍団が不良少年ジョン・コナーを守護しているようでもあった。

大学ナンバーワン・ミドルブロッカーの呼び声高く、シニアの日本代表にも招集されてプレーしている破魔清央が象徴する強豪・八重洲大学の今年の主将が、バレーコートより渋谷にでもいるほうがどう考えても似合うこの男、太明倫也《たいめいみちや》である。

2. EYE OF TYPHOON

タイムアウトのホイッスルが鳴った途端、灰島は足もとのクーラーボックスの取っ手を引ったくる勢いで掴んだ。申しあわせたように反対側の取っ手を掴んだ黒羽とともにウォームアップエリアを飛びだしてベンチへ走る。コートから引きあげてきた選手に黒羽と手分けしてドリンクを配ってまわる。疲労で選手の視野は狭くなっているので円陣の外から一人一人の目の前にボトルを差し込んでようやく受け取ってもらう。選手の身体が発する汗と浅い呼気でベンチ前の湿度がむわっとあがる。

補給を終えた選手の手からタイミングを見てボトルを回収した頃、三十秒間のタイムアウト終了のホイッスルが鳴った。また黒羽とクーラーボックスを持ちあげて戻ろうとしたとき、監督に呼びとめられた。

「灰島」

用件の予感があって灰島は振り返った。立ちどまった灰島の横から三村が素早くクーラーボックスの取っ手を摑み、黒羽を顎《あご》で促してアップエリアに走っていった。

選手の背中に声をかけてコートに送りだしてから監督が近づいてきた。

「状況変わらなかったらサーブから入れようと思う。準備しといて」

「はい。いつでも行けます」

第一戦から出場のチャンスが来た。

精密なセットアップの生命線である親指、人差し指、中指。あわせて六本の指にテーピングを施した両手を一度握って開く。身体の中心に感じる小さな震えは緊張ではない。とっくにアイドリング状態なだけだ。

ローテーションがまわるまでうずうずしながらアップエリアで待機し、今入っているセッターがバックライトに下がるタイミングで、監督からあらためて指示がある前に自分から交替ゾーンへ駆け寄って副審に交替を申請した。

「リラックスな。落ち着いてけ」

四年生セッターの野間《のま》と手を重ねてすれ違う際、緊張をほぐすように肩を二度叩かれて背中を押された。灰島にとっては大学デビュー戦だ。リベロ以外のコートメンバーは全員四年生の中へと、サイドラインをまたいで踏み込んだ。

「灰島、思いっきり行けよ！」

「ネットにするくらいならアウトでいいぞ！」

コートメンバーがだしてくる手にぱぱぱっとテンポよく手を打ちつけながらコートをそのまま縦に抜け、励ましの声を背中に受けつつサービスゾーンへ。他大学の一年が務めるボール係からボールを受け取り、コートを後方から縦に見据えて立つ。左手にボールを載せてまっすぐ前に伸ばし、軽くひと呼吸する。

コートの広さは高校と同じだが、大学のほうが相手コートが狭く感じるのは、六人の選手の身体の大きさの差から来るものだ。無論高校と大学で極端な差があるわけではないが、大学は間違いなく高校よりレベルが一つ上だ。

さて……大学でどれくらい通用する？

ひと呼吸するうちにそれだけ考えたあとは躊躇《ちゅうちょ》はなかった。軽く身を沈めて一歩踏みだしながらボールを頭上に高くトスした。

ズバンッ！と左手で打ち込んだボールが虚空を浅く抉《えぐ》るような弧を描いて対戦する督修館のコートに飛び込む。前衛レフトの選手の右前方。つんのめって右手にあてたが右膝をついた。崩した！これで督修館はベストの攻撃に繋げられない。トスがライトにあがったが、欅舎の前衛がしっかりついてブロックタッチを取り、こっち側にボールを奪い取った。

リリーフサーバーだけで仕事を終わらせる気はないからな！

攻守が切り替わるなり灰島は後衛の守備からセットアップに飛びだす。味方リベロが繋いだボールがネット前から逸れた。督修館のブロッカー陣がサイドに開いて布陣するのを周辺視で把握する。この状況になると欅舎はほぼサイド攻撃しか使わないというデータに基づいて向こうは動いているはずだ。

「ミドル入って！」味方ミドルブロッカーに灰島は怒鳴った。「タテB！　あげます！」

タテのBクイック——コート中央からネット前へ縦に長いトスを通す。ミドルブロッカーとの練習時間が多くあったわけではないが頭には入っている。腕を振れば打ち抜ける場所にぴたりとボールを届けた。

一枚になったブロッカーの横を抜いて督修館コートにスパイクが決まった。

よし、通じる。手応えを得て灰島は一人頷いた。

灰島の連続サーブになる。サイドアウトになって下げられたのではつまらない。まだ続けるぞ——。

アップエリアの一番前に黒羽がでてきて試合を見つめていた。デビュー戦での灰島の堂に入ったワンラリーに驚いた顔をしている黒羽に念を届けるように、来い、と胸の内で灰島は強く思う。もちろんメンバーチェンジを決めるのは監督だが。——来い、黒羽。デビュー戦で爪痕残すぞ。

サーブ二本目。前に突っ込んだ一本目と狙いを変えて奥を攻める。エンドラインぎりぎりいっぱい。「アウト！」と督修館側でジャッジがあがったがレシーバーが一瞬早く飛びついていた。灰島自身もアウトだと思ったのでさわってくれたのはラッキーだ。

二本続けてサーブで崩す。「おいおいっ」「サーバーやべぇ」「誰!?　一年!?」コートの外でどよめきがあがった。

乱れたレセプションからまたライトにトスが託される。二枚ブロックがしっかりつくが、クロスコースにボールが抜けてきた。サービスゾーンから戻った灰島の守備範囲だ。思い切りよく床を蹴ってダイブしながら左手をとんっと床につき、身体をもう一段遠くへ飛ばして右手でボールをすくう。あがった、と思ったが、

「!?」

予想以上にボールが〝重い〟。ぱんっと手首をはじかれた。あらぬ方向へ飛んでいったボールとはまた別の方向に灰島も胸から滑り込んだ。

公式球は大学も高校も同じ五号球だ。しかし打ち込まれたボールの質量が違った。

なるほど……と、食らった感覚を刻みつけるように手首を押さえて起きあがった。

これでサイドアウトだ。灰島のサーブは終わり、得点した督修館にサーブ権が移る。

ベンチをちらりと見ると、交替ゾーンに駆け寄ろうとした野間を監督が手振りでアップエリアにとどめた。

まだやらせてもらえる。まだ見たくなったろ?

黒羽が投入されるチャンスを開くまで下がるわけにはいかない。

セット終盤までサイドアウトの取りあいが続いたもののなかなか欅舎がリードを奪えない中、黒羽が投入される場面が訪れた。気負った味方のスパイクがアウトになり、コート上の仲間が天を仰いだ。終盤で痛い連続失点を喫したところでメンバーチェンジのホイッスルが鳴った。

黒羽が交替ゾーンで気合いを入れるように何度か腿あげジャンプし、四年生のアウトサイドヒッターにかわってコートに入った。

「気負うなよー……って言わなくても大丈夫か」

「頼むぞルーキー」

灰島のときよりあまり気遣われずに迎えられて「はいっ」と応える黒羽の顔つきは灰島が見たところしっかり気負っている。

黒羽とタッチを交わしに来た上級生がばらけてから最後に灰島がタッチに行った。打ちあわせた

手を離さずそのまま摑み寄せ、

「緊張してるだろ」

顔を近づけて声をかけると「そりゃちょっとは緊張するわ。おまえのメンタルと一緒にされたら迷惑や」と黒羽が唇を突きだした。

大学の試合は四年間続いてもデビュー戦は二度はないからな。結果残せよ——と、発破《はっぱ》をかけようとしたが、ふいに頭に響いた声があった。

〝デビュー戦で失敗してもて、いきなり潰れる選手ってのはたまにいる〟

何年も前のことなのに鮮明に思いだせる生真面目な声とともに、生真面目な小田《おだ》の顔が浮かんだ。中学での黒羽のまともなデビュー戦と言える試合初日、黒羽はプレッシャーで失敗して……。

口酸っぱく発破をかけたいのはやまやまだったが、言いかけた言葉を我慢して飲み込んだ。黒羽の手を離し、励ましがわりに肩を叩いて別れようとしたときだった。

「灰島、いいトスくれや。デビュー戦で結果残すぞ」

黒羽のほうから言ってきた。

身体が打ち震えるような嬉しさに、灰島は口の端を吊りあげて笑った。

「誰に言ってんだよ。おれが同じコートにいるんだぜ。おまえにいいトスがあがらないわけがない」

欅舎のメンバーチェンジを受けて督修館も円陣を組んでいた。まずはサーブで黒羽を狙ってくるだろう。レセプション力がまだ低い下級生のアウトサイドヒッターをサーブで潰すのはサーブ戦略の常套《じょうとう》手段だ。

スピードもパワーも高校とはレベルが一段階違うサーブに黒羽が尻もちをつかされ、レセプションが乱された。

「セッター、割れてもミドル使うぞ！」

　督修館ベンチから怒鳴り声が飛んだ。相手ブロックがサイドに開かずセンター寄りにとどまるのを把握し、だったら、と灰島はサイドにあげる先を探る。ライトからも味方スパイカーが入っていたが、そのとき反対側から「レフト！」という声が耳に飛び込んできた。

　コートの真ん中で潰れた黒羽がもう助走してきていた。立ちあがりざまの助走だったが、やや無理な体勢からでも全力で入ってくる。

「来い灰島！」

　灰島の手にボールが入る瞬間黒羽がダダンッと床を鳴らし、下肢を沈めて踏み切り体勢に入る。力強くバックスイングした両腕が滑走路を飛び立つ直前の航空機の翼によく似ている。どこにトスがあがるか見ることもなく、ただ〝来る〟と疑わずに黒羽が跳んだ。たたんだ身体が空中で翼を広げるように大きく伸びた。

　全幅の信頼に応えてドンピシャの〝いいトス〟を灰島は飛ばした。

　放物運動の頂点でボールがふわりと一時速度を落として空中にとどまる。再び速度をあげて落下をはじめた刹那、身体の回旋とともに豪快にスイングした黒羽の右手に完璧なタイミングでボールが入った。

　よく目に焼きつけておけよ！――コートの内外で見ている連中に向かって灰島は心の中で高らかに言い放った。これから関東一部に風穴をあける〝欅舎のルーキー〟の一度限りのデビュー戦だ。見逃したら後悔するぞ！

＊

裏の駐輪場に自転車を入れて正面玄関にまわる。五階建て鉄筋コンクリートの正面玄関の外壁には『高志《こし》寮』と筆書きされた木の表札が掛かっている。磨りガラスの戸を勢いよくあけると、ちょうど一階を通りかかった寮生に「おっ体育会系、お疲れさんー」と迎えられた。

「今日カツ丼やったぞー」

パジャマ姿にスリッパ履きの寮生がにやにやしながら福井弁で言った。空腹で死んでいた目を途端「やった！」と輝かせた黒羽と顔を見あわせ、下駄箱に外シューズを突っ込んで中にあがった。

各自の部屋に荷物を放り込んで廊下の水道で手を洗ったら取るものも取りあえず一階の食堂に駆けおりる。食堂の壁かけ時計で二十二時半。滑り込みセーフ。

夕食の提供は十九時半から二十時半と決まっているが、帰寮が遅い体育会系学生（しばしば理工系学生もいる）は申請しておけば二十二時半まで待ってもらえる。昔の寮生が寮監に頼み込んで切り開いてくれたサービスらしい。先達の尽力のおかげで親元を離れている体育会系学生もバランスの取れた食事に安価でありつける。自炊ではどうしても品数が減るのだ。

講義が終わった者から大学体育館に集まりはじめ、部員全員が揃うのが十八時。そこから全体練習がだいたい三時間。その後やりたい者は二十二時半の消灯まで自主練をしていく。灰島と黒羽は基本的に自主練を二十二時に切りあげ、大学から自転車で帰る。

欅舎大のキャンパスは西武新宿駅から東京西郊へ延びる西武新宿線沿線にある。寮はＪＲ線の三鷹駅にあり、大学とは路線が違うので鉄道だとアクセスが悪いが、距離的には遠くないので自転車か路線バスなら三十分もかからず通学できる。幹線道路をまっすぐ南下したのち東京の住宅地の入り組んだ道を縫って最短距離で自転車を飛ばしてきて二十二時二十五分に寮に帰り着く。

約三十名の男子学生の胃袋をまかなう食堂は大学の小教室くらいのアットホームな規模で、クリーム色のメラミン化粧板のテーブルが並んでいる。蛍光灯が一列だけ点灯しており、その下のテーブルでひと足先に夕食にありついていた二人の寮生が「おかえり」と顔をあげた。

二人の顔より先に二人の手もとの丼を目ざとく確認した黒羽が歓声をあげた。

「おえ〜、ちゃんとしたカツ丼やが！」

「ちゃんとしてないカツ丼ってなんだよ……」

「大学のカフェテリアのやつってカツ丼とは違うもんやろ。卵とじのやつ」

「あれが世の中でいうカツ丼だ」

とはいえ半眼《はんがん》で突っ込みを入れた灰島の口中にもたちまち唾液が溜まった。いくらでも箸が進みそうな、さらさらしたウスターソースベースのたれにくぐらせた目の細かい揚げ衣の匂い。鼻孔がひくついて喉が鳴る。

昔福井で食べたカツ丼だ。

〃おれ、棺野《かんの》先輩と大隈《おおくま》先輩いる寮入ろうと思うんやけど〃

と黒羽がスマホにメッセージをよこしたのは推薦入試が終わった十二月中旬だった。

福井県出身者の県人寮というものが東京都内に数箇所ある。その一つ、高志寮の入寮条件は「福井県の高校を卒業し関東に進学した男子学生。大学院生、二浪までの浪人生も認める」。常時約三十名の寮生を受け入れているという。

田舎の豪農とはいえ黒羽は箱入りの坊ちゃん育ちだ。いきなり東京で独り暮らしをさせるのは親

も心配だろう。へえ、まあいいんじゃないかという程度のテンションで灰島は話を受け取ったので、

〝で、一緒に入らんか？〟

と誘われたのは予想外だった。

灰島は福井の高校を卒業していない。福井にいたのは幼稚園までと、中学二年の冬から高校一年の冬までだ。自分が条件にかなうとは思っていなかった。欅舎大には学生寮はないので景星の寮をでたら独り暮らしをするか、父親のマンションからでも遠いが通えないことはないので、頭にあったのはその二択だった。

蓋をあけてみれば灰島もすんなり入寮できた。個別相談案件にはなったものの、出生地は福井で母方の実家は今も福井にあり、福井の中学は卒業して高校に入学しているということで、「福井出身者」と認められた。

清陰バレー部のOBはこれまでただの一人も在寮したことはなかったが、去年、部史上初めて二人の卒業生が関東の大学バレー部でバレーを続けることを選び、この高志寮に入寮した。

棺野秋人《あきと》と大隈優介《ゆうすけ》。灰島たちにとっては清陰の一つ上の先輩だ。結果として灰島が清陰にいた頃の部員が同じ寮に四人も集まることになった。当時の部員がそもそもたった八人だからその半数である。

「おっと、こっちのテーブル来んなや。今週はおまえら二人とは馴れあわんぞ」

トレーを持って同じテーブルにつこうとしたら大隈にしっしという手振りで追い払われた。

「欅のルーキーコンビに下剋盛ったらスタメンでだしてやる、って言われてるでな。今週のおれは刺客やと思え」

などと大隈が真顔で物騒なことを言うので黒羽が「ちょっ、まじやないですよね」と自分の味噌

汁を疑わしげに覗き込んだ。

「まあ下剤は冗談やろけど」

と棺野が否定してくれたので黒羽が胸を撫で下ろしたが、

「体調がいいか悪いかくらいはおれのチームでも普通に訊かれるで、ま、そのつもりで」

「そのつもりでって……？」含みのある棺野の笑い方に黒羽が眉を八の字にした。「同じ寮に敵の選手いるでってそんなスパイみたいなことさせられるんですか？」

「こっちかっておまえらがこんなすぐ試合でれるとは思ってえんかったわ。先輩の面目立てろっちゅーんじゃ」

隣のテーブルにトレーを置いて座ったが、邪険にした大隈のほうからこっちのテーブルに肘をついて凄んできた。結局同じテーブルに座ったのと距離が変わらない。

「調子こいてんでねえぞ。土曜はこてんぱんにしてやるでな」

春季リーグは二週目を経て第四戦まで終わったところだ。三週目となる今週末、欅舎は土曜の第五戦で大隈の大智《だいち》大と、日曜の第六戦で棺野の秋葉大とあたる。といっても二年生の二人はまだ控えだ。大隈が直接こてんぱんにできるわけではない。

灰島と黒羽はデビュー戦となった第一戦で会場を驚かせてから毎試合出場機会を獲得し試合に貢献している。欅舎は四勝０敗をキープ中だ。

黒羽と大隈のやりとりに素知らぬ顔をしながら灰島は丼を三分の一ほど掻《か》き込み、空きっ腹に人心地がついたところで、隣のテーブルに目をやって口を開いた。

「大隈さんも棺野さんも早くレギュラーに定着してください。そしたらこっちだって調子偵察するんでお互い様です」

「なっ……!?　おっ、おまえはほんっとっ……」

大隈が目を三角にしたり丸くしたりして口をぱくつかせ、

「ふふ……灰島節は健在やな」

棺野が肩をすくめて苦笑した。

怒っていいのか嘆いていいのかみたいに表情をくるくるさせていた大隈が「はあぁ」と最終的には天を仰いで脱力した。自分のテーブルに身体を戻し、しみじみとなにかを思いだすように頬杖《ほおづえ》をついて。「自分じゃ想像もしてえんかったのに、こんなふうに灰島に尻叩かれて、ほんとに春高行ってもたんやもんなあ……。男バレ入ったときは大学でもバレー続けてるなんて思ってもえんかったわ」

急に感傷的になった大隈を面白がるように見やりながらも棺野が目を細めて頷く。

「小田先輩が大阪でバレー続けてくれてるんも、末森《すえもり》さんが愛知で頑張ってるんも……みんな目標の高さは違うけど、一人一人が自分の場所で、自分なりの夢もって続けてんのは、三年前の春高があったからやな」

「あ、けど棺野はちょっと恨みあるんでねぇんか。末森さんが愛知行ってもて遠恋なってもたもんな」

「エンではあってもレンではないからな」

と急に棺野の声にドスがこもって大隈を怯《ひる》ませた。「おまえらの関係はいつ進展するんや……」

「先輩たちも相変わらずなことやってますよねぇー」話が他人事になったので黒羽が余裕ぶってあきれてみせる。「なんやと黒羽おめー、カツ一枚よこせや」「はあ？　嫌ですって。ちょっ」

福井弁でわいわいと交わされる会話に囲まれ、清陰にいた頃と同じ空気にひととき浸りながら、灰島は福井の味がする飯を頬張った。

　小田は一浪して大阪の大学に受かったので、今年は棺野たちと同じ二回生になる。所属しているバレー部は関西学連二部。関東一部と比べたらレベルには格差があると言わざるを得ない。ただ、今もスパイカーとしてコートに立っている――スパイカーとして続けられる場所を小田自身が選んだのだ。関西二部とはいえ大学レベルだ。一六三センチの小田がスパイカーでレギュラーを取るのは並々ならぬ努力と意志がなければ果たせない。

　春高で臨時マネージャーをやってくれた末森荊《いばら》は東海学連一部の女子バレー部に飛び込んだ。棺野が言うには末森が高いレベルの場所でチャレンジしたいと決意したのも清陰男子バレー部の春高出場に触発されてのことらしい。

　清陰一年のときに出場した春高後、景星に転校したことに後悔はなかった。だが心残りがなかったかといったら別の話だった。あのとき温かく背中を押してくれた棺野たちが、最終学年となった翌年全国大会に行くことはできなかった。あの春高が最初で最後の棺野たちの全国大会出場になったことを考えれば、もう一度連れていきたかったという思いはあった。身体が二つあればよかったのに……黒羽と戦ったときに思ったように、両方のコートに自分がいられたら……。

　でも、一年しか在籍できなかった清陰バレー部に、なにかを残していくことはできたということだろうか。

　目指す〝高み〟は一人一人違っていいんだ。三年前の春高で同じものを目指して戦ったメンバーが、今はそれぞれの場所で、自分にとっての〝高み〟のために奮闘している。

　もちろん、人はともかく自分は〝一番上〟を目指す。黒羽に関してもおまえが思う高さの目標でいいなんて甘やかすつもりはない。

それと……三村統にも。

「そういえば三村さんまだ飯食いに来てないんですか」

ごすんっ
灰島が尋ねたちょうどそのとき、食堂の戸口で胡乱《うろん》な打撃音が聞こえた。

四人揃ってぎょっとして振り向くと、速乾Tシャツと短パン姿にチームリュックを背負った恰好《かっこう》の三村が脳天を手で押さえつつ鴨居《かもい》の下で息を切らしていた。

3. HOMEBOYS' HOUSE

「おわっ、滑り込みアウトかー」

練習着を着替える時間も惜しんで自転車を飛ばしてきたらしい三村が厨房《ちゅうぼう》を覗いて悲嘆に暮れた。食事の提供は二十二時半まで。壁の時計は二十二時五十分。寮監夫人はもう部屋に引っ込んで厨房の電気は落とされている。

「滑り込みでもないアウトですよー。あれ？　おれらより体育館でんの遅かったんですね」

黒羽がテーブルから声をかけた。「お帰りなさい」「おつかれっすー」と口々に言う棺野や大隈にも手振りで応えた三村がカウンターから厨房に上半身を突っ込み、

「お、助かったー。置いといてくれてる。おばちゃんありがとー」

とラップがかかった食器が載ったトレーを引っ張りだしてきた。

今年の高志寮生にバレー部員は全部で五人いた。

内訳は欅舎大生が三人、秋葉大生と大智大生が一人ずつ。清陰出身の四人のほかに、福井県内き

っての運動部の強豪校である福蜂工業高校の出身者が一人——というかそもそも福蜂から関東の大学にスポーツで進学した者がこの寮を多く利用している歴史がある。食事時間延長の功労者というのも福蜂運動部のOBだと伝わっている。バレー部OBは今年は三村一人だが、三村が下級生の頃は先輩がいたらしい。

「ギリまで自主練やってたんですか」

頭ぶつけなかったか？　強がってスルーしたな……。ごく自然に同じテーブルに座った三村の赤くなった額にジト目を向けつつ灰島は尋ねた。ちなみに大学体育館の照明は二十二時半に警備員に無慈悲に落とされる。

「ん、まあな。何人か声かけて」

「何人かって誰ですか」

重ねて問うと、三村が「なんでそこ突っ込むんや？」と首をかしげて「んーと、辻健司《つじけんじ》、福田大輔《ふくだだいすけ》、柳楽純哉《やぎらじゅんや》」と次々に名前を挙げた。

三年の辻健司と二年の福田大輔はともにミドルブロッカーだ。二人とも地元の県大会では上位に入る高校出身だが全国大会や高校選抜の経験はない。

二年の柳楽純哉は左利きでポジションはオポジット（セッター対角）。出身高校は埼玉の芦田《あしだ》学園。最高成績で全国ベスト4の実績を持つ強豪校だが、景星学園の黄金時代は成績が沈み、関東内ですら上位に食い込めないまま柳楽は卒業している。

三村が挙げた自主練メンバーは全員Bチームだ。試合にでる機会はまだなかなかない。

「ところで二人とも履修もう組めたんか？　履修登録明日いっぱいやぞ」

と、自主練の話は掘り下げず三村が話題を変えた。

「あ！」

途端、灰島は黒羽と揃って飯を噴く勢いで声をあげた。

「期限忘れてた……」

「灰島だいたい決めたんけ？」

と訊いてきた黒羽に灰島は首を振り、「必修以外は真っ白」

入学式の直後から毎週土日はリーグ戦があり、さっそく部活中心に大学生活がまわっているが、一年生にとって四月は覚えることや手続きすることが山のようにある。高校までと違ってほとんどのことは自分で決めて自分で手配しなければなにもはじまらないのが大学だった。

部員が全員集まれてまとまった練習時間を確保できるのは夜練だが、大学体育館の使用日の制約もあるため曜日によっては日中の講義時間中に空きがある者だけでやることもある。必要な講義を取りつつ練習にもなるべく参加できる時間割を自分で組んで登録しなければならないのだが、実のところ右も左もわからず途方に暮れている。なお五年以上大学に在籍していても公式戦には四年間しか出場できないので、万一の話だが留年するわけにもいかない。

「語学はなに取るんや？　第二外国語」

三村に訊かれると、しかしそれには灰島は迷わず答えた。

「おれはイタリア語です」

「イタ語？」ときょとんとした三村の声に「イタリア語ぉ!?」と黒羽の素っ頓狂な声がかぶさった。

「イタリア語なんて想像つかんぞ。難しいんでねぇんか？　中国語のほうが単位取りやすいって聞いたけど」

「ヨーロッパで一番レベルが高いのはイタリアリーグだろ」

「って、バレーの？　プロリーグ？　メジャーリーグみたいな？」

「なんの話してるつもりなんだよ。バレーのリーグはバレーのリーグだろ。メジャーリーグみたいもなにもねえ」

雲を摑むような顔で「はあ」と歯切れの悪い相づちを打つ黒羽が焦《じ》れったくなり、強い口調で灰島は言った。

「だから一緒にイタリア語取ろうぜ」

「えっ、一緒にイタリアリーグ行くってことけ？」

「そんなのまだわかんねえよ。でも行くチャンスはどっかで絶対あるとは思ってる。取っといて無駄にはならないだろ。せっかくタダで習えるんだから」

「タダやねぇけどな。けどイタリア語って……難しそうやけどなあ……」

「なんだよもう。そんな尻込みするんならロシア語かフランス語」

「全部難しそーやげ……」

「じゃあブラジル語。ヨーロッパじゃなければブラジルが世界一強い」

「ブラジル語の授業ねえし……」

「それ以前にブラジルはたぶんブラジル語やねえな」と、しばらく会話を聞いていた三村がこらえきれなくなったように笑いだして口を挟んだ。「おれが一年ときの履修あとで見せたるわ。0から組むより楽やろ。まあおれも一年とき先輩の履修見してもらったでやけど」

「まじですか？　やっぱ持つべきもんは学部の先輩！」黒羽が無邪気によろこんだが、「あ、ほやけどほんとにいいんですか……？」

念を押すように問うた黒羽に、冷めた飯を前にぱんっと手をあわせた三村がその姿勢のまま「なんで？」と訊き返した。

「いえ……別に……」

言いづらそうに言葉を濁す黒羽を一瞥《いちべつ》して灰島が代弁した。

「二人ともアウトサイドヒッターのリザーブでベンチ入ってるのに、黒羽のほうが出場機会多いですよね。対抗心とかないんですか」

「こら、はっきり言うなやおまえっ」黒羽が慌てて灰島の顔の前で手をぱたぱた振ったが三村にも聞こえているので無意味な行動だ。

「なるほど、ほーゆうことか」

という声に黒羽がぎくりとし、おそるおそる三村に目を戻した。

「入ったばっかの後輩にあっという間に追い越されたでって、そんなんでやっかんで大学の先輩として後輩の力になるんを渋る程度の器やと思われてるんやったら……おれも低く見られたもんやな」

ずしんと胃袋に響くように声色が一段低くなった。黒羽の顔が硬直し、灰島もつい言葉を失った。棺野と大隈は黙って固唾《かたず》を吞んでいる。

「ほんで履修の話やったな。部屋帰ってからどっちかのスマホに送っといてやるわ。訊きたいことあったら訊きに来いや。楽単《らくたん》も何個かあるで教えてやる」

と、場の空気をよそにころっと朗らかな声に戻って三村が言い、あらためてもう一度飯を拝んでから前屈みになってがっつきはじめた。

馴れあわんぞっとわざわざ繰り返して大隈が一番先に食堂をでていった。

「待ってえんと食ったら行っていいぞ。自分のは自分で洗ってくで」

と三村に言われて棺野、黒羽、灰島も席を立った。遅れて食事を摂る者は食器を洗って水切り籠に入れていくルールだ。薄暗い厨房に入って洗い物をしながらカウンター越しに見ると、テーブルに一人残った三村はスマホを脇に置いてメッセージ画面かなにかを見ながらマイペースに残りの食事を進めていた。

一階には食堂と住み込みの寮監夫妻の居室がある。二階から四階が寮生の部屋。五階に風呂と洗濯機置き場があり、屋上が物干し場だ。トイレと水道は各階の廊下にある。

水回りは共用だが部屋はすべて一人部屋で、朝晩のまかないつき、水道光熱費やインターネット代も込みで寮費は月々四万円。福井からでてきて初めて東京で暮らす男子大学生には十分恵まれた環境と言っていい。

テレビの音が漏れている部屋もあれば何人か集まっているようで笑い声と麻雀牌を転がす音が聞こえてくる部屋もあるが、二十四時以降は騒いではいけないことになっているのでやがて静かになるだろう。

昭和築の建物がリフォームされているらしいが、廊下と階段にはいかにも古びた趣の薄っぺらいカーペットが敷かれている。素足に履いたプラスチック製のスリッパが踵《かかと》を離れるたびぺったんぺったんという音を立て、三人分のその音が不揃いに連続する。

「追い越されたって認めてるんやなあ、三村さん」

食堂での会話を反芻《はんすう》するように黒羽が呟いた。

「がっかりっていうんも違うけど、せっかく欅舎来たのに、なんか目標見失ったような気ぃはするなあ」

「おまえな……。うかうかしてんじゃねえぞ。おまえの百倍ハングリー精神あるぞ、あの人」

むしろ黒羽よりハングリー精神がないアスリートを探すほうが難しい。試合でやる気がないわけではないし、頼もしいスパイカーに成長していることは太鼓判を押してもいいが、根本的に欲がなくて現状に満足しやすい性格なのはもう直しようがないのかとうんざりする。海外リーグの話題をだしたときの手応えの薄い反応といい、永遠に焦れ続けなければならないのか？

「目標なんてまだ上にいくらでもあるだろ。ゴールついたような気になってんぼんやりしてる場合じゃ……」

「か、棺野せんぱぁーい」

黒羽が逃げ腰で棺野に助けを求めたが、棺野は物理的な火の粉を避けるみたいにパーカーのフードをすっとかぶって「ほんならおれはここで。おやすみー」と階段から廊下へ折れていった。棺野の部屋は三階、灰島と黒羽は四階だ。

「えぇー、冷たくないすかぁ？」

「ライバル校のエース候補にあったかくする義理ないの当たり前だろ。もう先輩後輩じゃねえんだよ。日曜あたるんだぞ、油断してるとこ見せてどうするんだよ」

さらに詰め寄っているうちにぎぃ、ぱたんと棺野の部屋のドアがあいて閉まる音が聞こえた。のれんに腕押しの反応にうんざりして灰島は黒羽を突き放し、先に立って階段を上りだした。

「風呂あがったらそっちの部屋行く。三村さんからメッセージ来てるだろうから」

「っていうんは一緒に履修決めるってことけ？」

「だって締め切り明日いっぱいだろ。今日決めちまおうぜ」

「取る授業一緒にするってことけ？」

黒羽の質問が再三背中に追いかけてくる。「……？」灰島は眉をひそめて肩越しに振り返った。話しあって全部同じ授業を取る必要は、ないといえばない。だが灰島にとっては当たり前の思考だったのだ。

身体ごと振り返り、まだ三階で立ちどまっている黒羽を正面から見下ろして、

「だって時間割一緒のほうが練習時間ずれなくていいだろ？」

ふんぞり返るように言ったものの、

「まあ大学でも練習でも寮でも一緒にいることになるけど……」

考えてみるとさすがに男二人でそこまでべったり一緒にいるのも暑苦しいのではないかと思い至った。灰島は景星でも二年間寮生活だったし、集団生活は思ったほど苦ではなかった、というか人との距離感が別に気にならないほうだが、黒羽は田舎のばかでかい家で悠々と育ったひとりっ子だ。寮生活のパーソナルスペースの狭さに辟易《へきえき》しはじめている頃かもしれない。

「けど、おまえが寮に誘ったんじゃねえか。今さら文句言うなよ」

「文句なんか言ってえんって」

と、なにやら笑いをこらえるように黒羽が頬をゆるめて灰島がいる段まで追いついてきた。そのまま一段飛ばしで脇を追い越していく黒羽を灰島は訝《いぶか》しげに目で追った。「なににやにやしてんだよ？　だから弛《たる》んでんじゃねえぞってっ……」苦言を言いながら追いかける灰島の視線の先で、一段飛ばしから軽々と二段飛ばしになった黒羽の背中があっという間に高く上っていった。

風呂からあがると脱衣所にはちょうど誰もいなかった。湯気でけぶった無人の空間で扇風機が静かなモーター音を立てて左右に首をまわしていた。

扇風機をこっちに向けて首振り機能を切り、入る前に部屋着と下着を放り込んでおいた棚の前で一度眼鏡を置いて髪を拭く。

ふいにまたきりきりと古いモーターが軋《きし》む音が聞こえた。眼鏡をかけなおして振り返ると扇風機が勝手にまた首を振っていた。風があまり来ないと思ったら……なんでだ？

ホラーな現象にほんのちょっとぎょっとしたとき、ゆったりと向こう端まで首をまわした扇風機の正面に人がいた。

蛍光灯の影が落ちた一角で半裸の肩にタオルをかけて丸椅子に座っている姿に灰島でも知っている有名なボクシング漫画の名シーンが思い浮かんだ。

「棺野さん、いたんですか……あ、すいません、風」

「ん」

夏場であろうが肌の露出が少ない服を着ている棺野の半裸を見る機会はあまりない。大隈のように鍛えたぶんだけ筋肉がつく体質ではないのでいつまでたっても細い。だが大学でウエイトトレーニングもしっかり練習メニューに組み込まれると、高校時代よりは確実に二の腕や胸板に厚みがついたのが見て取れた。

「黒羽は一緒やないんやな」

「風呂までわざわざ一緒に入るわけないでしょう。時間短いんで一緒になることはありますけど」

「ちょっとくらい気ぃ抜かしてやってもいいと思うな、おれは。尻叩きたいのもわかるけど、ペースは人それぞれなんやで」

「……？　黒羽のことですか？　あいつが頑張ってることくらいわかってます」

「灰島が思ってる以上に頑張ってたんや」

扇風機の微風のような控えめな口調なのに、妙に反論できなかった。灰島が言葉を失っているうちに棺野は脱衣籠からスウェットの上下を摑んで着替えると、こちらを向いてまた丸椅子に座りなおした。膝のあいだで両手の指を組み、腰を据えて話をするような体勢になった棺野に、

「……おれと二人で話すタイミング待ってたんですね、棺野さん」と合点がいった。

「おれかってずっと先輩やと思ってるんは小田先輩と同じなんやけどな。寂しいこと言われるとショックやなあ」

「聞こえてたんですか……」

冗談めかした不満を言われて灰島は顔を引きつらせる。なんとなくだが棺野は小田より青木《あおき》に似てきたんじゃないか。……やめてくれ。

「小田先輩と青木先輩にもはっきりとは伝わってえんことやけどな、おれたちの代のあと……黒羽が主将になってから、二年がけっこう荒れてな。一時期は分裂状態みたいになってたんや」

「分裂……って、なんでですか」

「黒羽の一コ下の代には福蜂蹴ってわざわざうち来た奴もいたのに、一年ときはインハイも春高も福蜂に奪い返されたしな。三学年で十人えんような人数で毎年やってた部が急に人数だけ増えて、そのわりにレベルも意識もばらばらで……。おれがそれを埋めとけんかった責任もあるけど、おれの代は大隈も内村《うちむら》も外尾《ほかお》もいたで、ほんでも露骨に問題起こす奴はえんかったんや。けど黒羽の代になったら三年一人やで、二年のほうが勢力大きなって……黒羽もまあ力任せに押さえつけるような柄と違うやろ」

起こって然《しか》るべき事態ではあった。一躍全国の強豪に名乗りをあげたチームでプレーすることを望んで清陰に入ってくる新入生が増えることは予想に難くなかったが、入れ違いに自分が抜けた清陰にとって全国大会連続出場は厳しいだろうと、灰島自身自負はあった。だからこそ最後まで転校にはずっと後ろめたさがともなっていた。

「でも、そんなことあったなんてあいつからは一度も……」

全国大会で再会したのは最後の春高の一度きりだったが選抜の合宿や遠征では年に何度か会っていた。愚痴くらい言う機会はいくらでもあったはずだ。

「ほやろな……黒羽は弱音も愚痴も絶対に言わんかったで。自分で言いだしたことやって思ってたんやろな。絶対行かんって言い張ってたおまえやったり、部をみすみす弱体化させることはできんって言ってた小田先輩を自分が説得したんやで、自分で責任負う気やったんや」

〝景星のヘッドハンター〟と皮肉で呼ばれる景星監督の若槻《わかつき》が灰島をスカウトしたのは、大胆不敵にもというか春高の真っ最中の会場でだった。もちろん灰島はにべもなく突っぱねたが、最終的には黒羽に説得された。

清陰にいることで満足しようとするな、と黒羽は言った。

よりにもよって黒羽に満足するなと言われるとは。

蒸し暑かった脱衣所の空気が徐々に冷めてきていた。身体を冷やしてはいけないと頭の隅で気づいていたが、部屋着を着る手がとまっていた。

「三年一人で、おまけにエースの責任もあって、ああいうゆるいキャラの奴で……荒れてる部をまとめるんは相当苦労あったと思う。ほやけどやっと下の信頼得て、ぎりぎりでチームがまとまって、福蜂から代表取り返したんや。灰島、おまえと戦える舞台への切符を、最後にやっと摑んだんや」

棺野と自分とに交互に首を振り向けている扇風機の風で身体の表面は冷めていた。けれど一月の春高での黒羽たちの姿があらためて思いだされたとき、身体の奥に熱いものがこみあげた。

試合後、黒羽のもとへ後輩たちが集まって涙を流したことの意味の重さが、今初めて灰島にもわかった。最初からそんなチームだったわけではなかったのだ。黒羽が耐えて耐えて、辛抱強く後輩たちとの信頼関係を結ぶに至った長い背景が、あの最後の光景にはあった。

なにより、黒羽のその苦労はすべて、黒羽が自らの考えで周囲を説得し、灰島を景星に送りだした結果として一人で背負うことになったものだった。

「ま、ちょっとのあいだくらい甘えさせてやれや。今からスパートかけんでも大学は四年間あるんやし」

押し黙っている灰島に棺野がにこりと微笑んだ。「長話してすまんかったな。身体冷やすなや」と立ちあがって扇風機の台座のスイッチを切った。風がやむとすぐにまた蒸した暖かい空気が肌にまといついた。

全国大会に二度は行けなかった棺野自身にも抱えている思いはあるはずだが、それを灰島に語ることはなかった。

「おまえや黒羽やったら案外ほんとに海外挑戦のチャンス来るかもしれんし、もしかしたら大学の途中で行くっていう選択肢もあるんかもしれんけど……今度は反対するかもな。まあこれこそもう先輩の立場やないでなんも口挟む権利もないけど。ほやけど、今度は四年間絶対に離れんなや、って真剣に思ってるよ」

4. ANALYSTS

四月二十九日、土曜日。八重洲大学バレー部員を乗せた大型バスは午前十一時に千葉県U市総合体育館の駐車場に入った。八重洲大のキャンパスは北関東は茨城県に所在する。ほとんどの試合会場は遠征の距離になるため大学から大型バスで全体移動するのが基本になっている。

アナリストの越智および主務や学生連盟委員の部員は朝から作業があったため、主務が運転する車で先発して九時半に会場入りしていた。

「バスの中でやってきたっていうんでミーティングなしで。コート入る前に一回集合だけするって」

スタンドで機材の確認をしていた越智に学連委員が伝えに来てすぐに下のフロアへおりていった。渋滞の影響があったそうで第一試合の開始時刻になっていたが、八重洲の今日の試合は第二試合だ。サブアリーナはない体育館なのでメインアリーナの廊下の空きスペースで各自必要なテーピングやストレッチをして小一時間過ごし、下級生はそのあいだにドリンクやアイスバッグを準備してベンチに持ち込む荷物を不足なく揃え、十一時四十五分過ぎ、第一試合が第二セット中盤まで進むのを目安に選手、スタッフの全員が廊下に集合した。

「礼！　よろしくお願いします！」

主将・太明倫也の号令で扇形に集まった部員一同が厳《おごそ》かに礼をした。

「よろしくお願いします!!」

男子大学生約四十名の声が低い音域でハモる中でも、太明の隣で直角にお辞儀をした破魔清央のバス・バリトンがオーケストラを底から支えるように骨太に響いた。

越智も主務らとともに選手の後方でそれに倣《なら》った。自分の体育館用シューズの結び目を見つめて数秒間の静止。のち、

「なおれ」

と一声目より抑えた太明の号令で全員が頭をあげる物音が重なった。軒並み長身の選手が目の前に連なって越智の視界は遮《さえぎ》られているが、金髪を揺らして姿勢を戻した太明の頭越しに一人だけ部員のほうを向いて立っている監督の顔が見えた。

八重洲大学監督・堅持勲《けんもちいさお》。眼光鋭く頬が痩《こ》けた還暦間近の男だ。いかにもガチガチの体育会系を長年率いてきた指導者の凄みを滲《にじ》ませている——実際の人柄も第一印象そのままだが、練習計画や戦略戦術の方針は部員主導で決めているので堅持は口をださない。あの眼光で学生のやり方を黙って見ているだけなのはむしろ余計に緊張を強いるのだが。その練習計画や戦略戦術の根拠となるデータを提供するのがアナリストなので責任は重大だ。

関東一部所属十二チームが総当たり戦を行う春季リーグ、全十一日の戦いの後半に突入した第七戦。八重洲大の今日の相手は欅舎大。灰島、黒羽、そして三村のチームとの対戦だ。

先週末の第五戦、第六戦で欅舎は大智大と秋葉大に連勝し、六勝0敗を守って勝率で一位タイにつけている。同率一位は八重洲大、横浜体育大、慧明大、東武《とうぶ》大。去年の秋季リーグのベスト4に、同六位だった欅舎が食い込む健闘を見せている。

しかし八重洲にとっては取りこぼしがあってはならない相手だ。

六戦目までの欅舎の相手は昨年度の秋季リーグ七位以下と格下だったが、残り五戦の相手は五位以上の格上ばかりが残っている。これまでのようには通用しない。いや、させない。

堅持への挨拶のあと太明が前にでて部員たちに向きなおった。まず破魔が太明に身体を向けると、顔を向けただけだったほかの部員が急いで倣う。床の上でシューズのつま先が向きを変える音が破魔の足もとを起点に扇形に広がった。

「昨夜《ゆうべ》のミーティングどおりやるべきことやれば勝てる相手だけど、今大会のダークホースだ。慧明戦まで一セットも落としたくない。――いいか、締めてッぞッ!!」

「おうッ!!」

軽く足を開いて直立し主将の話を聞く部員たちの低い声が床を打った。

「越智はいるか?」

と太明がつま先立ちになって後方を見渡した。「は、はい!」急に名指しされたので越智は緊張しながら「あっここです」と手をあげて場所を申告した。

「欅は一年ルーキーコンビをまだスタメンで使ってきてない。データ取らせないつもりなのか……。あのコンビと高校で戦ってるのは強みだ。自信もって意見よこせよ」

「はい。強みっていってもおれは負けてますが……唯一あのコンビに勝った経験ある直澄も頼りになります」

と越智が振ると不意打ちを食った浅野がきょとんとしたが、

「あはは、責任分担されちゃいましたね。では微力を尽くして潰します」

気負いのなさそうな口調できっちり請け負った。身体ができている八重洲のレギュラーメンバーの中では浅野は線が細い。堅持のようなタイプの監督が浅野に声をかけたのは不思議だし、それを受けて八重洲に来た浅野の心理にも不思議なものはあった。浅野の出身校である景星学園は旧態依然とした体育会系と対極にあるチーム気質だ。三年前に全国制覇を遂げて以降若い監督がよくメディアに取りあげられるようになった。

それを言うなら最大の不思議は堅持が太明のような主将を認めていることだが……。

「第三セット終わりました！」

試合の進行を見に行っていた部員がアリーナの出入り口に姿を見せて試合結果を報じた。五セットマッチをストレートで制してはやばやと終了だ。

「入るぞ！」

太明の声で集団がばらけ、廊下にまとめた荷物やボール籠を下級生が分担して出入り口に群がる。火照《ほて》ったユニフォーム姿でぞろぞろと中からでてくる選手たちと交錯して鉄扉の周囲が一時混雑する。一年生の旗持ちが真っ先に混雑をくぐり抜け、部旗を広げて飛びだしていった。

くぐもって響く鬨《とき》の声を聞きながら越智は廊下に残ってメンバーを送りだした。別の出入り口に目をやると、欅舎の選手たちが同じように鉄扉に群がって一人一人抜けていくところだった。三村の頭もその中に見えた。

高校時代の灰島・黒羽コンビを知っていることが越智の強みならば、三村に対しても同じくその強みはあるのだが、三村の名前は太明の口から挙がらなかった。ちくりとした悔しさが胸に刺さった。

統、今日はでるチャンスあるか……？

越智の視線に気づかず、あるいは気づいていても振り向いたかどうかはわからないが、三村は前の部員に続いて鉄扉をくぐっていった。

越智一人がスタンドへ上る階段へきびすを返した。

最前列の手すり際にはビデオカメラを設置済みだ。ビデオのそばに確保した席に座り、ノートパソコンを開いてビデオを有線で繋ぐ。インカムを装着し、耳もとのスイッチを二秒押して電源を入れる。インカムを起動しているうちにパソコンの画面上にビデオからリアルタイムで届く映像が映った。インカムのほうはスマホと無線で繋がっている。左耳にかけるタイプのイヤフォンからマイクが延びているものだ。

ベンチとの通信が確立し左耳に声が聞こえた。

『もしもーし。繋がった？』

マネージャーとしてベンチに入る主務の裕木《ゆうき》が左耳に左手をあてつつスタンドを見あげて右手を振ってきた。ちなみに八重洲に女子マネージャーはいない。

「はい、聞こえてます。映像行ってますか？」

『オッケー。来てるよ』

ベンチでノートパソコンの画面を確認した裕木から応答がある。越智のパソコンを介してビデオの映像をベンチでも見られるようにしている。

『じゃあいったん置くから。あとでよろしく』

「了解です」

裕木がインカムを一度はずしてベンチに置き、ボール練の球出しのためコートへでていった。ベンチスタッフもやることは多い。

上のほうの席でがさごそとコンビニ袋の音がした。この時間に試合のないチームの部員が今のうちに昼食タイムにしたようだ。漂ってきたおにぎりの匂いに空腹を刺激されてちょっと集中力を乱される。越智もコンビニで買っておいた携帯サイズのチョコレートをリュックからだしてひと粒口に放り込んだ。浪人時代ですら甘いものはまず口にしなかったのに、アナリストになってから気づくとチョコレートをリュックや自室の机の中に常備するようになっていた。

脳に糖分が行き渡るあいだしばしパソコンから目を離し、両チームの練習風景をスタンドから眺める。

八重洲、欅舎の両選手たちがネットを挟んで手前と奥のコートに分かれている。八重洲の練習Tシャツは黒。欅舎のそれは白なので、さながら碁石を碁盤上で二手に分けて配したかのようだ。

両チームともセッターが二人ずつ入り、レフト側とライト側にスパイカーが列を作ってスパイク練をしているところだ。四箇所から譲りあって順にスパイクを打ちあう。八重洲側のレフトとライトから一本ずつ欅舎側のコートへ打ち込むと、暗黙の了解で八重洲側は次は欅舎側から二本打たれるのを待つ。

欅舎はレフト側に今大会スタメンセッターを務めている野間が入っている。四年で今年の欅舎の主将だ。ライト側にリザーブセッターである灰島が入っていた。ついつい灰島の列を意識して見ていると、順番が来たミドルブロッカーがCクイックの助走に入るのがふと気になった。

「あいつA1（Cクイック）持ってたんか……？」

二年生の控えのミドル、福田だ。だが灰島がサインをだすと福田は助走軌道を変え、灰島の目の前に入ってAクイックを打った。

基本的にセッターはネットに右肩を向けて立ち、右目でネットの向こうの敵ブロッカーを認識しながらセットアップする。自コートのレフト側を向いているため、レフトから打つスパイカーにはフロントトセットし、ライトから打つスパイカーには振り向かずにバックセットする。Aクイックはセッターの目の前で打つクイック、Cクイックはセッターのすぐ背後で打つクイックのことだ。

スパイカーにとっては利き手の側からあがってくるボールのほうが一般的には打ちやすい。Cクイックは自分の左から来るボールを打つため左利きのほうが得意とされる。左利きのミドルがいない欅舎にはCクイックの武器がない――正確にはマークする必要があるほど使ってこないというデータが頭に入っていたので気になったのだが……結局なんだったんだ……？

「野間さん後ろ！」

と、思考に沈んでいた越智の耳を灰島の鋭い声が貫いた。

野間が自分の列から打ったスパイカーと話すためネット際を離れ、ちょうど破魔のCクイックのコースに入る形になった。

とっさにしゃがんだ野間の頭の上を破魔の左腕《さわん》が打ち抜いたボールが間一髪で通過した。ドゴンッ！という音を立てて欅舎のコートをボールが抉った。

そう、破魔がまさにCクイックのスペシャリストである左利き《レフティ》のミドルブロッカーだ。バックセットがあがった直後に左腕から凄まじい威力のスパイクが叩き込まれる。

すぐに破魔が欅舎側のコートに入り、野間の肩を叩いて謝罪した。野間が手振りで破魔に応えて立ちあがったが、ネットをくぐってきた破魔にぬうと覆いかぶさるように立たれると腰が引けていた。破魔にあがったボールだけがゴムと人工皮革ではなく鉛でできていたのではないかと思うような音だった。そんなものが文字どおり髪の毛一本の差で頭を直撃するところだったのだから無理もない。

ネット際にいれば向こう側から打たれたスパイクがぶつかることはない。不用意に移動した野間の落ち度といえば落ち度だ。

浮き足立ってるな……。手前味噌だが格が違う相手だ。緊張感は相当あるだろう。

欅舎の様子を観察していると、コートだけでなくベンチでも慌ただしい動きが起きていた。

欅舎も四年主務の久保塚《くぼづか》がマネージャーとしてベンチに入っているが、ベンチの前で久保塚がスタンドを見あげて両手を振ったり跳びはねたりとオーバーな挙動をしていた。耳にはインカムを装着していたが、それを使わずついにはスタンドに向かって怒鳴りだした。

「染谷《そめや》あーっ！　あのバカどこ行ってやがる!?」

フロアの怒鳴り声を輪唱で追いかけるような声がどこか近くでかすかに聞こえ、越智はスタンドを見まわした。

U市総合体育館のスタンド席は座面をたためるプラスチック製の椅子が並んだ造りになっている。一列に十二人座れる座席の端の二人分を越智は占有しているが、同じ列の向こう端に欅舎のアナリストの荷物が置いてあるのに今気づいた。第一試合のときはなかったはずだ。隣のコートのデータを取っていたのか、あるいはまだ来ていなかったのかは知らないが。

だが本人は離席中だ。パソコンやリュックと一緒に席に置きっ放しにされているインカムから割れた声が漏れていた。試合前にトイレを済ませにでも行っているのか……ん？

最前列と二列目の隙間の床に欅舎のジャージが落ちていた——いや、中身がある。

越智はパソコンを置いて立ちあがった。座席の向こう端まで横移動し、最前列から裏を覗き込むと、ベンチとベンチの隙間に挟まってぶっ倒れている人間がいた。

「あのー、下から呼ばれてますけど。もう試合始まります」

かがみ込んで肩を揺さぶると、

「……んあっ？　まじ!?」

と突然むくっと頭が跳ね起きたのでごっつんこしそうになって危うくのけぞった。

欅舎でアナリストを務める三年の染谷。別に交流があるわけではないが、毎試合近くに座るアナリスト勢は自然みんな顔見知りだし、ある意味自チームの選手たちとはまた別種の連帯感もある。

状況を思いだそうとするように染谷がきょろきょろしてから、頭の上であきれている越智を仰ぎみた。

「おっ、八重洲の……おっ？　もう試合始まる？」インカムからいまだ漏れている怒鳴り声に気づくとやっと覚醒したようだ。インカムに飛びつくなり耳に嵌《は》める前にマイクにかじりつき「はいはいはいすいません、一瞬寝てました一瞬」一瞬か……？　いつからあそこに挟まってたんだ。

半眼をやっただけで越智が自席に戻ろうとすると、

「あっ八重洲の。ありがと」

とカフェイン入りエナジードリンクを開栓しながら染谷がフランクに礼を言ってきた。越智のほうは我ながら無愛想に顎を突きだして応えた。自席に戻ってパソコンを膝の上に置きなおす。エナジードリンクを一気飲みした染谷も「おっしゃ眠気飛んだ！」と座席に座りなおして自分のパソコンにかじりついた。

大会期間中のアナリストは睡眠不足だ。越智も平日は練習に参加し、土日は第一試合から第三試合まで腰を据えてデータを取り、帰ってから寮でデータの整理やビデオの編集、ときには気になったところを何度も見返し、選手に説明するための資料を作成し……といったことをしていれば睡眠時間は多くて四時間やそこらになる。今日も寝たのは二時間程度で寮を出発し、裕木の車の中で不足分を多少補充できただけだ。

寝不足自慢をしたいわけではないし、それでなにかの優劣が決まるわけではないのはもちろんだ。

だが……。

真摯《しんし》になにかに費やしてきた時間と努力が、どうか裏切られることなく正当に報われる世界であって欲しいと、どうしても越智は願ってしまう。三村のことを思うと……。

今日も三村はリザーブスタートだ。コートに入るスターティング・メンバーを送りだすとウォームアップエリアに走って下がる。最難関の八重洲戦に臨むにあたって欅舎は博打《ばくち》を打たず、いつもの四年でスタメンを固めてきた。リベロのみ四年ではなく、ディグリベロ（自チームにサーブ権があるときのリベロ）が二年の江口《えぐち》、レセプションリベロ（相手にサーブ権があるときのリベロ）が三年の池端《いけはた》。リベロは二人までエントリーでき、サーブ権が移動するごとにその二人が交互に入る体制をとるチームもある。なおリベロの交替は一セット六回までの交替枠に数えられない。

八重洲のスタメンも四年中心だ。去年は日本代表の合宿や遠征スケジュールと重なり主力を欠いて戦わねばならない試合が多かったが、今週はフルメンバーがしっかり揃っている。

ミドルブロッカーの破魔、オポジットの大苑《おおぞの》、アウトサイドヒッターの神馬《かんば》が八重洲の三本の矢――といっても一本一本でもめっぽう太い。三人とも高校バレーの一時代を築いた長野県の北辰《ほくしん》高校出身で、三人揃って去年シニアの日本代表の期待の若手として招集された。

大苑も左利きだ。オポジットはセッター対角のポジションで、主にライトサイドからの攻撃を担うためCクイックと同様の理由で左利きのほうが利がある。破魔・大苑の左利き二人が強力なライト布陣を形成し、レフト側のエースを神馬が担う。レフトエースは「レフト」、「ウイングスパイカー」といったポジション名の変遷を経て最近は「アウトサイドヒッター」と呼ばれる。

破魔の対角のミドルブロッカーに孫《そん》。神馬の対角のアウトサイドヒッターには去年から浅野が起用されるようになりスタメンに定着した。浅野とセッターの早乙女《さおとめ》だけが三年だ。

そして六人制バレーボールの七人目のスタメンとなるリベロに主将・太明。ユニフォームのナンバーは1番だが、リベロというポジションはルール上コートキャプテンになれないため、キャプテンマークを示す胸側のナンバーのアンダーバーは2番の破魔がつけている。

八重洲のユニフォームはシャツからパンツまで黒で統一されている。〝八重洲ブラック〟と畏敬《いけい》をもって呼ばれるカレッジカラーの鉄黒《てつぐろ》だ。胸と背のナンバーはシルバーで、ナンバーの上部に金糸で入った校章が燦然《さんぜん》と輝いている。

鉄黒の集団の中で太明が放つ色が良くも悪くも目に刺さる。リベロのユニフォームは八重洲ブラックと対照的なゴールデンイエロー。そこから生えた金色の頭がユニフォームと半ば同化して全体的にとにかくキラキラしい。ディグリベロもレセプションリベロも八重洲は太明一人が担う。

『それじゃよろしく、越智』

ベンチに座ってインカムを装着しなおした裕木の声が左耳に届いた。

試合開始だ。スタートポジションの確認を受けた十二人の選手がコートに散る。

越智はボトル缶のブラックコーヒーをひと口飲んで口の中のチョコレートの甘さを洗い流した。チョコレートをひとかけとブラックコーヒーをひと口。寝不足の脳に糖分が補給され、仕上げにカフェインが引き締める。試合前に集中力を高めるための越智なりのルーチンだ。まあ科学的な効果が実際にあるのか知らないが。

ボトルを閉めてリュックに放り込み、膝の上のノートパソコンに両手を置く。キーボードのホームポジションの突起を人差し指で軽く確認し、視線はコートに据えて一時静止。意識的に深呼吸し、とくん、とくんと胸に聞こえる心拍を抑える。

他校の試合のデータを取るときより自校の試合は仕事が格段に増え、緊張感もまったく違う。去年一年間は四年生のアナリストに師事して教えてもらいながら補佐的な役割を担っていたが、今年から越智がチーフアナリストとして責任を負っている。チームを勝たせるための情報を提供し、負けているならばなにが悪いのかを見つけだし試合中に打開策を打たねばならない。アナリストにとってても自校の試合は「本番」だ。

欅舎が一点取るあいだに八重洲は二点や三点の連続得点を重ね、両チームのローテーションが一周した時点で八重洲15－6欅舎と大差がついた。

一セットにつき二回まで使えるタイムアウトの二回目を欅舎がはやくも使い切った。選手たちが円陣を組んで話しているあいだに欅舎の監督・星名《ほしな》がリザーブの23番と24番を呼ぶのが見えた。待ちかねていたように24番の灰島がすぐさま駆け寄り、23番の黒羽もあとについてくる。

星名はタイムの取得と選手交替はまめにやる監督だが、堅持がベンチで動かずとも座っているだけで床が沈みそうな存在感を放っているのに比べれば、言っては悪いが存在感は薄い。あまり手広く声をかけて熱心に選手を集めるほうでもないので、濡れ手で粟《あわ》で灰島と黒羽をまとめて獲得した、とどちらか一人でも欲しがっていた他校の監督たちはたいそう羨んだようだ。

何故《なぜ》あの二人が欅舎に来たのか、福井の人間ならわかる——三村がいるからだ。そして星名が海老で鯛を釣るために三村を取ったわけでもない。高校三年当時、三村にはスポーツ推薦をもらうのが厳しい条件があった。それを気にせず三村を迎え入れたのが星名だけだった。

「一年コンビ呼ばれてます。たぶん黒羽を前衛から入れるんで、タイムあけて一つまわったら」

マイクに告げると八重洲ベンチ前にいる裕木が欅舎ベンチを振り返ってメンバーチェンジの兆候に気づいた。『さんきゅ。こっちから見えてなかった』

この試合ここまでは特に越智が意見を言う必要はなかったが、仕事をするときだ。使命感でぴりりとした辛味が身に走った。

「黒羽にはクロス締めてください。打力あるんでワンタッチのケアは下げて、クロスが抜けたらかなり浅いところに落ちるんで太明さん前にだしてください。野間は中使ってきませんでしたが灰島はクイックもｂｉｃｋ《ビック》も図太く使ってきます。ブロックちょっと中に寄せてもいいかもしれません」

越智が伝えた内容が裕木から太明に言い送られる。堅持は監督用のパイプ椅子に脚を組んで座ったままタイムアウト中も黙っている。プレー中もまずめったに立ちあがることはない。

タイムアウトを挟んで17－7で欅舎がメンバーチェンジを申請した時点で、点差は十点まで広がっていた。

トスをあげるセッターおよび、スパイクを打てないリベロを除くとスパイカーは四人いることになる。前衛アウトサイドがレフトから入り、中央からは前衛ミドルがクイックに、中央後ろから後衛アウトサイドがｂｉｃｋ（バックセンターからのクイック）に、さらにオポジットが前衛でも後衛でもライトから——というのが基本形であり、最大数の攻撃を繰りだす理想形だ。

高校レベルまでなら得点源となる時間差攻撃（主に前衛サイドがクイッカーの後ろにまわって時間差で打つコンビ攻撃）はブロックのレベルがあがるにつれ効果が薄れるため、これにかわって後衛の選手にもバックアタックで決める力が必ず求められる。

八重洲側の正面玄関である前衛のど真ん中を守るのが破魔だ。予想どおり灰島がクイックで中を抜いてくるが、破魔の威圧感にクイッカーが怯んでぺしんっとはたいただけになった。強打なら破魔が叩き落としていたが、軟打で山なりの軌道になったのが欅舎側に幸いした。ブロックの先に軽く触れたボールが欅舎側にふわっと戻って再び欅舎の攻撃チャンス。

もう一回、中で来る——灰島の性格から越智は予測したが、クイッカーと後衛アウトサイドがもう自分には来ないと気を抜いたか、攻撃に入らずサイドのカバーにまわろうとしていた。灰島もレフトの黒羽へあげざるを得ない。

その瞬間、動かぬ山のように中央で構えていた破魔が動いた。大柄な身体が俊敏なクロスステップで横移動し、サイドブロッカーの大苑とともに壁を形成する。黒羽が打ち抜くのが一瞬早い。さすが灰島との息はぴったりだ。ほかのスパイカー陣のようなためらいが微塵《みじん》もない。二枚ブロックの扉が目の前で閉まる寸前、ぎりぎりボール一個分の隙間をスパイクが抜けた。

越智が伝えたとおり太明がディフェンスのラインをあげている。高い打点から鋭角に突き刺さったボールが太明の胸に入り、ドゴンッと高く跳ねあがった。

ボールの威力にのけぞりながら「直澄！」と太明から声が飛んだ。太明が繋いだボールを浅野がバックセンターから直接スパイクする。欅舎側で灰島、黒羽の一年二人を含む三枚ブロックが中央に集まる。

右手でボールを打つ刹那、浅野が空中でしゃがむように身体を縮めて両手をボールに添えた。スパイクジャンプの頂点から降りぎわジャンプセット！　セッターもできる浅野の得意プレーだ。灰島の反応も速い。即座にトスを追ってサイドへブロックに行く。浅野のセットを打つのは八重洲のレフトエース、神馬。

一年生一人にとめられては日本代表の名が廃《すた》るとばかりに神馬がパワーで一枚ブロックを吹っ飛ばし、長くなりかけたラリーに終止符を打った。

越智はスタンドで一人「……っし」と拳を握った。

手応えあり、だ。今大会注目を浴びる一年生ルーキーコンビを八重洲が盤石のバレーで押さえ込んだ。たった一点が決まるあいだに八重洲の総合力の高さが示されたラリーとなった。

5. SOMEDAY, EVEN YEARS LATER

一年生コンビが投入されても追撃を許さず、第一セットは25－15という大差で八重洲が先取した。

「んーっ！　きびしーな！」

染谷のでかい声が横から聞こえた。お手上げというように天を仰いで頭を掻きむしった染谷がまた前傾姿勢になって腹の前でキーを叩く。第一セットの途中で視界に入ったときからシューズを脱いで座席の上であぐらを組んでいた。あぐらと腹のあいだにノートパソコンを挟んで身体を折りたたみ、前のめりになってコートを覗き込みながらタイピングするというエキセントリックな入力姿勢である。あれでは画面は見えていないのでブラインドタッチとショートカットキーだけですべて操作しているはずだ。どんどん前のめりになっていくのでそのうち座席から転げ落ちそうで危なっかしい。

声量を抑えない奴なのでインカムに喋る声もこっちに丸聞こえだ。

「Bチーム入れちゃいませんか？　辻健司、福田大輔、柳楽純哉、あと——三村統。どーすかね？　って星名さんにおれからって」

挙がった名前に越智はついインカムをずらして耳をそばだてた。欅舎ベンチでは染谷の助言を受けた主務の久保塚が監督の星名に話しに行った。

第一セットを戦ったメンバーがベンチ前で補給しているあいだリザーブメンバーはコートの隅にでてパス練をしていたが、三村が久保塚に呼ばれて振り向いた。

でるか、統。

三村がはおっていたジャージを脱いで星名に駆け寄る。呼ばれたのは三村を含めリザーブから四人。

「第二セット、がらっと替えてきます」

興奮が声に表れないよう抑揚を抑えて裕木に告げた。越智には敵に会話をわざわざ聞かせるような神経はないので念のためマイクに手を添えて染谷の側から口もとを隠し、

「リベロ以外総取っ替えになりますね」

『一年ルーキー入れてもいまいちうまくまわってないからな。とにかく空気変えたいんだろう』

インターバルの終了が近づき、両チームとも第二セットのスタメンがコートサイドに並びはじめた。欅舎は第一セットの途中から入った灰島と黒羽のみ残り、灰島の対角のオポジットに二年の柳楽、ミドルブロッカーに二年の福田と三年の辻、黒羽の対角のアウトサイドヒッターに——三村。

『全員リザーブはちょっと想定してなかったな。データがぜんぜん頭に入ってない。とりあえずどっかに絞りたいな』

「まずは第一セットと同じで１１（Ａクイック）と黒羽のｂｉｃｋとレフトのファーストテンポに絞っていいと思いますが……」

シーズン最初の大会でもあるため出場機会が少ないリザーブの選手のデータは越智もほとんど持っていない。早めになにかしらの傾向を見つけたいところだ。

欅舎はこれで全員三年生以下だ。三村の９番が一番若いナンバーになった。

このセットから投入されるリザーブメンバーにはやはり力みが窺《うかが》える。灰島一人が平然としているのはまあ置いておいて、第一セットの決定率がよくなかった黒羽もあまり冴えた顔はしていない。

ほかのメンバーがサイドライン上で足踏みをしてコートインを待つ中、三村は頭を下げ、両膝の

サポーターのマジックテープを一度剝がして調整している。ああいう神経質な行動をする奴ではないのだが。緊張してるのか……？

一般的なバレーボールの膝用サポーターはパッドがついたシンプルな筒状で、レシーブ時の打撲から膝を保護する目的のものだが、三村のそれはジャンプ時の膝への負荷を軽減する目的のものだ。膝パッドはなく、膝蓋骨《しつがいこつ》、いわゆる膝の皿の部分が丸くあいた形状で、膝蓋骨の上下をマジックテープで締めて補強する。ひと目で怪我用だとわかるので高校時代の三村はあのタイプのサポーターを使っていなかった。

中学一年時と二年時で二度、左右の膝を手術して復帰した経緯がある。高校三年間は大きな問題はなかったのでプレーは続けられていたが完治したわけではなかった。

高校の大会が全部終わったら再手術することを勧められている——と越智が三村から聞いたのが、まさに〝高校の大会が全部終わった〟その日だった。

＊

福蜂工業高校にとっては正月に東京で行われる春高の全国大会が毎年〝最後の大会〟だった。しかしその年、想定していたよりも一ヶ月以上早く、十一月末の福井県代表決定戦で、越智と三村の高校バレーは終わった。

「準優勝となった福蜂工業高校のキャプテン、三村くんにお話をお聞きします。お疲れさまでした……いい試合をありがとうございました」

インタビュアーが水野《みずの》でよかったと——三村にしてみれば水野に敗者インタビューをされるのは

恰好がつかないと思っていたかもしれないが――越智は思った。ずっと福蜂を取材してくれていた地元テレビ局の女性レポーターだ。なにかしら刺激的なコメントを求めるような無粋な取材も三村はしばしば受けてきたが、三村にマイクを向けた水野の声は誠実で、お疲れさまでしたという言葉には温かなねぎらいが感じられた。

体育館の隅でインタビューを受ける三村に手持ちカメラが一台ついている一方で、体育館の真ん中では先に勝者インタビューを終えた清陰の胴上げが行われていた。清陰は胴上げなんかするのも初めてだろうし人数が少ないチームだ。主将の小田を持ちあげたいようだがどんな体勢になってもらえばいいのかなどとやり方に戸惑っている初々しい様子にテレビカメラや新聞社のカメラが群がっている。こちらのインタビューを掻き消すほどわいわいと騒ぐ声に三村が一度視線をやった。

小柄な水野が腕をあげて掲げたマイクに軽く頭を下げ、

「……まずは応援に来てくれた学校のみんな、ＯＢの先輩方、保護者の方々に感謝してます。応援本当にありがとうございました」

落ち着いた表情でおとなのコメントをする三村を越智はほかのチームメイトとともに見守っていた。表彰式・閉会式の前に全員もうユニフォームからジャージに着替えている。三村も五セットマッチをフルで戦ってぼろぼろの膝をジャージの下に隠し、痛みをいっさい見せることなく自然体で後ろ手を組んで直立していた。

福井のバレーボールの表舞台にずっと立ってきたヒーローらしく堂々としたコメントをする三村こそが、越智の世界では今でも変わらず主役だった。越智にとっては清陰の胴上げのほうが背景で、三村を映しているカメラがメインカメラだった。

「みんなもありがとな」

カメラに入らないところに集まって聞いているチームメイトに三村が顔を向けて微笑んだ。

体育館に移動する前に控え室で三村が仲間に乞うた。

〝みんなに頼みがある。悲愴《ひそう》感は見せんで欲しい。みんなで顔あげて、胸張って表彰式にでよう。立派な準優勝や〟

控え室で泣き尽くした仲間も三村の思いを汲《く》み、今はしっかりした顔を保って微笑み返した。満足げに仲間を見渡した三村が「ありがとな……」ともう一度繰り返した。二度目は心得てくれたみんなへの感謝の言葉かもしれない。

「この仲間で、今年こそ春高のセンターコートに行くつもりでした……」

しかしその当の三村が一瞬声を詰まらせた。

完璧に感情をコントロールしていた三村が、しばし言葉がなくなったように口をつぐんだ。カメラが三村にぐいと寄る。

カメラを素通りして三村の瞼《まぶた》に今映っているものが越智にも見えた。この福井の体育館より遥か高く広々とした、東京体育館のアーチ型の天井に煌々《こうこう》と灯るライトを浴びて輝く、春高のオレンジコートが。

福井の一強として全国大会に連続出場を果たしていながらいまだ叶えられない福蜂の悲願が、ベスト4、センターコートだった。代々の先輩たちが積みあげてきた無念も引き継いでその夢を追ってきた三年間だった。一年目、二年目と着実に近づいている手応えはあった。しかし三年目にして、春高本戦に臨む前にその夢は断たれた。

「……またどっかでみんなと一緒にバレーやれたらと思います。三年も全員バレーは続けるんで」

三秒ほどの沈黙をおいて三村が続けたときには、感傷はもう締めだされていた。テレビカメラの前で悲劇の役は意地でも演じない。そういう奴だとわかっているが、そういう三村の意地が越智はやるせなくもなる。

「それとチームのために三年間働いてくれたマネージャーに、」

と、急に指名されて不意打ちを食った。三村がカメラに横顔を向けてこちらを見つめてきた。

「預けてもらった三年間、今日返す。約束したセンターコートには連れてけんかったけど。次は自分のための道を進んでくれることを応援してるで」

おまえっ……ずるい奴《や》っちゃなっ……！　おまえが泣かせにきてどうすんじゃっ……！

悲愴感を見せるな、悲愴感を見せるな……。越智は下唇を噛み締めて懸命に涙腺の決壊を堰《せ》きとめた。

「三村くん自身の進路について最後にお聞きしていいですか。大学でも活躍を見せてください。福井からみんな楽しみにしていますから……」

インタビュアーとして中立であろうと水野も努めていたと思うが、祈るような情がこもった。

「膝の手術します」

明快な三村の答えに水野が絶句した。まさかカメラの前で今言うとは思っていなかったので越智も驚いた。そもそも手術を勧められたことはさっき聞いたが、手術すると決めていたことは初耳だ。

あくまで主将の立場でチームの仲間や応援してくれた人々に思いを寄せて殊勝《しゅしょう》に話していた三村が、自分自身のことに触れたときにだけ自嘲《じちょう》めいた苦い笑みを浮かべた。

「ほやで、推薦の話はもらってましたが、それでも取ってくれるところがあるかはわかりません」

この場で言うことで、カメラの前で公表することで自分に背水の陣を敷いたつもりか——。あの三村がそうでもしないと腹を括れないくらいのことなのだ。どれくらいの時間をロスすることになるか、医者でも明確には保証できない手術だ。どれだけの覚悟をもって決断したのか……。

自分のための道を進めって、おまえ今言ったよな。

マネージャーになってスコアブックを預かるようになってから、より詳細なデータに基づく分析にも興味がわき、それを専門とするアナリストという仕事があると知って漠然とした興味は抱いていた。ただ本格的にその道を目指そうとまではまだ考えていなかった。

自分の志望を越智はこの瞬間にはっきりと自覚した。

おまえが戻ってくるのが何年後になろうと、そのときはまたおまえと並走したい。おまえとともに在りたい……それが、おれの道でもいいか？

＊

灰島のトスがライトの柳楽に通った。破魔が大きな歩幅で一気にライトへ移動し二枚ブロックを揃える。破魔のプレッシャーに柳楽が打ち急いだ。大学最強のブロックの前に弱気のスパイクが通るはずがなく易々《やすやす》と捕まえられた。

後衛の三村が前に飛び込んでリバウンドを拾い、欅舎の再攻撃。灰島が逆サイドのレフトへトスを離す。やはり結局は黒羽頼み——第一セットの一発目は抜かれたが、もう黒羽のクロスにはタイミングがあっている。黒羽がインパクトした瞬間コース上に現れたブロックが押さえ込んだ。

灰島がリバウンドを拾って欅舎がまだ粘る。三村がバックセンターから助走に入った。灰島のかわりにリベロの江口がアンダーセット。八重洲側も中央でブロックの布陣を敷きなおした。

三村のスパイク一本目だ。どうだ、と越智は身を乗りだした。

三枚ブロックが三村につく。右手でボールを叩きざま身体をくの字に折った三村の頭の上で、ブロックに阻まれたボールが大きく跳ね返った。山なりを描いて欅舎コート後方へ――欅舎は六人全員が前に詰めた状態だったため後ろががらあきだ。全員が振り返ったが、誰もいないエンドライン際に落ちるボールを見送るだけになった。

ライトにレフトにセンター、どこから打っても欅舎の攻撃は一分《いちぶ》も通らない。これが大学最強のブロック力だ――常に冷静にどっしり構えたバンチシフト。リードブロックからのブロックステップの速さ。ブロック自体の高さと固さ。さらには相手コートのスペースを見て落とす場所をコントロールするテクニックまで。

さてどうする、天才セッター？　第一セットと状況は変わっていないぞ。

八重洲のローテがまわり、破魔がサーブに下がって対角のミドルの孫が前衛にあがる。

スパイクやサーブの際に声を発するプレーヤーは海外には多いが、日本人選手では越智はほとんど見ない。破魔の逞《たくま》しい左腕《さわん》がボールを捉えて振り抜く瞬間、海外選手のような短い濁声《だくせい》をともなう呼気が発せられた。エンド側の越智の場所からはサーブの軌道がよく見える。左利き独特のスピンがかかったボールが欅舎の領空に入ったところで禍々《まがまが》しいほどのカーブを切り、リベロの池端がレセプションを逸らした。ボールを追ってダッシュした灰島がなんとか手を伸ばす。

ワンハンドで制御したボールをバックセット！　福田が灰島のすぐ背後についてきている。こんな荒れたレセプションから強気にミドル、しかもＡ１（Ｃクイック）だと!?

八重洲のブロック、つけない。だが福田が打ち損ねて軟打になった。越智が肝を冷やした一方で「あっ、惜しーっ！」と染谷が悔しがる声が聞こえた。

八重洲コートにゆるく入ったボールを破魔がレシーブし、自らバックアタックに入った。

一般的にミドルブロッカーは後衛ではリベロと交替する。しかし破魔は後衛に残ってバックアタックでも攻撃するミドルだ。サイドスパイカーばりの助走を取ってアタックライン手前でドドンッ、と力強く踏み切る。重量感のある体軀《たいく》が宙に跳ねあがり、高さと破壊力のあるバックアタックが炸《さく》裂《れつ》した。

トスから守備に取って返していた灰島が怯まず正面で受けた。ボールの威力に吹っ飛ばされて派手に後ろでんぐり返り。だがボールは高くあがった。「おわっ……あげやがった」と越智は声を漏らした。

池端が二段トスをあげる——が、二段トスを引き受けるべき前衛のスパイカー、レフトの黒羽とライトの柳楽がトスを呼ぶのを譲りあうように互いを窺って足をとめた。

どこから何度打っても堅牢な壁に阻まれる。決める場所が見えずスパイカーは迷いを深めて弱気になっていく。八重洲と対戦するスパイカーが必ず陥る症状だ。

「ヘイ！　バック！」

と、そのとき三村が声を張ってトスを呼んだ。

黒羽と柳楽のあいだを割ってバックセンターから。幅も高さも揃った三枚ブロックが三村の前にまた壁を作る。三村の二本目、今度はどうだ——？

「……あっ」ふかした。八重洲コートを大きく越えるホームランになり、太明が追わずに見送った。

黒羽に比べれば三村がスパイクでミスることは珍しいが、迷いが生じたまま半端に打ってスパイクミス。八重洲の壁の前に三村も例外ではない……か。

『16番、Ａ1多い奴か？』

「16番福田、データ少ないんで参考までにですけど、去年含めても一本も打ってません」

『欅が今年仕込もうとしてる武器かな……』

裕木の呟きで越智は練習中の一場面を思いだした。もしかしたら試合で裏をかくために練習では見せたくなかったのか？　たしかにもしあれを打ち切られていたらおそらく決まっていた……灰島の思惑を推し量り、不貞不貞しさにあきれるとともに戦慄《せんりつ》した。練習中から駆け引きをはじめているなんて普通の一年のやることではないが、あいつを普通の一年だと思ったら痛い目を見る。

だが今の福田の打ち損じは灰島の失策だ。福田が練習で打ちたがっていたことからわかるとおり、ぶっつけ本番ではスパイカーが緊張する。破魔の目の前で打つクイッカーにいかほどのプレッシャーがかかるか、灰島は想像できていなかったのだろう。

「灰島……あいつはめちゃくちゃ巧いですけど、まだスパイカーとの信頼関係は築けてないはずです。黒羽に仕事させなければ流れが渡ることはありません」

第二セットのローテが二周目に入り、八重洲11－7欅舎。欅舎に状況を好転させる材料はいまだない。

また頭を下げて膝のサポーターを調整している三村の姿に越智は溜め息を漏らした。

膝は治っているはずだ。しかし手術のブランクからまだパフォーマンスが戻ってこない。サポーターどうこうの問題ではないだけに余計に、サポーターを頻繁に気にする仕草に胸が痛んだ。

6. RUSTY KNEE

大学一年か二年は棒に振るかもしれん。ほやけどおまえはまだ高三や。これから先の選手生命のほうがずっと長いんやで、そっちを大事に考えろ――と、中学時代から地元で親身に診てくれていた整形外科医に言われた。

福峰の監督の畑《はた》が信頼している友人でもあり、三村にとっても長く世話になった主治医だ。しかし正直なところ、これから先の選手生命のほうが本当にずっと長いのかどうか、そのときの三村にはよくわからなかった。

小学校三年生でバレーボールをはじめ、高校三年でまるまる十年。仮に言われたとおりに一年か二年休んで二十歳かそこらに復帰したとして、そこから同じ十年プレーしたとしたら三十歳だ。

三十歳を過ぎてからどれくらい現役を続けられるんだろうか。十七や十八からしたら三十なんて普通におっさんなのでどうにもイメージがわかなかった。

そう考えたら、十八、九から二十歳という、骨格が伸びる成長期が終わっていよいよ体力的に成熟する時期を迎えるであろう年齢の「一年や二年」は、棒に振ってもたいしたことはないと簡単に割り切れる時間ではなかった。


キュ、キュ。

左右のシューズを一度ずつ後ろに蹴りだすと板張りの床とオレンジラバーが小気味よい音を立てた。胸が高鳴り、それが喉をくすぐって上ってきて、抑えようとしても笑みが浮かんだ。

ソール全体を床につけてぐっと腰を落とし、アキレス腱が伸びるのを感じながら屈伸する。両膝を両手で包んでしゃがんだところで、膝の奥で骨が鳴る低い音がした。

ぴくりと三村はそこで動きをとめた。

その部分だけ皮膚が再生してから日が浅いことがわかる手術痕が古い手術痕を上書きするように

両膝に走っている。――大丈夫。これは中学時代の手術後から聞こえる音だ。今は痛みをともなうものではない。

東京の大学病院で両膝の手術を受けたのが高三の一月。同期から約一ヶ月遅れの三月末に欅舎大の練習に合流した。四月からすぐ春季リーグがはじまったが、十センチのジャンプすらまだできなかったので試合にでるのは問題外だったのは無論のこと、部員とは別メニューでリハビリに費やす日々だった。

やっとみんなと同じ練習に加われるようになったのは春季リーグ、東日本インカレを経てシーズン前半が終わり、大学生の醍醐味《だいごみ》である長い夏休みに入ってからだった。

足首に通していたサポーターを膝まで引きあげ、膝蓋骨の上下をマジックテープできつく締める。圧迫感の不快さを上回る安心感が両膝を包む。腿とサポーターの隙間に指を入れ、ぴんっとはじいて指を抜く。頼んだぞ相棒、と念じるように両膝を叩いて身体を起こし、元気よくコートに入った。

「三村統、今日からスパイク練も入りますっ！」

「おっ、〝悪魔のバズーカ〟復活か」

「どっから聞いたんですかそれ。地元でしか通用せんやつですよー。おれ自分で言ったわけやないですし」

ひさしぶりに人からその二つ名で呼ばれたのが面映《おもは》ゆく、はにかみ笑いで訂正した。

先に並んでいる上級生たちが打つのを待ちながら何度か手もとのボールを頭上にオーバーパスし、膝を曲げて軽いジャンプでキャッチする。待ちきれないような仕草にまわりから苦笑され、「先行けよ」と順番を譲られた。

「おなしゃっす！」

四年の正セッターとまともにあわせるのは今日が初めてだ。持っていたボールをアンダーパスでセッターに渡し、セッターから一度戻ってくる。一往復してきたボールをオーバーパスでもう一度セッターに返して助走に入った。

ネット前で最後に右足、左足と踏み込みながら膝を沈め、床を蹴って踏み切る。セッターの手を離れたボールがあがってくる。

「……!?」

空中で焦《あせ》った。ボールが、

——遠い。

右手にあてはしたがネットの向こうに打ちおろせず、ばちんと打ちあげた。

「悪い、セット高かったな。次はすこし下げよう」

セッターに声をかけられ、しゃがんだまま呆然《ぼうぜん》としていた三村は顔をあげた。「あ、いえ」とっさに首を振ってしまったが、「……はい」

「もう一本続入れて!」

セッターがスパイカー陣に言ってもう一本続けて打たせてくれる。

またコートの後ろまで助走を取る際、何気ないそぶりで——内心ではおそるおそる、慎重に屈伸してみる。膝の奥で骨が鳴る音を体内で感じる以外は違和感や痛みがないことをもう一度たしかめてほっとする。

「も一本!」

と手をあげて助走スタートした。

二本目。さっきより低いセットがあがったが、今度もうまくあわせられなかった。上へと飛びだそうとした力がすとんと下に抜けるような感覚に襲われ、打ったボールが白帯《はくたい》にばすんっと突っ込んだ。

想像以上に……ジャンプ力が落ちている。

「統。今日はおれとやろう」

すごすごとコート脇によけた三村に二年の野間が声をかけてきた。今は控えのセッターだ。体育館にはネットが二面張ってあるが、コートの周囲のフリーゾーンを広く取って試合形式の練習ができるメインコートに対し、フリーゾーンが狭いほうがサブコートになっている。野間がサブコートに目配せした。

「あ……はい」

頷きはしたがどうしても落胆した声になった。正直に言えばなるべく多く正セッターとあわせたい。だがそれではほかの部員の十分な練習の邪魔になる。

……我慢の期間だ。スパイク練が再開されほかのスパイカーが次々にボールを打ち込むメインコートに背を向け、「お願いします」と野間に続いた。

〝統、スパイク練復帰したんやろ。おめー。どやった？〟

夜、高校の元チームメイトで作っているグループメッセージに昔の仲間からメッセージが来ていた。

昨日はしゃいで報告しなければよかったなと後悔した。返信しづらいものの読んでしまったからにはなにか答えねばならない。普段は既読スルーなんか気にする間柄ではないが、返信しないと変に勘ぐられて気を遣われそうだ。

苦楽をともにしてきた連中だ。正直に報告すればいい。

〝いやー聞いてくれや。やってみたら自分で引くくらいジャンプできんかったわ。トレーニングして戻してかんと完全になまってんなー！〟

正直に、ただし明るく伝わるように書いた。

すぐに既読がいくつもつき、ぽこぽこと返信が届いた。

〝ほーなんかー。やっぱ統でもブランクきついんやな〟

〝おれも今筋トレひっでしんどいわー。ほやけど最初のうちだけやっていうでな〟

〝今度飯でも食おっせ。おれそっちまで行くわ〟

懐かしいイントネーションが仲間それぞれの声で頭の中に鮮明に聞こえてくる。地元に残った者は少ないのにここでは全員の連鎖反応でみんな福井弁に戻る。

〝おう、飯いこっせ潤五《じゅんご》。合宿いつ終わる？〟

福蜂の同期で関東に進学したのは三村と高杉《たかすぎ》潤五の二人だけだった。福井は交通事情においては西日本に属する。進学先としては関東よりも名古屋や京都や大阪、近いところなら同じ北陸圏の金沢へでる者がまだ多いのだ。

既読の数からすると読んでいるはずなのに、一人だけなにも言わない者がいるのが気になった。

〝越智ー？〟

名指しで呼ぶ。既読は人数分ついたがやはり返信はない。

〝心配しすぎんなって。人のことよりおまえ唯一の浪人なんやぞ〟

〝この流れにおれの浪人関係ねえやろ〟

と、今度は即座に越智からの返信が画面に届いた。

〝おまえらがバレーの話できゃっきゃしてる横でおれは夏期講の復習してんやっちゅうの〟

一度口を挟んでからは越智も普通に会話に加わってきた。

喋っているうちにスマホを握ったまま寝落ちしていたようだ。つけっぱなしだった電気がまばゆくて目が覚めた。「眩し……」掠《かす》れた声で喘《あえ》ぎ、枕もとに落ちていたスマホを手探りで摑んだ。

〝絶対寝落ちしたわ統〟

記憶が途絶えてからもしばらく続いていたやりとりを遡《さかのぼ》ると正確に言いあてられていた。

「あー……風呂入ってちゃんと電気消して寝んと……」と独りごちはしても起きないのが独り暮らしというものだ。

七畳ほどの一人部屋だ。入寮時に備えつけられていた家具類は勉強机と収納棚とシングルベッド（フレームのみなので寝具は持ち込まねばならない）、それにエアコンと照明器具類。ドアの近くにつや消しのアルミ製の松葉杖が倒して置いてあった。もう使う用はないが、福井で通院していた頃からの物なので貸しだされているのか購入したのかもわからず処分できずにいた。

起きる気にならず寝転がったままだらだらとスマホを眺めていると、さらに遡ったところにあった越智の発言が目についた。ここから読んだ覚えがないのでこのへんで寝落ちしたのだろう。

〝ほーやって報告できてるうちは大丈夫やろし、今は心配してえんわ。なんも言わんくなったときが心配や〟

＊

ピピピッと床の上で電子音が鳴った。バランスボールからどてっと転げ落ちつつ残り０秒を表示しているストップウォッチを摑み、

「痛てて……つら……」

手の中でとめたストップウォッチを持ったまま床に突っ伏した。浅く息を吸うだけで腹筋が締めつけられ、しばし呼吸もまともにできずに体育館の端っこで一人腹這いになっていた。体育館の真ん中で行われているスパイク＆ブロック練の振動がここまで響き、腹筋を余計にじわじわ蝕《むしば》んでくる。

床に片頰をつけ、床の上から練習の活気を虚《うつ》ろに眺める。

ソールに貼りつけられたオレンジ色のラバーが特徴的なバレーボールシューズが視線の先をひっきりなしに駆け抜け、力強く床を踏んで跳びあがる。スピード感ある景色の端をバランスボールがゆっくり転がっていって壁の近くでとまった。

別メニューに逆戻り、だ。

一歩ずつでももとの状態に近づいていると信じてきたので精神的なダメージはさすがにあった。一年や二年どころかたった半年でもう巨大なロスを痛感している。もとの状態までいつ持っていけるのか……高校時代のレベルまで戻したとして、そのうえで大学で通用するレベルに引きあげるのにどれくらいかかるのかと思うと途方もなく遠く、努力の意味を見失いそうになる。

「ラストー！」

という声がコートで響いた。

スパイク側もブロック側もいま一度気合いが入る。ネット上で激しくぶつかってはじきだされたボールが三村がいるほうへ飛んできた。ちょうど四つん這いから起きあがるところだった三村は反

射的にそのまま床を蹴ってダイビングレシーブしようとした。

——その瞬間、膝を打つ恐怖が頭をよぎった。飛び込みきれず中途半端に床を滑った三村の頭の一メートルばかり先でボールが壁にぶつかった。

膝をかばったら不必要に胸を打ち、けほっと咳がでた。

「あーくそ、ダセェ……初心者か……」

ダイビングレシーブもできない不甲斐なさについ拳で床を叩く。

「統ー。大丈夫か？」

壁に跳ね返ったボールを拾いにきた部員に声をかけられるとしかし、「いや、腹筋死んでるだけですー」とおどけた笑顔を作って頭を起こした。

一人だけ別メニューをこなしたあとはプロテインの粉末を溶かしたシェイカーを手にし、蒸した体育館内で気休め程度にまわっている扇風機の風にあたりながらちびちびと飲む。

なんかどんどん不味《まず》くなってくるな……。粉末変わったわけじゃないよなあ？　喉を通っていかない液体に顔をしかめて乳褐色のボトルの中身を見直してしまった。疲れ切っているときはプロテインすらがぶ飲みできるものだが、今はぜんぜん身体に染み込んでいかずにずっと喉が塞がれているような気がする。

一日でも早く練習にフルで参加したい——と待ちきれなかった夏までの半年は気持ちに反して時間の進みが遅かった。スパイク練に復帰できたときにはやっと時間が大きく進んだ感覚だった。

ところが時間というやつは底意地が悪い。

復帰してから自分で期待したパフォーマンスがあがってこず、一日でも早くパフォーマンスを戻したい——という段階になると、逆に時間が待ってくれなくなった。思うような成果が得られず、もうちょっと時間が欲しいと思っているうちに毎日が過ぎていった。

二ヶ月もあった夏休みが飛ぶように終わり、九月上旬から秋季リーグがはじまっていたが、この大会でもいまだ三村はスタンド応援だった。ナンバーのついたユニフォームに袖を通す機会はまだない。

〝潤五、今日デビュー戦で初得点やったな〟

土日の試合を終えた夜、三村が送ったグループメッセージにすぐに次々と反応があった。

〝おお、まじけ潤五〟

〝関東一部デビューおめでとさん〟

〝ほうか、今日欅舎と臨大《りんだい》があたる日やったな〟

という発言は越智だ。関東リーグのスケジュールをチェックしてるのか。

〝んーああ。まあなんとか貢献できたな〟

当の高杉はそんなクールぶった返事をよこしたが、三村は高杉の会心のガッツポーズを現場で見ていた。

セット終盤でリードした臨海国際大がワンポイントブロッカーに高杉、リリーフサーバーにも高杉の同期の一年生を投入した。気を吐いてレギュラーと交替した高杉がブロックタッチを取り、自ら作った反撃のチャンスでトスをもらってスパイクも決めた。これ以上ない会心のデビュー戦だったろう。

〝それより統じゃ。統が敵のスタンドにいるときのやりにくさ、みんな想像したことあるか？　声でけぇで煩《うるせ》ぇわ、コートチェンジしたらこっちの頭の上越えてあっちまで声飛ばすでこっちの意思疎通しづらいわでひっで調子狂わされるんじゃ〟

〝ひひひ。計画どーりじゃ。下で貢献できんぶんスタンドで仕事せなあかんしな〟

重いニュアンスで書いたつもりではなかったが、

〝統。はよ降りてこいよ。おまえが上にいるのなんかに見慣れたないでな〟

という高杉からの返信がちょっと重くて次の返信に困った。

〝焦《あせ》らすようなこと言うな、潤五。まだ一年たってねぇんやぞ〟

と越智まで生真面目な口を挟んできた。越智に関しては字面で受け取れるとおりのニュアンスで間違いない。

〝焦らされてえんって。おまえが気ぃ遣いすぎや〟

咎《とが》めたつもりはないのに越智に〝すまん〟と謝られてなんだかもうめんどくせぇ、という気になってくる。高校三年間、家族以上に時間を共有したメンバーなので気心は知れているのに、その仲間内ですら文字だけのやりとりはこんなにもニュアンスが伝わりづらいものか。

別にホームシックになったわけではないが、顔を見て喋りたいなと思った。

〝なんも焦らんと、こっちはマイペースでやってるって〟

と送ってからなんか息をするように見栄を張ったなと我ながら思い、やっぱり顔をあわせなくて済む距離でいい気がした。文字だけのほうが楽に繕《つくろ》える。

7. TURN OF THE TIDE

また被ブロック――。
ネットの向こうから覆いかぶさるように突きだしてきた破魔の手に三村のクロスが捕まった。何

度目かの溜め息とともに越智はコードを入力しようとしたが、

「!?」

その刹那、叩き落とされたボールの下に三村が足を突っ込んだので入力の手をとめて前のめりになった。シューズの甲ですくったボールが欅舎のコート上に跳ねあがった。あいつ、根性で自分でリバウンド取った……！　「ナーイス統っ！」染谷の喝采が耳に入ったが、

ピイッ！

ホイッスルが鋭く響いて試合をとめた。「あーっまじか、惜しい！」

パッシング・ザ・センターライン……。懸命な繋ぎでボールはあがったが、スライディングタックルばりに突っ込んだ足がセンターラインを踏み越して八重洲側を侵してしまった。

第二セット中盤で八重洲15－10欅舎。依然として八重洲が試合の支配権を渡さず進んでいる。五点差にされた欅舎がタイムを取った。ベンチに引きあげる選手と入れ違いに両チームからモッパーの一年生がコートに飛びだしていってモップをかける。今のうちに越智は入力が抜けたラリーのコードを思い返して補完した。

あかんな……と自戒して溜め息をつく。俯瞰《ふかん》的な立場で見ようと意識しているのに、どうしてもその瞬間その瞬間で気持ちを引っ張られている自分がいる。染谷の声をまるで自分の心の声が聞こえたように感じてしまった……。

『越智』

インカムから聞こえた声にはっとし、「あ、はい」と集中しなおして応答した。

『9番の情報が欲しい』

「はい」頷いてから「——9番ですか？」と確認してしまった。

『ああ、9番。太明と破魔から』

ベンチ前で立ちあがっている裕木のもとに、破魔と太明——八重洲の前衛と後衛を結ぶ中心線の二人がいるのが見下ろせた。

頭の中で手早く答えをまとめるあいだに越智は欅舎側のベンチに目を投げた。第二セットのコートメンバーが八重洲のそれよりぎゅっと円陣を縮めて集まっている。円陣の中に頭を突っ込んで積極的にずっと話している9番の背中がほかの選手の隙間に見えた。

「……膝怪我してたんで、黒羽ほどのパフォーマンスは今んとこないです。この六試合では後衛んときだけちょっと入ってますけどバックアタックは一試合一本くらいしか打ってません。どっちかっていうと守備固めと、あとムードメーカーが仕事です。ただ高校では打ってたんでもともとめちゃくちゃ打ちます」

『ああ、そういえば高校一緒だったのか。福井だっけ』

「はい——チームメイトでした」

三村の情報をベンチに求められてほかならぬ自分が伝えていることに、ぞくぞくするほどの昂揚《こうよう》感を覚えた。声がうわずるのを抑えて努めて淡々と伝える。

「フロントではインナーかディープコースが得意です。インナーはめっちゃキレます。ブロック抜けるとゾーン5とか7とかの深いとこに入れてきます。黒羽は浅いとこ落ちますすけど、すば……三村にはライン下げたほうがいいです」

裕木から破魔と太明に端的に伝えられる。それを受けて言葉を交わす破魔と太明の様子を遠目に見下ろしてなにか追加で問われることを待っていたが、距離感の異なるホイッスルの音が右耳と左耳それぞれに聞こえた。ここで三十秒のタイムアウト終了。

ほかのメンバーのしんがりから破魔と太明が顔を寄せて話しながらコートに戻っていった。

現状三村の調子は数字の上では警戒するほどではない。ほかのスパイカーが打てない状況でスパイクを多く引き受けて自滅しているぶんだけ決定率はかなり下がっている。だが、あの二人の会話に三村の名前がでている……。

『9番、膝は？　今は問題ねえの？』

選手をコートに送りだしてから裕木が訊いてきた。

「はい。今は……」他意はないのだろう単刀直入な疑問への答えを口にするとき、二年ぶんのいろいろな感情が溢《あふ》れそうになった。「今はもう、大丈夫です」

大丈夫なのだ。治っているだけに、怪我が言い訳にならない。

第二セット中盤から終盤にかけての福田前衛ローテで灰島がCクイックをさらに二本使ってきた。しかし一本目と同様に二本目、三本目も思い切って叩けず、ゆるいボールを太明がフロアで拾った。

終盤までに地力の差がさらに顕著になり、八重洲23－16欅舎。七点差に引き離して八重洲が二十五点まであと二点。終盤で大逆転劇が起こる試合も少なくないのは事実だが、同じ大学生相手にこの点数から逆転を許すような甘さは八重洲にはない。

欅舎はせめて第三セットにいい流れを渡すための手応えを摑んでこのセットを終えたいところだろう。それができなければ第三セットはまた四年のレギュラーに戻り、リザーブメンバーは下げられるだけだ。

サーバーは孫。八重洲のスタメン六人中唯一のフローターサーバーだ。欅舎のレセプション陣にとってはひと息つけるサーバーだが、スパイクサーブが連続したあとのフローターには取りづらさもある。前に落ちるサーブに黒羽が慌てて突っ込んで潰れた。ああいうところが黒羽はまだ甘い。

八重洲側に直接返るボールになり、八重洲に二十四点目のチャンス。

八重洲のセットポイントを阻まねばならない欅舎のブロッカーは三村、辻、灰島。破魔が前衛のためCクイックをマークから外せない。三村と辻がライト側に寄った。だがこれでレフトがあく。レフトにトスがあがれば行けても灰島一枚。ここは神馬に！

早乙女も心得ており手薄なレフトにトスを振った。灰島が素早いクロスステップからブロックに行くが、灰島の一枚ブロックはさっきも突破している。一枚程度では日本代表を経験したアウトサイドヒッターの前に障壁にはならない。

ストレートを締めた灰島の左脇を抜いて神馬がクロスに打った——直後、一枚分あけて跳んだ辻の手にボールが捕まった。

「……あっ!?」

辻がライトから足を返して灰島についてきていた。先走って神馬のスパイクコースを入力しかけた指を越智はとっさにキーから離した。

「来た来た来たあーっ！」

などという染谷の野卑《やひ》な歓声が聞こえた。

欅舎にこの試合やっと一本目のブロックポイントがでた。しかも偶然とめられたわけではない——わざと手薄な側を作って誘導された。くそっ、灰島！　歯軋りしながら越智はバックスペースキーを強く連打して途中まで打ったコードを削除した。

とはいえいまだ八重洲23－17欅舎。一本のブロックポイントがチームを勢いづけることは往々にしてあるが、スパートをかけるには遅すぎる。

ブロックポイントを決めた辻がサーブに下がる。さほど警戒する必要はない辻のフローターサーブだが、神馬の手前にうまく落とされた。つんのめって膝をついた神馬のレセプションが欅舎のチャンスボールになった。予想外のブロックを食らって集中力が乱れたか。国際大会にでれば質、高さとも日本国内では経験できないレベルのブロックに嫌というほどシャットされるはずだ。だが逆に学生の大会で、あきらかに格下の相手にシャットを食らうことは最近の神馬にはなかった。

潮が引くように欅舎のスパイカー陣がネットから下がって助走準備に入る中、唯一ネット際に残って自陣を向いた灰島が味方に指示を飛ばす。一年生にしてすでに堂々たる司令塔だ。

福田がまた前衛に来ているローテだ。Cクイックは三本打ってまだ一本も決まっていないが、三本ともフロアまでは到達していることが気にかかっていた。三村、黒羽、柳楽というサイド陣はブロックで阻んでいるのに、福田のCクイックだけはブロックがつけない状況で打たれているのだ。四本目を灰島が使ってもおかしくないタイミングだ。「16番《福田》！」口もとのマイクに警告したとき、

「統、統！　統の決定率あげろ！」

染谷の大声が耳に入り、驚いて越智はそっちに一瞬目をやった。「レフトレフト！」という声がコートで聞こえてはっとして目を戻す。三村が手を叩いてトスを呼びながらレフトに入る。破魔が手振りで味方ブロッカーにレフトの警戒を促した。

三村はここまで被ブロック率が高い。攻撃の手数が揃って灰島がどこにでもトスをだせる状況であえて三村に振る確率は低い。だが灰島ならそれすら計算して裏をかいてくることもあり得るか？破魔も三村をかなり警戒している。

って、ぜんぜんわからん！　さっぱり予想できなくなりただ灰島の動きに目を凝らしたとき、バックセットでやはりCクイック！　四本目、またノーブロックで抜けた。ただ抜けても太明がフロアで構えている。

四本目にして福田が綺麗にミートし、初めて強打になった。ワンハンドであげようとした太明の腕の脇を一瞬早くボールが掠めた。首だけで振り返った太明の背後でズバンッとコート内に跳ねあがった。

疑心暗鬼にさせたあげくの結局Ｃクイックかよ！　つい越智は抗議の目で染谷を睨んだ。コートに喝采を送っていた染谷がこっちを見返してにたりと笑った。チェシャ猫を思わせる狡猾《こうかい》なしたり顔に越智は絶句して目を剝《む》いた。

相変わらず座席の上であぐらを組んで前傾姿勢になり腹の前でノートパソコンを挟んだスタイルで染谷が「こっからまくれまくれ！」などとまた野卑な言葉で自軍に発破をかける。どこからどこまでわざと聞こえるように言ってるんだ？

くそっ……気を鎮めて越智は自分の仕事に集中した。

欅舎のブレイク（サーブ権があるチームの得点）で一点詰められたが、八重洲が落ち着いて次はきっちりサイドアウトを取り、八重洲24－18欅舎。セットポイントに乗せた。レセプション側が攻撃に有利なバレーボールではブレイク率よりサイドアウト率（レセプション側が得点する確率）のほうが高い。もう一回欅舎にサーブ権を渡したとしてもサイドアウトを問題なく取れれば二十五点だ。

八重洲のローテはＳ１。唯一ブロックの弱点になる早乙女が後衛に下がって前衛の高さが戻ったところだ。

早乙女のサーブが欅舎コートに入り、なにはなくともまずはサイドアウトを取らねばならない欅舎の攻撃。二連続でＣクイックは使ってくるまいが、灰島のことだ、まだなにか狙ってるんじゃ……。

コート上の選手にも迷いが見られ、破魔の両サイドの神馬と大苑が左右に開き《スプレッドし》かけた。ブロッカー三人がセンター寄りに集まる布陣をバンチシフトというのに対し、ブロッカーが間隔を取ってサイド攻撃に備える布陣がスプレッドシフトだが、隙あらば真ん中をぶち抜いてくる灰島にはスプレッドは恰好の餌食だ。黒羽の十八番《おはこ》のｂｉｃｋが最大限に生きる。

「ステイ！」

そのとき端的かつ明快な太明の声が飛んだ。

背後からの太明のひと声で前衛の足が地につき、破魔を中心に三人がバンチシフトでとどまった。それを見るや灰島がレフトに長いトスを飛ばした。バンチシフトは逆にサイドいっぱいの攻撃に弱い。あの視野の広さと瞬時の判断力にはまったくもって舌を巻く。

「抜かせろ抜かせろ、任せろ！」

大苑・破魔の二枚ブロックが割れたところへ三村がクロスを突っ込んだが、怒鳴りながら床を蹴った太明がブロックを抜けてくるコース上に身を投じる。思い切りのいいフライングレシーブでボールがあがった。

破魔が鋭い声でトスを要求した。早乙女からバックセットがあがった直後、ほとんど早乙女の頭の真上で破魔の左手がボールを捉えた。左利きのＣクイックはセッターとの距離が最短になる利がある。野球で左バッターが一塁に近いようなものだ。

Ｃクイックを打つならこうだと見せつけるような〝本物の〟Ｃクイックが欅舎コートに叩きつけられた。

最後は八重洲がブレイクで突き放して二十五点に飛び込み、25－18で第二セット終了。

スタンドで思わず力んでいた越智はどっと脱力し、溜め込んでいた息を吐きだした。

灰島に攪乱《かくらん》されて一瞬浮き足立ったが、そうそう総崩れはしない。パニックに陥りかけた自分を戒めた。大学ナンバーワンたる実力のあるチームだ。選手の力を信じて落ち着いて試合を運べば負けることはない。

八重洲が危なげなく第一セット、第二セットを連取して王手をかけた。五セットマッチなので第三セットを取ればストレートで終了だ。

逆に追い込まれた欅舎だが、ぞろぞろとコートチェンジするメンバーの空気は悪くはない。福田や辻の顔は昂揚で上気している。

点数的には第一セットと変わらず大差での失セットだが、終盤で決まったブロックポイントとCクイックのインパクトは大きい。第三セットへと流れを持ち越す手応えは終盤確実に摑んだ。

『越智。第二セットのデータでる？　たぶんメンバー変えないだろ』

ベンチを移動して腰を落ち着けた裕木の声がインカムに届いた。

「はい。すぐ送ります」

寝不足の頭がこのセットだけで一気に疲弊《ひへい》し（というのは主に灰島のせいだ）脳が糖分を要求した。甘いものを積極的に食べたくなったことなど人生でなかったのだが。そのうち三村とチョコレート談義ができるようになってしまいそうだ。

三村に関しては依然として調子はあがっていない。だが福田と灰島の肩を抱いて歩きながら辻にも笑顔で声をかけている三村の姿が見えた。

……今日は敵だ。情を移している場合ではない。

チョコレートをまたひと粒口の中で溶かしながら気合いを入れなおしてキーを叩いた。

8. SWALLOW DARKNESS

「オッケーオッケー！　いい流れ作ったぞ！」

監督から第三セットのスタメンが伝えられる前から三村が率先して中心になり第二セットのメンバーで円陣を組んだ。

「一本決まったのはよかったですけど、最初からもうちょっと決めたかったです」

安堵と謙遜を半々に言う福田の肩を叩き、

「今日から磨いてけばいいんや。Aチームにあがる武器になるぞ」

悪だくみじみた笑いを作ってそう励ますと福田が上気した顔で「はい！」と頷いた。

体育館の消灯時間ぎりぎりまで自主練をしていると三村が寮で話したのは第四戦後だったが、その週の夜練後、灰島がひょっこり自主練に参加してきた。辻か福田、どちらかのミドルブロッカーに八重洲戦までにCクイックを使えるようにさせたいと言いだしたのがその灰島だった。

この時点で第七戦の八重洲戦まで約十日だった。練習では詰めが間にあっていなかったので使用に不安があったものを本番で臆さずぶちかまし、一セットのあいだに本数を重ねて仕上げてきた灰島の胆力には畏《おそ》れ入る。

「うえっ、なんだこれゲロ甘っ！」

と突然柳楽が悲鳴をあげた。選手の肩にタオルをかけてまわっていた久保塚が振り返り、「あ、それ飲めるの統だけだ。統にまわして」「飲めるの……っていや飲めないでしょ」「おれのおれの。こっちちょーだい」「まじすか!?　中身なんですそれ!?」束の間の補給をしながら慌ただしくも活

気ある声が飛び交う円陣の中をバケツリレーでまわってきたボトルを掴み、

「この流れ持ち越して、第三セット出だしからサイドアウトきっちり取ってくぞ。離されんかったらセット取れる隙は絶対ある。第三セット取るぞ！」

三村の声に耳を傾けてメンバー全員がいい緊張感を保った顔で頷いた。

既成事実を作るみたいにチームワークをアピールして盛りあがっていると、実際それで監督が空気に流されたのかどうかはともかく、第三セットもメンバーを変えずに行くと告げられた。

三村自身はまだなにもパフォーマンスを見せられたとは思っていなかった。終盤の流れを変えた立役者はブロックポイントとCクイックを決めた辻・福田のミドル二人、そしてそのどちらもアシストしたさすがの灰島だ。だが我ながら面の皮を厚塗りしてあえて自分がこのチームを引っ張っているような顔をしていた。

こいつがムードメーカーだと監督にアピールすることには少なくとも成功した。もうしばらくコートに置いてみようという猶予《ゆうよ》をもらえた。

逆を言えば起用してもらった成果を次のセットで見せられなければ、下手をすると今大会はもうチャンスはないかもしれない。レギュラーで長くコートに立てれば好不調の波がある中でピークを掴んでパフォーマンスをアピールすることもできるが、リザーブは必ずしもピークに出場チャンスが巡ってくるわけではない。結果を残せるチャンスも自《おの》ずと限られている。

受け取ったボトルをがぶがぶとあおり、タオルで口を拭って「……っし」と気合いを入れる（ドン引きして見ていた柳楽が「まじか」と呟いた）。ボトルとタオルを久保塚に預け、コートサイドに並ぶ。

「決定率あげてくぞ。黒羽」

やはり第二セットはいい働きをしたとは言いがたかった黒羽に灰島が発破をかけていた。三村と違って声量そのものがでかいわけではないのにこいつの声からは闘志が溢れでている。活を入れるように黒羽の背中を小突いて押しやり、二人が横に並んできた。

「おまえらってなんで苗字で呼びあってんや？　黒羽はユニやし、灰島はチカって呼ばれてんやろ」

ふと素朴な疑問が浮かんで三村は隣に立った灰島に尋ねた。「はい？」灰島がきょとんとし、

「……なんでって、ずっとそうだからだよな」と向こう隣の黒羽に振った。

「おまえが中二で戻ってきたとき黒羽って呼んだでやが」

黒羽はなにか思いだすことがあるようでジト目で答えた。

「第三セット、福田さんにマークつくんでサイドに振っていきます。三村さんにももっと決めさせます」

無駄話にそれ以上気を取られることなく灰島が声を鋭くした。

「いいトスは必ずあげます。あとはブロッカーと勝負して勝ってください」

灰島の気合いに三村は少々気圧されたが、頼もしすぎる一年生からの遠慮のない発破に「おう。頼む」と頷いた。

なるほど、成果を示さねばならない相手は監督だけではないようだ。今後必ず欅舎の不動の司令塔になっていくこの一年生セッターの期待に応える働きをして承認と信頼を得ねばならない。

高校以来だ……。ひさしぶりに自分以外の誰かからかけられるプレッシャーが、変な話だが懐かしかった。上から押さえつけられるような重力が肩に加わったが、膝を包むサポーターの力も借りて両足が揺るぎなく全身を支え、まっすぐに立っている。サイドラインにつま先を向けて床を踏み

しめた両足に目を落とし、頼むぞ、と胸中で呟く。

審判から両チームに号令がかかった。

第三セット、コートイン。

「おし、行こう！　まず一セット返すぞ！」

左右に並んだスターティング・メンバー全員の背中を押すように三村は両手を広げて仲間を励まし、大股でラインをまたいだ。

「まわしてきたな。破魔サーブからかよ」

八重洲サーブからだ。レセプションリベロの池端が八重洲側を素早く確認して言ってきた。

八重洲がローテをずらしてきた。コートに入った六人の配置が第二セットのスタート時と大きく違う。いつも前衛からスタートする破魔がバックライトからのスタート。神馬が後衛で浅野が前衛スタートになるのもいつもと逆だ。これによりネットを挟む前衛プレーヤーのマッチアップが第二セットと変わる。

破魔のサーブは無論脅威だが、そもそも八重洲は全員がいいサーバーなので破魔のサーブ頼みなわけではない。バックライトスタートでは欅舎にとって一番怖い破魔前衛のローテが一周ぶんなくなることになる。

フロントライトからスタートする灰島が八重洲の意図を読み取ろうとするようにネットの向こうをじっと睨んでいた。

「破魔一本で切るぞ！」「一本カット！」「まずサイドアウト！」

破魔のサーブに備えるコート内で緊張した声が飛び交う。最初の一点を取るチャンスはこちらにある。先行されたら容易に逆転させてくれない相手だ。先制点を着実にあげてスタートを切りたい。

レセプションをしっかりあげて灰島からベストの攻撃に繋げたいところだったが、破魔の強烈なサーブを受けた池端が反動を殺せず大きく返った。灰島がネット際でジャンプしてボールに食らいつくも指先の数センチ上、触れることができず八重洲側の領域に直接飛び込んだ。「悪い……！」池端が焦って謝る。

先制点のチャンスが八重洲に渡った。少なくとも後衛の破魔のCクイックはない。早乙女からのトス、一本目はレフトへ飛んだ。打つのは前衛スタートの浅野だ。景星学園の主将時代はライトプレーヤーだったが本来どのポジションも万能にこなすオールラウンダーだ。

正面でマッチアップする欅舎側ライトブロッカーは灰島になる。ブロックのいい灰島を避けてクロスに打ってくるか──いや、ストレートで勝負してきた。外に切るような鋭い打ち方でボールを灰島の右手にぶつけ、コートサイドにはじきだした。

灰島がブロックアウトを取らされる形になり、先制点は八重洲にあがった。

ぎらついた目で灰島がネット越しに浅野を睨んだ。浅野が好青年然とした顔に存外に挑発的な微笑みを浮かべ、このセットはおれが相手をしようとでもいうように灰島の眼光を受けとめた。

前のセットは神馬と灰島が多くマッチアップしていたが、ここに浅野をぶつけようということかとローテをずらした目的に合点がいった。

浅野が二階スタンドに軽く手をあげて合図を送るのを見て、作戦を提案した者の影を感じた。

「オッケーやオッケーや！　連続ブレイクさせんな！　一本あげよう！」

声をだしながら三村は二階スタンドのアナリスト席を周辺視に入れた。最前列の手すり際に密集しているビデオカメラ群の陰に八重洲のジャージの部員の姿をちらりと認めた。

高杉たち福蜂のほかの同期はみんなバレーで進学できることになっていたので、地元を離れてもバレーで繋がりが続いていくことは疑っていなかった。しかし越智に関しては、バレーでの繋がりはたぶん高校で終わるのだろうと、越智の志望を聞くまで三村は勝手に想像していた。そもそも一年の夏に練習で怪我をしてから退部するかしないかというところまで思い詰めていた越智をマネージャーとして引きとめたのは三村だったのだし。

一浪覚悟で関東の国立大に絞って受けるつもりだという越智の明確なビジョンを聞いたときは驚かされた。

ほんとに有言実行してみせて、関東一部のアナリストになったんやな……。

今日この試合で巡ってきたチャンスで必ず成果を見せる——監督に、灰島に、そして越智に……安心させてやれる姿を見せたい。

＊

一年時はずっとスタンド応援かフロアでモッパーの係だった。

「サーミスいいよいいよ、コースケさん！　思いっきり攻めて外してこっせー！」

プラスチック製のメガホンを口にあてて野次まじりの声援を飛ばすと下のフロアの選手が「思いっきり外してどーすんや！　入れるっちゅうの！」とノリをあわせて怒鳴り返してきた。スタンドでメガホンを並べているほかの部員もそれに乗じて「統の訛《なま》り伝染《うつ》ってんぞー！」と明るく野次る。

高校時代の実績を買われて推薦で入学したにもかかわらず、試合で貢献するどころか練習にもまだ満足に参加できないのではさすがに肩身の狭さはあった。自分自身が疎外感に萎縮しないよう積極的に盛りあげ役にまわったおかげでムードメーカーとしての立ち位置だけは定着していた。

コートに立てずとも、スタンドからでも試合の空気を変えることはできると自分に言い聞かせる。

攻めたサーブが惜しくもアウトになり、「あー、もったいない」とスタンドにまばらに座っている一般の観戦客から嘆きがあがった。三村はメガホンをスタンドに向けて明るい声を張りあげた。

「サーミスは点差開くわけやないんでオッケーです！　サーミスんときも拍手お願いします！」

自校の試合が終わるとスタンド応援の一年は急いでフロアにおり、モッパーを務めていた一年も合流して次の試合の審判に入る。前の試合を終えたチームの部員が次の試合のラインジャッジ、記録、得点、ボールリトリバーを務めるシステムだ。大会の運営も学生が主体となってまわしているのが大学と高校の大きな違いの一つだ。

今日の三村の担当はラインジャッジだ。自分のチームの試合でユニフォームを着て立てなかったフロアに、チームポロシャツとロンパン姿でフラッグを持って立った。

「おっ、川島《かわしま》、今日スタメン……」

一九〇センチ級ならごろごろいる会場だが、そんな中でも頭半分大きな選手が東武大学のスターティング・メンバーとしてコートインしていた。北海道からでてきた川島賢峻《けんしゅん》、二メートル二センチ。その身長がありながら高校時代は腰痛に苦しんだ選手だ。

六月の東日本インカレまではまだスタンドにいたが、秋季リーグではベンチ入りしているのを見るようになった。東武大での調整がうまくいっている証拠だ。川島をいわば〝買い控えた〟東武大以外の大学はほぞを噛んでいることだろう――なんて三村が勝ち誇る謂《い》われもないが。

出場していなかったからデータもまだ乏しいのだろう。相手チームはまだ川島に対応できていない。ズドンッと重量感のある音をともなってブロックの上からスパイクが抜けてきた。ライトからの川島の得意なストレート。だがアウトコース――。

ぎりぎりまでボールを見つめていた三村の鼻先にドライブのかかったボールが肉薄した。紙一重で上半身をよじって顔を背けたが肩に衝撃が来た。「っと」若干よろけたが、はじけ飛びそうになったフラッグをすぐに持ちなおしてワンタッチのジャッジをだした。コースはスパイクアウトだったがブロッカーの指に触れるのを目が捉えていた。

まだ調子をあげている最中だろうが、存在感を示すには十分なスパイクだ。

川島のポジションから見て正面――相手コートのサイドラインの延長線上に入っているラインズマンが三村であることに川島が今気づいたようだ。遠くから手振りでこちらに謝ってみせた。三村はフラッグを軽く振って応え、すぐ表情を消すと位置に戻って直立した。

川島だって回復が早かったわけではない。大学入学後の半年間のみならず、ほとんど試合にでることができず我慢を強いられた高校三年間が積み重なっている。辛抱強く、慎重に、自分の身体と向きあってきたのだ。

川島の復帰を励みにすればそれでいい。それ以上の感情が言葉になる前に蓋をする。人と比べて羨んでもしょうがない……って、あーあ、結局言葉にしてしまっている。

*

〝組みあわせ見たか？　壱成《いっせい》んとこと初戦であたる〟

〝まじか？　今もう一回見る〟

〝おれも見たとこ。まじで潤五んとこと初戦であたる〟

全日本インカレの組みあわせが決定した夜はその話題で持ちきりになった。大阪進学組の朝松《あさまつ》と猿渡《さわたり》の大学はそれぞれ関西学連から、福井に残った神野《じんの》の大学は北信越《ほくしんえつ》学連から出場する。東日本インカレでは会えなかった仲間とも全日本インカレではひさしぶりに会える。

大学のシーズンの集大成が全日本インカレだ。しかし三村はこのままだと大学一年目は一度も試合にでられずに終わる。小学生からやってきて一年間まったく試合にでられない年は初めてになる。

〝関東一部は圧倒的にレベル高ぇでなー。おれらがでれて統がでれんちゅうことも普通にあるって〟

ひとしきり盛りあがったあと、三村が口を挟んでいないことに気づいた仲間からフォローが入った。フォローさせなきゃいけないのが逆にいたたまらない。余計に口を挟みにくくなっていると、次のメッセージが届いた。

〝福井で十年かかって身についたもんを作りなおしてるんや。焦らんでいいんやぞ。一歩一歩やってくしかないんやでな〟

越智から、グループではなく一対一のメッセージだった。

だから焦ってえんって、しつけぇな。わかってるでやりすぎんように設定された練習量もちゃんと守ってるし。

ささくれた感情まかせに返信を入力したが、送らずに画面を消した。

スマホを布団の上に放りだして寝返りを打つと、部屋の端に横倒しにしてある松葉杖が視界に入った。

捨てよう、と急に強迫観念みたいなものに襲われた。

おふくろに捨て方か返し方訊こう。思いついた途端それが最優先事項のような気がしてスマホを再び摑み、

「――――危ねー……」

思いとどまった。

「なにやってるおれ……落ち着け……」

夜の十二時にこんな用件で電話したら母親は絶対なにかしらこっちの心理に勘づく。

針を飲むようにネガティブな感情を飲み下した。――絶対に、誰の前でも噴出はさせない。


それから一週間、越智からはなにも言ってこなかった。一週間ぶりにまたメッセージが来たが、結局無視する形になった一週間前の話には触れずに話題が変わっていた。

〝冬期講習、東京で受けようと思って申し込んだ。来月の二十五から二十八の四日間のやつ、池袋の予備校なんやけど、会えんけ？　顔見たい〟

入力欄に一週間ずっと残っていた文章を消して空欄にしたが、それだけで返信は打たなかった。

なんも言わんくなったときが心配や、か……。夏に越智が言っていたことが現実になった。すげぇなあいつ。予言者か。

わかってはいたが、なにか返そうとしてもこのころはどうしてもなにも返事ができなかった。

9. UNFLAGGING STILL

第三セット前半はなんとか大きく突き放されずに進み、欅舎11－13八重洲。二点差以内で食らいついている。この調子で終盤までには前にでる機を必ず作りたい。

が、ここで黒羽の得意コースのはずのクロスが甘くなり白帯に引っかけた。「すまんっ……灰島、も一本！」黒羽がすぐに灰島に挽回のチャンスを求めた。

次のスパイクではストレートで大苑の外から抜こうとしたが、黒羽がやや苦手とするストレートがラインの外に逃げてスパイクアウト。

欅舎11－15八重洲。食らいついていると思った矢先に四点差。

「バックにも持ってこい！」

後衛から灰島に怒鳴りながら三村は荒く上下している黒羽の肩越しに八重洲コートに目を凝らした。

なにが起こった？　黒羽はいいスパイカーだ。それがここに来て急にぽろぽろとミスで自滅。

――打たされたか。

クロスにプレッシャーをかければ苦手なストレートに打ってくると計算されたうえでブロックでコースを絞られ、スパイクミスを誘導された。大型ルーキーだなんだともてはやされても一年生、三セットマッチが多かった高校を卒業したばかりだ。第三セットも半ばまで進めば高校生の体力では試合終盤に相当する疲労が溜まり、コントロールの余裕もなくなってくる。

おまけに八重洲は破魔・大苑という二人の左利きパワーヒッターを擁《よう》してライトからがんがん打ち込んでくるため、欅舎側レフトでブロックを担うアウトサイドヒッターには半端ないプレッシャーがかかる。高校はレフト攻撃が主軸なのでこれだけのライト攻撃に耐えねばならない試合も黒羽はあまり経験したことがないだろう。

浅野が灰島とマッチアップする前衛レフトにあがってくると、黒羽より数倍老巧なストレートでまたブロックを利用して灰島からブロックアウトを取った。ネットサイドのアンテナにボールがあたり、メトロノームの針が振れるようにアンテナが激しくしなった。灰島が細い目を剝いて浅野を睨みつけた。

灰島・黒羽のルーキーコンビが絶妙に抑えられている。アナリスト席の助言かは窺い知りようがないが、もしこれを考えたのが越智だとしたら……戦慄がざわりと胸の奥を騒がせた。

欅舎13－17八重洲。中盤で第二セットとほとんど同じ点差まで広がった。このままでは第二セットと同じで逆転に手が届かなくなる。

ここで破魔が後衛に下がるが、恐ろしいブロッカーから恐ろしいサーバーとなって襲ってくる。レセプションを崩されればさらに点差を広げられかねない。

ベンチからアップエリアの選手に交替準備の指示がだされた。ベンチに駆け寄ったのは黒羽の場所に第一セットのスタメンで入っていた四年のアウトサイドヒッターだ。

同じくベンチの動きに気づいた黒羽が三村をちらりと見た。

どっちだ、という視線が絡んだ。

アウトサイドヒッターはコートに二人いる。黒羽を下げて守備の安定を図るか、もしくは、攻撃力のある黒羽をコートに残すほうを優先されても不思議はない。

「一本一本！」「落ち着け落ち着け！」控えに下がった四年生たちがアップエリアからがなる声援がセット序盤よりも大きく聞こえた。

コート内の声がそれだけ減っていると気づいて三村ははっとし、

「――っしゃ、来い!!」

ひときわ声を張ってレセプションに構えた。両隣を守る池端、黒羽と前に立つ福田が声量に驚いてびくっとした。

両膝に手をおいて顔をあげ、対面コートのサービスゾーンでボールを片手に摑んで立っている破魔の姿を視界に入れる。超然と立つ破魔の顔がカメラが遠隔操作で横移動《パン》するような動きでこちらを向いた。少なくとも遠目で認識できるほどには表情に動きはなかった。

コート内の仲間が呼応する声がちらほらと弱気にあがった。序盤は維持していたいい流れはすでに手放していると言うしかない。灰島だけが汗がびっしり浮かんだ顔を変わらず闘志でぎらぎらさせて怒鳴った。

「真上にあげればいいです、おれが動きます！　直接返すのだけは避けてください！」

来いと呼んだからといって破魔が挑発に乗ってこっちに打ってくるとは限らなかったが、気概を叩き潰さんとするように三村が守るゾーンにサーブが突っ込んできた。まじかよ、表情一つ変えなかったくせに、とつい苦笑いが閃《ひらめ》いてから「っし」と気を吐いて集中する。

球面を覆う黄と青のパネルが目にもとまらぬスピードで回転しながら肉薄する。正面でレシーブしようとした刹那、極端なシュート回転をともなって左下に落ちた。体勢を崩しながらとっさに左手にあてたがサイドにはじいた。Dパス、攻撃不可能、連続失点という流れが仲間の頭に瞬時に浮かんでコートに焦りが広がった。

と、灰島が目の前を猛然と横切ってサイドへ飛びだしていった。「あげます！」執念すらこもった声に、左膝をつきかけた三村は足首にぐっと力を入れて踏みとどまった。反動を使って前に飛びだし、

「――チカ、くれ！　自分で打つ！」

エゴに近い強引な要求だった。低い姿勢で突っ込むように助走をはじめてから途中で身体を起こす。ベストの踏み切り体勢ではない。視界には入っていなかったが黒羽のほうがたぶん体勢はよかっただろう。しかし真っ先にトスを呼んだ三村に応えて灰島がボールに追いつくなりバックセット

してきた。

三枚ブロックが確実につく状況だ。高波が堤防を越えてくるがごとく幅のあるブロックがネットの上に覆いかぶさってくる。コースが開けず、ブロックを抜くのは諦める。ブロックアウトを狙うが、通過点が低ければ捕まって叩き落とされる。ぎりぎりを狙ってもし当て損ねたら第二セットのようにノータッチで自滅する。波の本体に突っ込むことなく、白波が立つ波頂《はちょう》の端を切り裂いて突き抜けねばならない。やれるか？　しくじれば五点差がつく——。恐怖心を払いのけられないまま、右手が捉えたボールを打ち抜いた。

端の浅野の小指をボールがわずかにはねあげてそのまま吹っ飛んでいった。

ラインズマンがフラッグを振りあげてノータッチアウトを示した。——嘘だろ!?

祈る思いで三村は主審を振り仰いだ。

主審がジェスチャーでラインズマンのフラッグをおろさせ、ブロックタッチありのジャッジをだした。八重洲側からノータッチのアピールがあがりかけたが、浅野が挙手してブロックタッチを認めた。五点差を覚悟したコート内の仲間から安堵の溜め息がこぼれた。

三村は身体の中で静かに息を抜いた。

ベストのスパイクを打てたわけではないが、勝負できた……。

すぐに仲間を振り返り手を叩いて盛りあげる。

「大丈夫や大丈夫や！　ここでズルズル行かんと切ってこう！　チカサーブやでブロックが仕事するとこやぞ！　破魔バックや、Ａ1ないでしっかり見てけ！」

欅舎14－17八重洲。三点差にどうにか戻した。灰島のサーブから連続得点《ブレイク》が欲しいところだが、白帯を風圧で揺らすほどのすれすれの軌道で飛来するスピードサーブを破魔が身体の表面積の広さを生かしてしっかりあげた。後衛でレセプションにまで入るミドルブロッカーは非常に稀《まれ》だが、ガタイに似合わず巧くて丁寧なレシーブには驚かされる。

「レフト、ストレートＯＫ、打たせろ！」

サーブからフロアの守備に駆け戻ってきた灰島の声が飛んだ。前衛レフトは浅野だ。浅野とマッチアップして失点させられているのでどう考えても対抗心が煮えたぎっている。

浅野も浅野で灰島の対抗心に強気に乗ってストレートに振り抜いた。灰島にディグ（スパイクレシーブ）を取らせればいずれにしろ欅舎は二段トスからの攻撃しかできなくなる。拾われたら拾われたでいいという狙いだろうが、

「――灰島！　くれ！」

呼ぶ声とともに、キュッ！　とコートエンドでシューズの摩擦音が響いた。

針の穴を通すような浅野のラインショットがブロックとアンテナの隙間を抜けた。ライン際で灰島がディグをあげるのと同時に、誰より早く助走を取っていた黒羽がコートのど真ん中から踏み切った。

まさかのスパイクレシーブから灰島が黒羽の頭上にぴたりとボールをあげた。空中でダイナミックに身体を反らした黒羽の右腕がぐるっと円を描くように大きくスイングし、微塵の迷いもなくボールを捉えた。この二人のあいだでは二段トスを介する必要すらないのか。

黒羽のツーアタックという意表を衝《つ》いた攻撃にさすがの八重洲のブロックも反応が遅れた。ブロックの上から前衛並みの鋭角なバックアタックが八重洲コートに突き刺さった。

相変わらず人の度肝を抜くスパイクを打つ奴だ。痛快でもあったが、少なからぬ嫉妬が胸を焼いた。おれが二年間かかって石にかじりつくような思いで這いあがってきたこの場所が、黒羽にとっ

ては踏み台でしかなく、ここからもっと上へと駆けあがっていくんだろう。まだまだ発展途上のメンタルとフィジカルに大学四年間でタフさも備わって、でかいプレーヤーになっていくんだろう。

危うく胸を反らせてタッチネットを逃れた黒羽がセンターラインぎりぎりに着地した。「……ふあっ」と、やっと鮮やかに決まった一本にほっとしたように脱力して尻もちをついたが、すぐに上目遣いで三村を睨みつけてきた。二人の視線の中間で火花が一瞬散った。

三村にしてみればそっちに対抗意識を燃やされる筋合いはねえけどなという気分ではあった。

大学での活躍を福井からみんなが楽しみにしていると水野が言ってくれてから二年の空白があり、三村統の名が地元で話題に上ることはもうなくなっているだろう。地元出身のバレーボーラーとして大舞台で活躍して福井の人たちをよろこばせる役目は、たぶん今では黒羽に期待されている。

欅舎15－17八重洲。黒羽のミスで広げられた点差を黒羽が自分で取り返して二点差に戻す。ブレイクのチャンスが続いているが、灰島のサーブ二本目も破魔を崩せない。早乙女が今度は浅野の逆サイドの大苑にトスを振った。

大苑に対して三村が一枚でブロックに行く。黒羽と同じポジションを務める三村ももちろん前衛にいるあいだ強烈なライト攻撃に耐え続けるプレッシャーを強いられている。

大苑の左手からインパクトされた強打がほぼゼロ距離でブロックに激突した。びりっと右手に痺《しび》れが走った。ワンチは取った！　どこに跳ねた？　大苑とネットを挟んで着地しながら視界から消えたボールを探す。八重洲側に渡っていたらすぐにまた再攻撃を凌《しの》がねばならない。

柳楽と灰島が自陣ライト側のフリーゾーンに跳ねとんだボールを追っていくのが見えた。「チャンスチャンス！」ブロックのプレッシャーを凌ぐなり三村は休む間もなく助走に下がる。柳楽がコート外で追いついて繋いだボールにさらに灰島が追いつく。バックセンターから黒羽もまた攻撃態勢に入っている。

「チカ！　レフトよこせ！」

黒羽からトスを奪い取るような気迫で三村は呼んだ。

ロングセットが自コートを横断して届くあいだに八重洲のブロックが三枚揃う。ブロックを吹っ飛ばすつもりで打ち切ったが、何度もブロックアウトを取らせてくれる八重洲ではない。鉄壁のブロックに叩き落とされた。まだだ……！　右肩を掠めて自陣に落ちるボールを目の端で捉え、まだ空中にいるうちに肘で跳ねあげた。自力でリバウンドを取った直後、

「も一本！」

とっさに呼んでまた跳んだ。

助走は取れずスタンディングジャンプになる。黒羽に振ったほうがいい状況だった自覚はあった。だが八重洲側もそう予想したのかブロックが一枚黒羽に振られかけた瞬間、灰島からすかさず三村の頭上にトスがあがった。

やっとコースが開けた。かぶり気味になりながらも思い切り叩き、ブロックのあいだを打ち抜いた。

どうにかブロックにねじ込んでもフロアの守りも固い。抜けてきたボールにリベロ太明がダイブした。まだ決まらないのか……！　吸った息が肺まで入ってこないような状態で反撃に備える。

「ブロックブロック！　守るぞ……！」

指を差して味方ブロッカーに指示を発したが息が続かず喘ぐようになった。

ボールと床の隙間に太明が手を突っ込んだが低い軌道でコート外へ逸れた。早乙女が追いかけたものの繋がらず——ラリー終了。

ホイッスルが吹かれても脳内ではまだラリーが続いている気がして緊張が解けず、三村は浅く息をしながらネット前で仁王立ちしていた。

脳も身体も酸欠状態になり、視界の四隅が暗くなっていた。麻痺していた感覚が回復してくるに従って視界も戻ってくる。

粘り勝った……。

腕を下げたまま拳を握り、

「よぉ――っし!!」

満面の笑みで自陣を振り返って拳を突きあげた。

安堵の感情のほうが勝って放心していた味方にもよろこびが伝播《でんぱ》し、「統……!」「統さん、すげえ粘り!」とコートがわいた。

突き放された点を三連続得点で奪い返し、欅舎16－17八重洲。

「まだまだ！　粘って追いつくぞ！」

味方を盛りあげながらベンチを見やると、監督に呼ばれた四年生は交替を保留にされてアップエリアに戻っていた。黒羽と三村、どちらを替えるつもりだったのかはとりあえずわからなかった。

＊

めちゃくちゃじゃないか、あいつ……！

スタンドで越智は唖然《あぜん》としていた。

ワンラリーを一人で打ちまくって、最後なんかもう息もできてなかったんじゃないか。しかし全部無理矢理打っただけで綺麗なスパイクではなかった。

一連のラリーの灰島のトスワークも理解に苦しむ。灰島という天才は頭の上でボールが両手に入ってから指ではじく一瞬のうちに三六〇度全方位の状況を把握し、一番いい状態で打てるスパイカーを使うという芸当をやっている。現に黒羽にあげるときは常に助走をしっかり取って高い打点が確保できている。それに対してあの準備しかできていない三村にあげるのはめちゃくちゃだとしか越智には思えない。

八重洲の守備もそれゆえ攪乱されて反応が遅れる場面があった。八重洲がモットーとするバレーはセオリーに忠実な組織バレーだ。セオリーたるのはそれがもっとも有効だと数字で証明されているからだ。

でも、根性で点をもぎ取りやがった……。

あいつのああいう気持ちの強さの根っこはいったいなんなんだろうと思う。なんの意地でまだ諦めずに這いあがろうとしているんだ。

一昨年の冬、三村からメッセージの返信が来なくなっていた頃。もう戻ってこなくてもいいんだ……と、実は越智は本気で考えていた。越智がアナリストになると言ったことが三村の足枷《あしかせ》になってあとに引けなくなっているのなら、もう楽になって欲しい。あの肩にもうなにもしんどいものは背負わせたくなかった。言うなれば今がやめるタイミングだ。今ならやめたって誰も責めやしない。地元の誰かが失望することもないんだ、と。

なのに、一ヶ月以上も音沙汰がなかった三村からある日、何事もなかったように返事が来た。

〝二十五日やったらオフやで二十五でいいけ？　いけふくろうってヤツがいるとこが定番スポットらしいでそこで待ちあわせよっせ。埼玉出身の先輩に教えてもらった。池袋は埼玉の県庁所在地なんやって〟

〝会えるんやな?〟

一ヶ月ぶりに前触れなく再開した話に越智は我ながら食いつくようなタイミングで返信した。思い返せばこのころが三村のどん底だったはずだ。どんなきっかけがあって浮上できたのか遠くにいる越智にはわからなかったが、いつもどおりの三村を思わせる軽い口調が戻っていた。

〝うん。会おう。ごめんな〟

返事が遅くなったことに対してか、もっと全般的なことに対してか、謝罪がひと言ついていた。

10. OASIS

しゃがんで両腕をバックスイングした体勢から、腕の振り込みと下肢の伸展の感覚をしっかり意識し、助走はつけずに跳びあがる。一メートル高のボックスの上にしゃがんだ姿勢で着地する。丸十年の競技生活の中で意識せずとも当たり前にやっていた全身の連係を一つ一つ確認して繋げなおす作業を地道に続け、ボックスの高さも段階的に一メートルまであげてきた。

十二月――東京で生活しはじめて一年目の冬が来た。一月に受けた手術から丸一年が近づいていた。

負荷をあげられるようになったトレーニングメニューをこなし、文句を言わずにプロテインに口をつける。うっすらと結露した板張りの床に脚を投げだして座っていると腿裏とふくらはぎから熱が奪われ、火照った身体が冷めていく。

顎を反らして最後の数口をあおった。飲みづらいのは相変わらずだったが無心になれば飲み干せるようになった。

　プロテインシェイカーをおろして口を拭った三村の隣に二年生の先輩が自分の名前が書かれたシェイカーを手に腰をおろした。

「一年みんなそのまま飲んでんの？　よくぐびぐび飲めるよなあ。おれ牛乳で割ってもらわないと不味くて無理だわ」

　……なんやってか!?

　思わずばりばりの福井弁で素っ頓狂な声をあげそうになった。

　数ヶ月前の三村同様に食傷した顔でシェイカーの中身を減らすのに悪戦苦闘していたほかの一年も目を剝いた。ひえっという悲鳴をあげた者までいて夏合宿でもないのに先輩に強制的に怪談を聞かされた合宿所みたいな空気になった。

　みんな同じココア味の粉末を溶かした乳褐色の液体だが、言われてみれば二年生のシェイカーの中身は乳褐色の「乳」の割合が多い色をしている。

「そんなカスタマイズサービスあったんすか!?」

「マネージャーに言ったら牛乳割りにできるぞ。牛乳苦手じゃなければ味も栄養価もあがるし」

「いいことづくしやないですか……」三村がくっと脱力する傍らでさっそく一年生たちがマネージャーを探して我も我もと挙手しはじめた。

「……そういえばタケトさん、埼玉ですよね。高校のツレが上京してくるんで今度池袋で会うんですけど、どっか待ちあわせしやすい場所ないですか」

　会えないかと越智が言ってきてから一ヶ月以上たっていた。あれきり考えようともしていなかったのに、ふと気が晴れて訊いていた。

ごく些細《ささい》な、人から見れば他愛ないようなきっかけだったろうが、そういうものを這って探しては一滴ずつ啜《すす》って喉の渇きを凌いでいるような時期だった。


十二月二十五日の池袋駅はクリスマス気分の残滓《ざんし》にすがる人々を年の瀬の用をせわしなく済ませる人々が呑み込んで狂乱のような大混雑だった。

教えてもらった定番待ちあわせスポットは池袋駅の地下コンコースにあり、想像より小ぶりのふくろうの像が台の上に鎮座していた。地下道の上流と下流から絶え間なく押し寄せる人々が小さなふくろうの前を交錯していく。

流れの中洲にでかい奴が立っていることにどうにも目立っていることに気づき、中洲から川辺へ移動した。大学に行くときの私服と変わりばえしない、アウトドアブランドのダウンジャケットにアディダスのスウェットパンツという恰好で地下通路の壁を背にすると景色にそれなりに融《と》け込むことができてひと息つく。三村の目線ならここからでもふくろうの像は見える。

壁と一体化してぼうっとしていると、

「続！」

と呼ぶ声が聞こえた。しかしきょろきょろしても声の主の姿は視界に入らない。大波小波を立てて流れていく人々の頭の向こうにふくろうの像が見えるだけだ。

「続！」

さっきより近くで声が聞こえ、横合いから腕を引かれた。振り向くなり人ごみから身体を引っこ抜いて現れた越智がジャンプして頭をわし摑みにしてきたので横に向けた首を下にひねられるとい

う技をキメられ、

「痛ぇ！　首グキッちゅうたわ！」

夏休みの前半に帰省して以来会うのは五ヶ月ぶりだったが、五ヶ月ぶりに顔をあわせた越智への第一声は抗議の声になった。

三村の顔を両手で挟んだまま越智が鼻先を突きつけんばかりにして凝視してくるので文句のやり場を失って三村も口をつぐんだ。福井弁で大声をだしたので周囲で人待ち顔でスマホをいじっていた人々がちらほらと目をあげていた。

いかにも浪人生然とした紺のダッフルコートにチノパン姿だが、いかにも運動部然とした直方体のエナメルバッグを担いでいるのが少々ちぐはぐだ。同じものを三村も三年間使い込んだ、『福蜂工業』とプリントされた深紅に黒ラインのエナメルバッグ。バッグに詰まった講習の教材の重みのぶんか、三村のほうが体重はあるが越智のほうに重心が持っていかれる。

「どんな顔してる？」

越智の顔を見つめ返して三村は訊いた。

自殺志願者を捜索に来たみたいな深刻さで三村の顔の隅々まで目を凝らしてから、越智がちょっと気抜けした声で答えた。

「……思ったほど酷い顔はしてえんな」

「安心したやろ？」

と三村は得意げに相好《そうごう》を崩した。越智が両手をゆるめたので「いてて」と拘束を解かれた首を起こす。

「連絡、ようおまえからしてくれたな……あわせる顔ないとか思ってるんかと思ってたわ」

「おれのせいで受験に身ぃ入らんくて二浪させるわけにもいかんしな。来年越智がこっちの大学来たら、あわせる顔あってもなくても嫌でもあわすしなって思いなおしたわ。さてっと、飯行きたいけどおれも池袋ぜんぜん知らんし、潤五も呼んどいた。あいつ急に当日呼ぶなやって文句言ってたけど、のこのこ来てから呼ばんかったら許さんかったぞって絶対言うわ。スタバのフラペチーノ賭けてもいいけど。まじで賭けてもいいけど。今やってるクリスマス限定のチョコづくしのやつ今日までしか飲めんのやってー」

我ながらわざとらしいくらいぺらぺらと軽薄に喋っていたが、むしろわざとらしさを察してもらっていいと思った。越智ならなにも気づかないふりをしてあわせてくれる。

という期待に反して、越智が怒ったような顔を崩さず上目遣いに睨んでくるので調子よく並べていた言葉が空まわりして尻すぼみになった。

「今はおまえのかっこつけにつきあう義理はねぇぞ。顔見て腹立ったわ。なんや、まあまあちゃんとした顔しやがって……。このっ……あほがっ！」

五ヶ月ぶりの再会の矢先に本気の罵声を吐き捨てられた。越智の剣幕に三村は目をみはってあとずさったが、逃げ場を与えまいとするように越智が踏みだしたので壁際に追い詰められた。

「今はマネージャーやねぇでな。チームのためにおまえに無理させる立場やねぇでな。一対一の……親友やろ……？　って思ってんのは、おれだけなんか？　親友として、おまえの本音が聞きたいんや……。いいか統……しんどいときは、ちゃんとしんどい顔見せろ」

しわがれた声で言い募る越智の瞳に、涙が透明な膜を張った。

自分が塞いで出口を失った感情が、かわりに越智のほうに流れる支流でもあるのだろうかと、頭の隅に常にある冷静な部分で不思議に思いながら、

「しんどい……」

越智が耳を澄ますくらいの声で、ぼそりとこぼした。

「……日もある。けど、それ過ぎたらちょっといい日もちゃんとある」

越智が怒気を収めてやっと表情をゆるめた。

「そんでいいんや。人間なんやで浮き沈みあって当たり前や。ほんでも腐らんし爆発もせんし、おまえはよう自制してる。どん底んときは人にあたらんように黙って感情殺してやり過ごしてんやろ。ほんで、ちゃんと自分できっかけ見つけて浮上してくる。ほんとその自制心はすげぇわ。尊敬するし、そこまですんのにあきれるわ」

「そんだけわかってるんやったら……それ以上言うな」

と、突き放した言葉に「統……！」と越智がまた目を吊りあげた。

「かっこつけさせてくれ。おれのアイデンティティーを、ほかの誰でもないおまえが崩そうとすんな」

スウェットパンツのポケットの中でスマホが着信を伝えていた。時間的にたぶん高杉だろう。視線を落としてポケットに手を入れたが、ダウンジャケットの上から越智に肘を押さえられた。

目をあげると越智が悲痛な顔で唇を噛んで見つめてくる。目を逸らし、肘を張って越智の手を押しのけスマホをだした。

「やっぱ潤五や。駅ついたけどいけふくろうってどこや、って言われてもおれも説明できんって。っちゅうかあいつも池袋わからんのけ」

物言いたげな越智の視線を無視してメッセージを読みあげているうちに、改札のほうから流れてくる人波の中に川面から突きだした岩みたいにやっぱり人より頭一つ突きだしている高杉の顔が見えた。まだ距離があるうちから高杉のほうも三村を見つけて手を振り、そのまま人波に押し流されて近づいてきた。

「潤五とやとお互い見つけやすくて助かるわ」

「急に今日呼ぶなっちゅうの。自分勝手な奴やなまったく。おれこっちまででてくんの遠いんやぞ」

「すまんすまんー。声かけんほうがよかったか」

「あほか。呼ばんかったら許さんかったぞ」

「ほらな？」と三村がしたり顔を越智に向けると「なにがや」と訝しみつつ高杉も三村と同じ高さから越智に目を移し、

「よ、越智。東京《こっち》まで来て冬講お疲れ」

気易く言いかけて、「げ」と迷惑そうな声をだした。

「あ、ああ……潤五もひさしぶりやな」

越智が目を拭って体裁を繕ったが表情も声もあきらかに暗い。「統てめぇ……修羅場の緩衝材におれ呼びだしたんやねえやろな」「別にそういうわけやねえって」高杉とぼそぼそ言いあってアイコンタクトを交わし、鼻を赤くして涙ぐんでいる男友だちを仕方なく長身二人で死角に隠す位置に立った。

仏頂面で俯《うつむ》いている越智を見下ろして三村は溜め息をつき、

「……なあ、越智」

軽薄な調子を収めて呼んだ。「潤五も聞いてくれ」高杉にもちらと目をやる。越智が唇をへの字にしたまま上目遣いをよこした。

「おまえはおまえで今やらんとあかんことやって、黙って待っててくれんか……信じて待っててくれんか。本音聞きたいっちゅうなら、これが本音や——おれは福井で終わる気はない。絶対に這いあがって、戻る」

こんなふうに心から心配してくれる友人を得た高校時代は今でも宝だと、これも本音で思う。

高杉が微笑んで拳で肩を突いてきた。三村もはにかんで高杉の肩を小突き返した。目線の高さで交わされるそんなやりとりに、越智が体裁が悪そうに涙ぐんだ目を泳がせて口を尖《とが》らせた。

「……おれが潤五より統のこと信じてねぇみたいやげ。マネージャーやのに……」

マネージャーじゃないからなと言った矢先のくせに、いつまでたってもやっぱり自分たちのマネージャーなのがおかしくて、頼もしい。

「ほんなら賭けはおれの勝ちやで越智がスタバで注文する係なー」

「なんや賭けって？　飯行くんでねぇんか？」

ころっと軽薄な調子に戻って三村が言うと話が見えていない高杉が眉をひそめた。

「飯と別腹でフラペチーノの一番でかいサイズのくらいおれは飲めるぞ？」

「おまえの中身女子高生か。っちゅうかスタバどこにあるか知ってんけ」

「地上でればどっかにあるやろ。池袋やぞ」

地上階にあがる階段のほうへと越智を目で促し、高杉と肩を並べて歩きだした。

その途端、

「ちょっ、おまえらちょっととまれ」

と背後で越智が突然声を高くした。豹変《ひょうへん》したテンションに高杉と揃ってぎょっとして振り返ると、前を行く二人の肩の高さに越智の視線が釘づけになっていた。

「統、おまえもしかしてまだ背ぇ伸びてるんけ？」

「待てや、まじけや!?」越智以上に声を高くしたのは高杉だ。

「ん？」と三村は自分の脳天に手をやった。「ほーなんかな……春リーグのプロフ用のやつ提出したっきりちゃんとは測ってえんで……」

越智が三村の脇を追い抜いて階段を駆けあがった。一段目でくるりと振り向き、

「ここ来て背中あわしてみ」

と階段の下に二人を立たせて背中あわせにさせる。蹴上《けあ》げ約二十センチの階段を一段上ってやっと越智の身長が二人とだいたい並ぶ。二人の肩を両手で押さえ、踵を浮かせて二人の脳天の高さに目線をあわせる。三村はおとなしく直立したまま越智の真剣な顔と自分の脳天とに横目と上目を交互にやった。

「統のほうが絶対でけぇ……」

「う、嘘や！　靴の厚さやろ！」

高杉が断固として信じないのでその場で二人ともスニーカーを脱ぎ、ソックスでコンクリの通路に立って背比べのやりなおしになった。混雑する駅構内の通路の真ん中でどう考えても通行の妨げになっている。人の流れが二手に割れて迷惑そうな目も向けられるが「おっきー」「でけー二人。いいなあ」「なにか撮影？」などと面白がって呟いていく人々も存外に多いのが幸いだ。

高校最後の大会前の計測で高杉は当時のチームで最長身の一九〇センチ。三村はそれに一センチ足りない一八九センチ。計測と記録をしたのがほかでもない、当時のマネージャーの越智だ。中学時代の三村は大きい選手ではなかったが高校に入ってから伸びはじめ、昔から背が高かった高杉にぐんぐん迫った。しかしさすがに高三までには伸びがとまったのでぎりぎりで追いつけず、高杉に

してみればぎりぎりで逃げ切った……のだが。

最終的には越智がスマホの計測アプリまで起動して二人の脳天にあてがった。

「一・七か八か……いや、ほぼ二センチ、統のほうがでけぇ」

「二センチ!? 統、一九二!? 待てや、嘘や、こんだけ十分育った奴がいくらなんでもまだ三センチも伸びんやろ!?」

背中をくっつけたまま高杉がもはや悲鳴じみた声で喚《わめ》いた。

「ほーいや夏ぐらいから寮でなんべんか頭擦ったと思ったら……」

自分たちくらいの背丈の者は建物の戸口は頭を下げて通るのが癖になっているが、それでもなにかにつけくぐり損ねて頭を打つのはあるある話だ（凄絶《せいぜつ》な激突音をさせておいてなんでもないふりをしなければならないのもあるある話だ）。

「怪我したアスリートがリハビリ中に背ぇ伸びたって話は聞いたことあったけど……」

越智も信じがたそうに呟きつつスマホをしまった。

いい加減通行の邪魔をするのも限界だったのでスニーカーを拾い、「まじか……嘘や……まじか……」と放心状態でずっとぶつぶつ言っている高杉を押して通路の端に退避した。

しゃがんでスニーカーの紐《ひも》を結びなおすとき、吸い寄せられるように膝頭に目が行った。

スウェット生地が若干褪《あ》せた膝の位置が穿きはじめた頃より迫りあがっているのは、独り暮らし一年目の洗濯の失敗談とは関係なかったらしい。

シビアな話だが日本人選手の中では一九〇台に乗るのと乗らないのとでは大きな違いがある。第一に実力次第なのは当然にしても、一九〇センチ台に乗ればトップクラスでプレーできるスパイカーとして期待される。

「統……」

傍らで見下ろしている越智の、またこみあげてきた涙をこらえて震えた声が頭の上に聞こえた。スウェットの上から膝に触れると、皮膚を継ぎあわせている新旧二種類の手術痕の感触がはっきりとわかる。

「……」

ふいに、折りたたんだ脚を抱え込んでうずくまり――

地下通路を満たす年末の喧噪《けんそう》の片隅で、醜い手術痕に口づけるように頭を垂れた。

この縫い痕は手術で開いた皮膚と骨を継ぎあわせているだけではなかった。この一年は無駄な空白ではなく、五年後、十年後へと繋がっていた。

水をたたえた大きなオアシスが目の前に現れた。もう一滴ずつ水を求めて這いずりまわらなくてもいい。これをしっかり摑んでまだ進んでいける。

11. TAKE A CHANCE

セット終盤に入るまでに追いついて前にでたかったがそう簡単に綻びを見せる八重洲ではない。破魔・大苑のライト攻撃、神馬・浅野のレフト攻撃と、九メートル幅の壁で押し潰してくるようなプレッシャーを欅舎側はなんとか凌いで点差を保つのが精いっぱいのまま第三セットは二十点台に突入した。

欅舎21－23八重洲から、やっと決定率があがってきた黒羽が決めて欅舎22－23八重洲。一点差までは詰め寄っているが、八重洲が三セット目を取り切るまであと二点に迫っている。

負ける空気が味方コートを侵しはじめていることを三村は感じていた。

たった一点差だ。しかし終盤の同じ一点が八重洲にとっては安全圏のリードであり、欅舎にとっては彼方に遠い。こういう場面で勝てるビジョンを描いて勝ち切ることができるのが八重洲のようなチームだ——逆にこういう場面で勝ってこられなかったのがBチームの面々だ。負け癖がついていると競《せ》った試合で勝つビジョンが描けなくなる。

第一、第二セットと違って逆転可能なセットだ。絶対に取りたい。ここを取れば必ずこのチームの自信になる。

「次、スロットどこでもいいからフロントゾーンにレセプ入ったら破魔にコミットいこう、だそうです。このローテはA1一本は必ず打ってます」

サーブ権を取り池端とかわってコートに戻ってきたディグリベロの江口がベンチからの伝言を携えてきた。

「スロット」とは九メートル幅のコートを縦に一メートルずつの短冊状に九分割し、セッターにボールが返る場所やスパイカーがスパイクに入る場所を表す。

「コミット」はブロック戦術だ。コートの幅を使って複数のスパイカーが同時に入ってくる攻撃に対抗するには「リードブロック」というブロック戦術が基本的に有効だ。トスがあがるのを見てから素早く移動してブロックの枚数を揃える。それに対して「コミットブロック」はトスではなく敵のスパイカーにあわせて跳ぶブロックなのでトスを振られる危険性があるが、あえてコミットを使う機というのも試合中に何度かはある。

「おっけ、健司とおれで破魔に仕掛けよう。セッターに入るまでは読まれんようにステイ」

と三村は辻と視線を交わした。

三村が前衛にあがり黒羽がサーブに下がる。サーブミスを怖れては攻められないのは無論だが、サーブが入らなければ無条件で八重洲にマッチポイントを渡す局面だ。サーブで削ってなんとしてもブロックでとめる必要がある。

外すときは豪快に外すが入れば強烈な黒羽のサーブがサイド際にぎりぎり入った！　太明が身体を横に流しながら冷静に両手レシーブ。だが球威はあるため返球位置は多少乱した。ボールの下に走ったセッター早乙女との相対位置を保って破魔がその裏にまわってくる。

破魔の踏み切りにコミットして三村・辻が跳ぶと同時に、早乙女のバックセットが電光石火の速さで破魔の左手に入った。うまく嵌まった——と確信したとき、破魔が腹筋から吐きだすような強く短い気合いを発し、そのまま豪腕を振り抜いた。

コミットで二枚の壁を作ったにもかかわらずスパイクコースが広い。銃弾で撃ち抜かれたかのような強烈な衝撃が左手の端を通過した。ワンタッチ、拾えるか——だが振り返ったときには高く跳ねとんだボールが二階通路《ギャラリー》の手すりに激突していた。金属音が天井に響き、手すりにくくられた他大学の横断幕が大きく波打った。

破魔をとめられない……！

欅舎22－24八重洲。二セットを取って王手をかけている八重洲にマッチポイントが灯った。ストレート負けを免れるには次で必ずサイドアウトを取り、さらにブレイクしてデュースに持ち込むことが必須になる。最後に残しておいたタイムアウトの権利を欅舎が使う。

『一本打たせたからもう破魔は切っちゃおう』

久保塚がスピーカーモードにしたスマホがアナリスト席からの声を伝えた。息を切らせてベンチ前に集まったメンバーがさすがに無責任に聞こえる提案に胡乱げになったが、

『早乙女がＡ１あげる本数は今ので使い切った。うちの天才くんと違って早乙女は数字ほとんど一定なんだよ。勝負にでていいっしょ』

「ヤマ張れる状況か？　賭けが外れて破魔に打たれたら試合終わりだぞ」

辻が切羽詰まった顔に難色を浮かべた。ミドルブロッカーにしてみれば破魔のマークを外すのは相当の勇気がいる。

『数字踏まえたうえで勝負にでるのはヤマ張るのとは違うっしょ。オッズも参考にするけど最終的にはパドック見て勝負にいく馬決めるわけでしょ。それで勝つことも負けることもあるのは馬もバレーも一緒だけど、それをヤマカンとは言わないわけよ』

「競馬とバレー一緒にして語るな、クズアナリスト」

辻の悪態が胸にこたえたふうもなく染谷の声が続く。『浅野のストレートとめたいんだけどね。破魔は置いといてここもずっと抜かれてんだよな……』

「レフトに仕掛けましょう」

と、一年生ながら忌憚《きたん》なく灰島が三年の意見交換に参加してきた。灰島が卒業した景星学園は学年の隔てなく意見が飛び交うチーム気質だという。

破魔を切ってレフトに狙いを絞る。染谷の意見の支持を意味している。

「レフトに絞ればラインに寄り切れます。クロス打たせてとめましょう。ストレート締めれば浅野ならクロスに打ち分けてきます」

最終的な意見はまとまらないまま三十秒の時間いっぱいが過ぎた。副審に促されて慌ただしくコートに戻る。

ブロック戦略はサーブ権を得たあとの話だ。とにかくまずこのレセプション・アタックを決めてサイドアウトを取らないことにはなにもはじまらない。浅野が前衛にあがってサーバーは神馬。レセプションがあがらなければその時点で試合終了だ。レセプションを担う三村、池端、黒羽に最初のプレッシャーがかかる。

前に突っ込んできたサーブに三村が大きく一歩詰めて右手にあてた。Aパスにはならないが B パスの範囲にあがった。レセプションのプレッシャーをクリア……！　灰島がボールの下に走る。つんのめりながら三村はその足で助走に入るが、レフトまでまわり込むのは苦しい体勢になった。

「チカ、ショート！」

三村の声が耳に入るか入らないかというタイミングで灰島が瞬時に対応し、要求どおりのショートセットをあげてきた。

目の前に破魔・大苑の分厚い二枚ブロック。短い軌道であがったボールを身体の軸よりかなり右で捉えてブロックを躱す。押し潰すように頭の上に突きだしてくる四本の腕をかいくぐって破魔の脇の下から八重洲コートにはたき込んだ。

ホイッスルを聞いてからほっと息をついた。

まずサイドアウト……首が繋がった。

「……っし！　ドンピシャ、チカ！」

笑顔で灰島にタッチを求める。まったく本当に、気持ちがよすぎて逆に悪魔に魂を抜かれるんじゃないかと思うくらい欲しいところぴったりにボールが届く。

「まだ勝負させられるトスはあげられてません。一番いいトス決めさせせます」

灰島のほうはまだ物足りないような顔でタッチに応じた。

欅舎23－24八重洲。依然として八重洲にマッチポイントを握られている。八重洲にとっては着実にレセプション・アタックを決めさえすれば勝てる状況だ。

破魔とマッチアップするミドルブロッカーには福田があがる。福田の肩を引き寄せて三村は囁《ささや》いた。

「破魔は切るぞ」

目をみはってこちらを向いた福田の顔に自分が吐く湿った息がかかった。福田が気負いで顔を強張らせつつも腹をくくって頷いた。灰島に視線を送ると、こっちは最初から合点しており平然と頷き返してきた。

辻のサーブからレセプションが早乙女に入るやリードブロックより早いタイミングで灰島と福田がレフトへ走った。早乙女の手から離れたボールがレフトへ飛んだ。やはり破魔には来ない。染谷の好判断だ。もう一枚、最後に三村も福田を追ってネット沿いを走る。距離があいたまま福田と三村が同じタイミングで踏み切った。空中を流れて福田との残りの距離を詰めながらブロックを形成する。三村から福田、福田から灰島へと玉突き事故を起こしつつ、一番端の灰島がアンテナとの隙間を埋めた。

ストレートを厳しく締めて三枚ブロックが並んだ。ボール一個通る隙間もない。灰島が言い切ったとおり浅野がクロスに打ち抜いた。

ブロックを削ぎ取るような鋭いコースで三村の左脇をボールが抜ける。通すか、と左手の五指をいっぱいに開く。小指と薬指がボールを引っかける感覚。捕まえた——！　逃さず手首を固めて叩き落とした。

ドパンッ！と八重洲側にボールが沈んだ。

「うお——っし!!」

ネットから腕を引いて着地するなり三村は両手を広げて灰島と福田の首に抱きついた。後衛の仲間やベンチからも「うおおおお!!」「ナイスブロックー!!」と歓喜の雄叫びが続いた。

欅舎24－24八重洲。デュースに引きずり込んだ。次の一点を取ったほうが俄然《がぜん》有利になる。

「前でるぞッ!!」

一気に吹きはじめた追い風に煽《あお》られて全員で粘り、ワンタッチをもぎ取ると「ここ取るぞ！」「まくれまくれ!!」とコート内で気合いの入った怒号が飛び交う。攻守が入れ替わるやいなや灰島が助走に下がる三村と風を起こしてすれ違い、ボールの下へ猛然と走っていった。

三村はサイドへ大きく膨らんで再びネットに向かって助走に入った。十分な助走が取れた。最後の右足、左足の二歩を余裕をもって踏み込みながらバックスイングし、膝を深く沈める。

今日のこの短時間でもう何十回と全力のジャンプを繰り返している。しかし膝への不安も違和感もなかった。激しい試合に耐える力は戻っている。このセットで終わらせたくない。次のセットがあってもまだ思い切り跳べる。————好きなだけ跳べる。

自身の身体に全幅の信頼をおき、膝に溜めたエネルギーを爆発的に燃焼させて宙へ飛びだした。高度をあげながら右腕を引き、身を反らしてテイクバックを完成させるあいだに灰島のトスが右目の端から飛んでくる。放物軌道の頂点でふわりと柔らかくとどまった瞬間、青と黄で構成されたパネルの柄と表面に刻印されたミカサのロゴがくっきりと目視できた。ここで打てと言わんばかりの引力に打点をぐんっと引きあげられるような感覚で、自然と右腕が伸びてボールに届いた。

ブロックはまた破魔・大苑の二枚。だがブロックの〝上〞に道が見えた。

「!!」

ブロックの背後にレシーバーの影を認識した。もう腕は思い切り振っている。そのままインパクトするしかなかった。

八重洲コートを斜め真っ二つに分断して対角線上の奥いっぱいに着弾する。そこに太明が待ち構えていた。ドゴンッと濁音が爆《は》ぜ、青と黄が再び混ざりあって急回転しながら跳ねあがった。

普通リベロはブロックの脇や隙間を補完するためブロックの後ろにはいない。一抹の疑問が残ったがとにかくすぐに攻守の逆転に備える。一点先行されれば再び八重洲にマッチポイントが点灯する。

破魔が短く吼《ほ》えるようにトスを呼んでCクイックに入ってくる。数字上は平均スパイク本数は打ち切っているとはいえここは早乙女がそれを超えて破魔を使う。

コミットでついてすらまだ一度もとめることができていない。どうにか最低でもワンタッチを取って後ろに繋ぐ執念で、ネット上で火を噴くような威力で打たれたボールに指を引っかけた。「ワンチ!!」繋がれ……！　祈る思いで振り返ると、高く跳ねとんだボールに黒羽がバックステップしながら飛びついた。頭上でボールをはたき返した途端黒羽はひっくり返ったが、コート中央付近にボールが浮いた。「ナイス祐仁！」

黒羽が欠けてスパイカーは三人だ。サイドのスパイカーにハイセットが託される場面だが、灰島の手からネット前へ縦にトスが飛び、福田のタテB！

豪胆なトスワークにも狼狽《うろた》えず待ち構えていた破魔が冷静な反応でボールの前に手をだしてきた。リードブロックでもこの速さと高さだ。だが福田が果敢に腕を振り抜いた。ブロックに捕まりかけたものの、力が乗ったボールがブロックをはじいて跳ねとんだ。「オーライ！」大きく逸れたワンタッチボールのカバーに太明が走る。

ボールが繋がれば欅舎側がまた守りにまわる。一本一本必死で凌いでいる欅舎側に緊張感が衝きあがる。次を守りきれる確率は決して高くはない。ラリーが続くほどこっちの精神力が八重洲の倍のスピードで磨り減っていく。

「我慢我慢！　集中切らすな！　ここ取るぞ！」

三村は手を叩いて味方を鼓舞した。

二年間の我慢を思えば、こうしてコートに立てている以上これくらいのことで気持ちは切らさない。

太明がコート外で滑り込んで繋いだがコート内まで返らない。カバーに走っていた早乙女の目の前でボールの方向が変わり、早乙女が身をひねってさらに繋ぐが、まだ返らない。神馬がさらにカバーに走る。三打目となりこの時点でスパイクでは返せない。ひとまず危機を凌いだ欅舎側に安堵が広がった。

神馬が打ち返すだけになったボールが八重洲コート上空を越え、欅舎のチャンスボールとなって返ってくる。

「行ける！　叩け！」

ネット前でボールを仰いだ福田に三村は怒鳴った。

福田がはっとしてその場で跳んだ。いかに破魔でも手をだせないボールだ。福田がダイレクトで八重洲側に叩き込んだ。

たまらず雄叫びをあげて拳を突きあげた福田に仲間が押し寄せた。福田の拳に四方から飛びつくようにみんなの手が伸びた。

欅舎25－24八重洲。初めて前にでる！

「チカ、ナイスセット！」歓喜の輪をすり抜けて三村は灰島に手を伸ばした。「勝負できたぞ。あげられたけどな」

「またあげます。勝ってください」

ロータッチを強く交わしながら灰島が檄《げき》を飛ばしてきた。

欅舎が我慢の末にセットポイントを摑んだ。八重洲ベンチからタイムの申請はない。

今や流れは明白に傾いている。欅舎が粘ってラリーに持ち込んだ末に八重洲のトスが乱れ、浅野が打ち切れずプッシュで突っ込んだ。金城鉄壁の八重洲の城塞にほんのひと筋の綻びが見えた。江口が拾って欅舎がチャンスを得る。

「時間使って！　このセット絶対勝てます！」

勝ち急ぐ気持ちが伝播して前に突っ込みかけていたコート内の空気に灰島の揺るぎのない声がブレーキをかけた。

ひと呼吸つかせるような高いパスが江口から灰島にあがり、スパイカー陣が互いの位置を確認しあってあらためて攻撃に入った。

まったく、一年生にしてこの強靭《きょうじん》なメンタルだ——心強いわけだよな、と三年越しでやっと知った。この可愛げがないくらいのセッターを同じコートに置いて戦うチームはこんなにも心強かったのかと。

八重洲のブロック三枚に対し欅舎の攻撃四枚で優位に立つ。黒羽のバックセンターもあたりだしているため、ブロッカーはぎりぎりまで動かず灰島からあがるトスの行方を待つ。三人の中心で床をどっしりと踏みしめハンズアップしたまま微動だにしない破魔の瞳だけが細かく左右に動いて灰島とスパイカー陣の動きを捉える。

「レフトレフト!!　チカ——！」

頼む、もう一本欲しい。もはや呼ぶというよりもトスを切望した。さっきの感覚が薄れないうちに、今ここで刻みつけたい。

再生された映像を見ているのかと錯覚するほど一本前とぴったり同じトスがあがってきた。より色濃く記憶と身体に感覚を塗り重ねるように空中のボールを捉えにいく。ネットの向こうでも同じプレーが再生されるかのように鉄黒のユニフォームが動く——五つの鉄黒の中で唯一、光り輝くゴールデンイエローのユニフォームがまた同じ場所に現れた。

間違いない、あっちのリベロはなにかしら確たる情報の上であそこに動いている。

おまえか——越智!!

目の前の六人の敵のほかに、外からコートを俯瞰して情報を提供しているもう一人の見えざる敵の視線をはっきり感じた。

関東の大学でアナリストになるという告白を聞いて驚かされた日のことが、その視線とシンクロして脳裏に蘇《よみがえ》った。

〝おまえがいるチーム倒せるようなチーム作るんに貢献できたら、その経験ひっさげて、五年後とか十年後とかに、またおまえの力になれるはずやって思う〟

待たせてすまんかったな……。

ひっで心配かけたけど、ずっと黙って見守っててくれてありがとな……。

あらためてほんと、腐るほど心配かけたよな……。

今日は目ぇ開いてそこからよう見とけや——やっと、この土俵でおまえと戦える。

文句のつけようがない打点でボールを捉え、力を乗せて振り切った。彗星が尾を引くように足の長い軌道で八重洲コートを斜めに突き抜ける。対角線上で構える太明の右を掠めてコーナーいっぱい——太明が身をひねりざま右手を払うように振りあげたが、前腕ではじいたボールが角度を変えて高々と吹っ飛んだ。脚を開いたまま一歩も動けず振り向くだけになった太明の視線の先で二階スタンドの手すりに激突した。

コートの真後ろの席の目の前だ。鈍い金属音を響かせて跳ねあがり、二階席に飛び込んだボールをそこに座っていた者がとっさに頭の上でキャッチした。

ノートパソコンを膝に置いたまま万歳してボールを掴んだ越智が目をみはっていた。この距離でもわかるくらい目もとと鼻の頭が真っ赤になっているのを見て、試合中だぞと三村はあきれつつ、くしゃっと破顔一笑した。

欅舎26－24八重洲。第三セットを取っただけだが試合に勝ったかのような歓喜に欅舎コートがわいた。

味方を振り返って三村は拳を突きあげた。

「第四セットいくぞ！　こっからや！」

大学が四年間あることを幸いに思った。まだラストイヤーじゃない。あとまるまる二年ある。

やっとこの土俵に立ったばかりだ。——ここからだ。

12. GIVE OUT LIGHT

やばい……やばい……やばい……。ブラインドタッチで入力は続けているが、画面が滲んでただでさえ細かい数字や図表が読めない。試合中だっていうのに。インプレーの合間に越智は一度マイクを切り、リュックからポケットティッシュを探しだして洟《はな》をかんだ。

「八重洲がセット落としたの初めてじゃね？　最初に土つけたのが欅かあ。すげぇな」

「八重洲の全勝とめたら慧明か横体が優勝攫《さら》うかもな」

「ていうか欅ももしここ勝ったらまだ全勝で優勝絡むぞ」

「えっまじで？　欅って今全勝？」

「星取表見てみ」

背後の席で呑気《のんき》に交わされる他校の部員の会話を聞き流し、プレーがはじまると再びコートに集中する。

福田のCクイックが選択肢に入ったことで灰島の超精密なバックセットが生きるライト側の攻撃の幅が広がり、ブロッカーにかかる負担が増している。さらにレフトからは三村、バックセンターから黒羽。二人がほぼ同時にバックスイングして踏み切り体勢に入った。センターで構える破魔が細かく首を振って両者を見比べ、正面の黒羽に対してびくっと一瞬反応した。三村の前に道があいたと見た灰島がすかさずレフトに長いフロントセットを飛ばした。

と、破魔が一瞬の遅れを取り返すような猛烈な一歩をレフトへ踏みだした。ソールのラバーが焼け切れるのではないかという摩擦音が一つ、スタンドまで突き抜けた。

鉄の塊のような重い壁がゴォッとセンターからレフトへスライドする。サイド側を塞いだ大苑とのあいだを一気に詰めて三村の目の前で壁が閉まる。身体をくの字にたたんで右腕を振り切った三村の頭上でボールがブロックに激突した。跳ね返した——いや、最後に残った隙間を抉るように急回転しながらブロックの裏にねじ込まれた。

正面衝突で八重洲のブロックが力負け……！

全身に鳥肌が立ち、キーを叩きながら越智は思わず身震いして背筋を伸ばした。

「うお、破魔が突き破られた」

「欅って23番と24番が目立ってたけど、9番今日すげぇな」

「三年？　そんなでてない奴だよな？」

――三村統。福井の〝悪魔のバズーカ〟じゃ。覚えとけ。

後ろの会話に割り込みたいのをこらえて心の中で言い放つのにとどめた。いきなり振り返って豪語したのが涙ぐんだ敵チームのアナリストではわけがわからない。

自他共に認める福井の絶対的エースとして、多くの仲間に慕われ囲まれていた高校時代が思いだされる。決して順風満帆ではなかったし、越智が思い返す限り苦しいときのほうが多かった。けれど、いいときも悪いときも、仲間に勇気を与える力強い笑顔がどんなときでもコートの上で絶えることはなかった。

あの頃を彷彿《ほうふつ》とさせる三村の姿を、今日、大学のコートで越智は見ている。

まさにあそこにいる灰島や黒羽に敗北を喫した高校最後の試合から二年半。人に弱音を漏らすことを意地でも是《ぜ》とせず、あいつが一人で呑みくだして耐え忍んできた時間が、どうかどうかどうか、報われる日が来てくれと……あの見栄っ張りの願いを汲んで越智も胸にしまいながら、この二年半でどれだけ祈ったことか。

欅舎のメンバーが三村を囲んでコートの中央に集まる。仲間を迎えて大きく広げた三村の両腕から散った汗が照明を浴びて光を振りまくと、三村から仲間へと光の傘が広がったようにスタンドからは見えた。

高校の頃と同じ姿かというと、正確にはそれも違う。

高いブロックと勝負できているのは試合後半に入ってもジャンプ力が落ちていないからだ。単に怪我を治してジャンプ力が戻っただけではない。

　三月生まれの三村は同期の中では一番遅れて先月ハタチになったところだ。十七歳から二十歳——少年から成年の体格に変わっていく時期にジャンプを制限され、ウエイトや体幹トレーニングに費やすしかなかった結果として、激しい試合の中でベストパフォーマンスで跳び続けられる筋力が備わり、ブロックに打ち勝つ体幹の強さが備わった。

　リハビリ期間中に背が伸びたことも、あの頃きっと暗闇の底で歯を食いしばって這いあがろうとしていた三村にとって、ひと筋の光明が射したような思いだっただろう。それを見失わずに顔をあげて見据え続けて、ここまで戻ってきたんだな……。

〝悪魔のバズーカ〟が、このコートに戻ってきた。

　奇跡みたいに……今日ここで、越智の目の前で。

『やべぇやべぇやべぇ……』

　インカムに通信が入った。自陣ベンチに目をやると、監督席から離れた端の椅子に座った裕木が手でマイクを覆いつつ堅持の横顔を窺っている。

『監督の怒りＭＡＸだ』

　堅持は厳《いか》めしい顔をぴくりとも動かさず腕と脚を組んでコートを睨んでいる。あそこに席を並べていなければならない裕木のいたたまらなさを想像すると安全なスタンドにいる自分が申し訳なくなる。

「すいません、おれもさっきのセット最後なんも送れんくなってました」

　欅舎の予想以上の健闘に有効な対処ができず、デュースに持ち込まれてからサイドアウトを落ち着いて取り返せずにそのまま逃げ切りを許した。リーグはまだ中盤戦で下位ランクの相手としかあたらない。完全勝利して当然、という慢心からの油断が多少なりともあったのは否めない。堅持が嫌うものはたくさんあるが、慢心はその一つだ。

そもそも常に眉間に深い皺《しわ》が刻まれているので機嫌の昇降が見た目でわからないしセット間に堅持がなにか言うことはなかったが、フロアの選手とスタッフは全員――神馬や大苑、表情を変えない破魔ですら、堅持の怒気を察して第四セットの八重洲は硬い滑りだしになっていた。

日本代表経験者とはいえどまだ学生だ。メンタルもプレーも完璧ではない。

「灰島の狙いは福田のA1使えるようにしたことでレフトとｂｉｃｋを通すことです。逆にライトサイドは少ないんで、直澄と神馬さんセンターに寄せて破魔さん・孫さんがレフトに行けるようにすれば……」

言っているそばから灰島がバックセット！　「クイック！」と越智はとっさに声をあげた。灰島の裏から入ってくる福田をとめに行った神馬・孫の目の前をトスがびゅんっと通過した。「――あっ!?」

ライトサイド！　神馬が福田に跳びかけたので孫も神馬に堰きとめられてライトに行けない。ライトいっぱいまで伸びたトスをオポジットの柳楽がノーブロックで決めた。

隠し球をここまで引っ張っていやがった！

「くっそ、やられた！　灰島！」

通信が繋がっているのもつい忘れて越智は悪態を吐いた。

「ひゃっほう！　役満来たあーっ！」

わざと神経を逆撫でしてくるような染谷の大声に、なんなんだこいつはと歯軋りして横合いの席を一瞥した。

第二セットで福田のCクイックを印象に刻み、第三セットでそれを活かしてレフトスパイカーの攻撃を通すことが灰島のシナリオだと思っていた。だがそれで終わりではなかったのだ。第二セットのミドル、第三セットのレフトを伏線にして、第四セットでライトを通す——灰島は長いシナリオを描いていた。これで灰島が駆使できる幅が最大に広がった。

大学一年生がそこまで考えるか？　考えるだけならまだいい。描いたとおりに実行してみせるか!?　まるで掌《てのひら》の上でゲームを自在に転がす、バレーボールの神様みたいに。

第二セットから投入されて順次好プレーを見せてきたリザーブメンバーの中でオポジットの柳楽だけはまだ目立った活躍がなく、波に乗り切れていないと踏んでいた。会心のガッツポーズで吼えた柳楽にコート上のメンバーが押し寄せ、入れ替わり立ち替わり頭を撫でまわした。

灰島一人がいちはやく輪から抜け、八重洲コートを睨みつけて唇の端をめくりあげるような好戦的な笑いを浮かべた。あいつがバレーボールの神様だなんて認めたくはない。どっちかというと魔王だ。

……だが、ベンチをあたためる役目に甘んじていたリザーブの選手たち一人一人の力をこの試合で引きだしているのは、間違いなくあの天才のトスでありゲームメイクなのだ。

『こんなとこで一敗つけるわけにいかねぇぞ』

「なにか突破口見つけます——」

越智は素早くキーを叩いてデータを表示した。選択肢がさらに増えてブロックが迷ってしまっている。どこか一つでいい、有効なゾーンをとめて、そこから落ち着きを取り戻していってもらうしか……。目を皿にしてデータを睨むが、早くなにかベンチに送らなければと焦るせいで余計に頭が真っ白になる。

黒星がつくのは論外だ。フルセットに持ち込まれるだけでも得失セット率が下がり最終結果に影響する。慧明や横体大という拮抗《きっこう》するライバル校が虎視眈々《こしたんたん》と優勝を狙っている中、勝率で勝負がつかずセット率にもつれ込むことは十分に考えられる。落としたセットは仕方がないが、３－１で必ず勝たねばならない。

灰島が九メートルの幅を最大に駆使できる状況を作りだしたためどこからでも打ってくる。福田が下がっているのでＣクイックはないが、灰島がフロントのためスロット０からのツーまで警戒せねばならない。

九メートルをブロッカー三人で塞ぐのは物理的に不可能だ。選択肢を落としていきたい。辻はブロックは決めているが、福田に比べてクイックは今日ほとんど打っていない。サイドのほうが調子があがっていて広く振れる今、ミドルの可能性は考えなくていい。

破魔も同じ判断をしたのだろう、サイドのどちらかにあがるトスを慎重に待った刹那、破魔の目の前でＡクイック！　ってここで使うのかよっ！

やはり右利きのクイッカーにとって最速で打てるのはＡクイックだ。灰島からあがったボールを辻が最短距離で打ち抜く。だが右にも左にもまだ振られず構えていた破魔が真上に跳び、一拍遅れながらも指に引っかけた。日本代表ミドルの意地でノータッチでは通さない。

ワンタッチボールを壁際まで追っていった太明が繋いだものの、攻撃で返せるボールにならない。チャンスボールを欅舎にくれることになる。せめて灰島にワンを取らせようと短いボールを返す——と、灰島がボールを待つどころか助走をつけてスパイクジャンプし、ネット上を通るボールを八重洲側に打ち返した。相手が落ち着く時間を与えずたたみかけるときだと心得ている。あの勝負勘はなんなんだ！

ダイレクトで叩き込まれてはブロックはなにもできない。しかし即座にネット前から下がって腰を落とした破魔が身を投げだして拾った。大柄な身体が機敏に横一回転すると同時にボールはコートサイドへ飛び、自陣ベンチの頭上を越える。

と、コートエンドから全力疾走で戻ってきた太明がその足でカーブを切ってサイドラインを駆け抜け、休む間もなくまた外に飛びだしていった。

『監督！　危なっ……！』

裕木の焦った声が越智のインカムを突き抜けた。

堅持が監督席でとっさに背中を丸めて頭を低くした。まっすぐ突進してきた太明がその堅持の背中に両手をつき、開脚姿勢で跳び越えた。『ひえっ』裕木の裏声と「うげっ」越智の濁声が重なった。馬跳びの要領でベンチの背後に着地するなり太明が床を蹴ってダイブしたが、

ピィッ！

そこでホイッスル。ボールは繋がらなかった。

味方のベンチもコート内も蒼《あお》ざめていたが、この一幕にスタンドで見ていた人々からはぱらぱらと拍手が送られた。床の上で起きあがった太明が正座したまままくるっと堅持に向きなおるなり土下座して拝み倒すのを見て笑いも起こった。

堅持は結局一度も椅子から尻を浮かせなかった。顎で太明に早く戻るよう示し、姿勢を戻して再び脚を組んだ。

「太明おもしれー。金髪バカ」

と後ろの席の連中は無責任に面白がっていたが、越智としてはベンチで頭を抱えている裕木が気の毒でしかない。

ベンチまで歩いて戻ってきた太明がどの面下げてなんだか裕木を慰めるように肩を叩いた。恨めしげな裕木に口を寄せてなにかひと声かけると、主審にもへらへら会釈してコートに入った。

太明をタッチで迎えた破魔の顔に、驚いたことに笑いが浮かんでいた。タッチを交わしに来た大苑や神馬の表情もほぐれていた。

現大学ナンバーワン・リベロと呼ばれるプレーヤーは西日本にいる。慧明の弓掛の福岡時代のチームメイトだった伊賀桜介《いがおうすけ》だ。神がかった反応でボールを拾いまくるスーパーリベロで、伊賀がいるコートにはボールが落ちないと本気で言われている。

それに比べると太明はもとはアウトサイドヒッターでリベロ経験は浅い。リベロに転向したのは去年のシーズン終盤だ。日本代表スパイカー勢の背中を守る守護神にしては、リベロとしての能力自体に伊賀のような際立ったものがあるわけではない。別の意味で悪目立ちはしているが……。

後衛から前衛を盛り立てるように太明が手を叩いて声を張りあげた。

「落ち着いてこう！　背中は守る！」

前衛三人で九メートルを守るわけではないのだと、それで越智も思いださせられた。

欅舎のサーブで試合が再開すると、どっと疲れたみたいにベンチに座りなおした裕木から通信が入った。

『越智。16番のA1って7か8にしか来てないって太明が。なんか傾向あんのかな』

「……！　待ってください、確認します」

パソコンに食いつくように覆いかぶさってデータをだした。

コートを三メートル四方の正方形の空間《ゾーン》で3×3に分割した場合、中央のマスが「ゾーン8」に割り振られる。「ゾーン7」がそのレフト隣のマスだ。太明が気づいたとおり、福田のCクイックの着弾地点はたしかにゾーン7と8の二パターンしかない。

ローテとデータを見比べて浮かびあがってきたことがあった。

「アプローチか……？」

『なんかありそう？』

「ちょっとだけ時間ください。映像も見ます」

試合データを入力・分析し、映像との紐づけができる分析ソフトをアナリストたちは駆使して戦っている。福田がCクイックを打つ前後数秒の映像だけをコマンドで切りだして再生する。

やっぱりアプローチ（助走コース）だ——ローテのどこにいるかによって助走コースは変わる。福田がレフトから灰島の裏にまわり込んで打ったときの着弾地点はゾーン7。ライトからまっすぐ入って打ったときは、ゾーン8。この試合のみのデータではあるが、並べてみれば明白な傾向がある。

見つけた……！　対策の糸口をやっと摑んだ。まばたきもせず映像を見比べながら並行して現在進行中の試合のコードも入力している。集中力が自然と高まり頭が急速に回転しはじめた。

「アプローチで完全にわかります。ライトから入ると8にしか打ってません。レフトからだと7。このコースしか打てんのやと思います」

所詮生兵法《なまびょうほう》。未完成なCクイックだ。破魔のCクイックのような自在の打ち分けはできない。

『おし、これで対策できる。お手柄、越智』

「太明さんのおかげです」

スパイクコースのデータは基本情報として取っているが気づけなかった。どうしても焦る試合中に情勢の変化に応じてデータのポイントを見つけだすのは越智にはまだ簡単ではない。

裕木がアップエリアに下がっている孫をベンチに呼んで作戦を伝える。そのあいだにも試合は進んでいる。

灰島の手にボールが入るやレフトにトスが飛ぶ。クイックとｂｉｃｋをマークしてセンターで構えていた破魔がトスと並走するように移動する。先に三村をマークして走っていた大苑の横まで寄り切らずに破魔も跳び、二枚ブロックが一枚分あけて壁を作った。

三村がその隙間をぶち破るように打ち抜いた。が、抜けてきた場所に太明がいる。胸を穿《うが》つようにズドンッと突き刺さったボールを太明がしっかりあげた。

ブロックとディグが連係したポジション取りが首尾よく嵌まった。セット序盤の硬さがほぐれ、灰島のトスに振りまわされることがなくなっている。

三村のスパイクの威力にのけぞった上半身をバネが返るように戻すなり太明がネット下の守りに飛び込む。スパイカーとブロッカーが逆転し再びネットを挟んでぶつかりあう。

「破魔破魔破魔！　って神馬か！」染谷が独り言を大声で叫んだ。

「よし、ノーブロック……！」越智は口の中で独りごちた。

神馬のｂｉｃｋに福田がつけず、ノーブロックで欅舎コートのど真ん中を叩き割った。

八重洲16－13欅舎。第三セットで欅舎が摑んだ流れを八重洲が押し返し、このセットも突き放しにかかる。

孫が裕木に背中を叩かれてベンチから飛びだした。コートに戻ると真っ先に太明に駆け寄って手短に耳打ちする。太明がベンチの裕木とアイコンタクトを交わした。

欅舎は福田がフロントレフト。Ｃクイックを打つにはフロントライトの灰島の向こう側までまわらねばならない。

さて、うまく嵌まってくれよ……。

まずは破魔のサーブで崩す。左腕《さわん》から打ち込まれた豪球が欅舎コートを襲う。時速で約一二〇キロ、インパクトから一秒未満でネットを越えて到達するスパイクサーブを福田がかいくぐりながらレシーバー陣の前を横切って移動するため、アプローチの角度が極めて限定される。

三村がレセプションするが、ここは破魔のパワーが勝った。真正面で受けたがまるで太明の仇討ちとばかりにボールが胸で爆ぜ、こらえる間もなく吹っ飛ばされて後ろでんぐり返り。ただボールはアタックライン上空にあがった。

三村ではレセプションは崩れない。だがスパイカーは一枚減らした。灰島が自在に操る九メートルの幅からレフトを削り取ったのはでかい。レフト側のマークを切ればブロッカーの負荷が大幅に軽減される。

Cクイックの着弾地点は裕木と話したとおり絞られているので太明がゾーン7のライン際に入る。福田のCクイックと柳楽のストレートは太明がフロアで拾う。前衛レフトの浅野が柳楽のクロスを締める。三村のマークを切った大苑が中に寄る。

一分の隙もない守備が敷かれた――両手の指に触れたボールを一瞬ではじくあいだに八重洲の守備を把握した灰島が残った選択肢、黒羽のｂｉｃｋを使った。迷わず反応した孫・大苑が黒羽をどシャット！

「よっしゃ！」『よぉし！』

自分の声とインカムに聞こえた裕木の声がかぶった。太明がスタンドに向かって親指を立てた。やっと四年生の役に立つ情報を送ることができ、ひとまずの達成感で越智は頬をゆるめてスタンドから会釈した。

『9番狙ってもレセプあげられてるな。狙い変えるか？』

裕木も今やはっきり三村を大黒柱と目している。

「いえ。9番に打たせたら打ち切られてます。9番が決めると全体が勢い乗ってもてますし、今みたいに潰して打たせないようにしてきましょう」

勝たせんぞ……統。

心拍数があがり、キーの上に置いた手が汗ばむ。濡れた目は気づくとすっかり乾いていた。

「こっからこっから！　焦らんで大丈夫や！　いけるいける！」

欅舎のコート上で真っ先に声をだしてテンションを盛りあげる三村の姿があった。

第四セットも八重洲17－13欅舎。セットカウントは2－1。このセットを取れば勝利する八重洲が引き離しはじめたが、三村はまだなにも諦めていない。

勝てると本気で信じて仲間を励ましているのか？　試合が進行するにつれ逆転可能な猶予は刻一刻と減っていく。「ここから」と言える点数がいつまでも続きはしない。

ああ……おまえが言う「ここから」は、この試合で結果がでるものではない。もっと先の長い「ここから」なのか……。おまえにとっても、今までなかなかコートに長く立つチャンスを得られなかった、ほかのメンバーにとっても。

〝誰も泣いて帰らないでいい〟——開幕日に浅野に聞いた言葉が、浅野の涼しげな声で脳裏を流れていった。

トーナメントとリーグの違いだ。今日手にしたチャンスは今日使い切らねば失うわけではない。次へ活かす場へ繋ぐことができるのがリーグだ。

灰島がいてすら今の欅舎の力で八重洲の牙城は崩せない。しかし半年後の秋季リーグや冬の全日本インカレの頃までに、このメンバーでもっとチームを仕上げてきたら……？

いつかまた人をよろこばせるようなバレーがしたいと手術前に三村は言っていた。光のあたるコートで、満杯の会場をわかせられるような。

三村という人間の強さの理由はなんなのかと越智はずっと思っていた。三村の内側にあるものは決して明るさだけではない。闇も内在していることを越智は長いつきあいで知っている。なのに、自分の闇に呑み込まれずに、表に放つのは圧倒的に光なのだ。その光が照らす場所に惹かれた者たちが自然と集まってくる。

なあ、統……わかってるのか？　おまえはその肩にまた大きな荷物を背負おうとしてるんだぞ。自分の身一つのためだけに這いあがってきたこの二年間とは違う。まわりの人々の願いや未来まで背負い込んで、巨大な重力に押し潰される場所を、結局また自分で作ろうとしているんだぞ。

強者《きょうしゃ》であり続けることの理由なんて、おまえの中にはないのかもな……。

誰かに役目を求められたわけではなくとも、自ら望んで背負いに行くのは、もうおまえの業《ごう》のようなものなのかもしれないな……。

おれもまたおまえの光に惹かれて、おまえとともに在りたいと思った一人だ。

13. POWERFUL WARLORDS

手持ちのカードはすべて切った。それを八重洲に潰されたら、正直なところ今の段階で打てる手は灰島にももうなかった。クイックのコースや種類をもっとブラッシュアップする時間があればよかったが、今それを言っても仕方がない。

額の汗を拭っている黒羽の顔にもだいぶ疲労が見える。助走も取れているしジャンプの高さも悪くはないのに、リーグ前半は通用していた黒羽のスパイクが通らなくなってきている。

これが大学最強のくろがねの牙城だ。ただし八重洲を大学最強たらしめているのは、決して日本代表プレーヤーの〝個〟のスパイク力・ブロック力ではない。アナリストと緻密に連係した戦略的バレーの質の高さに関東一部の中でも一日の長がある。伊達《だて》に名門国立大ではないということか。

視界の右端に入る自分の右肩の向こうで破魔がハンズアップして待機している。黒い甲冑を纏《まと》ったかのような厚みがある〝八重洲ブラック〟の胸板が八重洲の城門のど真ん前にどっしりと構えて微動だにしない。膝の向き、つま先の向きにまで認識を広げても、右にも左にも、もちろん真上にも動く気配を読み取れない。

なるほどな……大学ナンバーワン・ブロッカー、〝ターミネーター〟破魔清央。

ネットを挟んで立っていると神経がびりびりと痺れるような圧がある。この威圧感と正面から勝負するのは精神力がいる。

辻のBクイックで揺さぶるが、破魔が慌てた様子もなく一歩が大きなステップから踏み切り、でかい手でコースを塞ぐ。跳ね返されると予測するや灰島はすぐさまリバウンドを拾いにネット下に飛び込みつつ、チッ、可愛げがない……と四年の日本代表に対して胸中で舌打ちした。

「黒羽！」

呼ぶ前から助走を取りなおしていた黒羽が走り込んできた。リバウンドをアンダーパスで直接レフトへ——と、不動の山が風と化したかのように破魔が動いた。ネットの向こうで突然消えたかと思うと次に見えた瞬間には黒羽の前に大苑・破魔の二枚ブロックがつく。

高いブロックを躱すため黒羽はブロックアウトを狙って工夫してはいるが、予測以上に深く突きだしてくるブロックに苦しんでいる。これも通らないか……！　ブロックにぶつかったボールが上空に浮いた。欅舎コートのコーナーに落ちるボールに池端が追いついて首の皮一枚でラリーが続くが、八重洲側に直接ボールが返りそうになる。破魔がダイレクトで叩き込もうと待っている。

攻撃を全部跳ね返されたあげくダイレクトでとどめを刺されるのでは癪《しゃく》に障る。灰島はネット際で懸命にジャンプし、歯を食いしばってボールに手を伸ばした。ネットを挟んで背中に破魔の存在感。硬い胸板とすれすれで接触しそうになりつつ、指に引っかけたボールを自陣側にはじいた。

ボールは取り戻した。「打って！」自分がセカンドタッチを繋ぐからには必ずスパイクできる球にする。自陣に怒鳴ると同時に背中からネットに突っ込みかけ、身体を丸めて回避したが、センターライン上に着地した拍子に尻もちをつきそうになった。

センターラインを足が完全に踏み越せば領域侵犯だ。転びかけながら身をひねって八重洲側のフリーゾーンにヘッドスライディングで飛び込んだ。

八重洲コートに足をつくのは免れたもののプレー妨害を取られればホイッスル――鳴らない？試合は続行しているが、灰島がフリーゾーンまで横切った道をあけるように破魔と大苑がネット際から退いていた。避けてもらった――？

欅舎側では灰島がはじいたボールを三村がバックアタックする。下がっていた破魔と大苑がブロックに跳べない。プレー妨害ではないのかとやはり思ったが八重洲側も審判に抗議せず試合を続けている。ノーブロックで三村に打たれるも、六人全員でディグを敷いてボールをあげた。

スパイクが通ってもフロアディフェンスであげられる。一得点があまりにも遠い。

八重洲にボールが移りスパイカー陣が攻撃準備に散る中、破魔が灰島の腕を摑んで強い力で引き起こした。目をみはって破魔を振り仰ぎつつ灰島は立ちあがった。

「続いてるぞ。戻って早く守れ」

視線は早乙女に入るボールを追いながら破魔が冷静な口調で言い、欅舎側のフリーゾーンに灰島の背中を押した。

「ずれろ！　こっち入る！」

押しやられるままポールをまわって自陣に駆け戻りながら怒鳴った。黒羽と辻が一人ぶんずつスライドし、レフト側に灰島が入るなり逆サイドから神馬が打つ。二枚ブロックの脇を抜き去ってクロスに来たスパイクがディグに構えたばかりの灰島の正面に迫った。腕に入ったボールごと結局すぐまたラインの外まで吹っ飛ばされた。

ボールの行方を把握できないまま後ろでんぐり返りし、すぐに立ちあがろうとしたが、
ピィッ！

ホイッスルがラリー終了を告げた。

途端、息が切れて身体が動かなくなり、べしゃっと肩から潰れた。

「灰島！」コートから黒羽が走ってきた。「大丈夫け。一人でどんだけボールさわったんや今」

スタンドを埋めるほどの観客はいないが感嘆のどよめきや拍手が降ってきた。怒濤《どとう》のラリーに注目が集まっていたようだ。称賛されてもラリーを制せなかったのは悔しい。

観客の目には盛りあがるラリーだったのだろうが、こっちにしてみれば一本一本に戦術的な組み立てもなにもなく全部その場凌ぎで切り抜けるのが精いっぱいだった。

一方で八重洲の組織バレーはまったく揺るがなかった。

そのうえ……情けをかける余裕まであった。

「紳士的かよ、くそ……」

呟き込みながら腕を立ててやっと立ちあがった。

ボールデッドの状況はわからなかったが、三村が追っていって繋がらなかったようだ。灰島が吹っ飛ばされた場所よりさらにだいぶ遠い場所から「ナイスガッツ、チカ。無茶苦茶すんなって」と手をひらひら振って戻ってきた三村とコート外で合流した。

得点板にじろりと目をやる。

欅舎17－22八重洲。

最低でもデュースに持ち込むには八重洲が二点取るあいだに七点取らねばならない。一つ前に試合を終えたチームの部員が得点係についていたが、点数を睨んで頭の中で展開を組み立てているとビビったように蟹歩きで得点板を離れた。

「厳しいな……」

ぼそっと呟くと、

「勝てんか」

三村が単刀直入に問うてきた。

「勝てないですね」

率直に答えると黒羽のほうが「ちょっ!?」と裏返った声をあげ、味方コートを気にして声を落とした。「おまえがそんなこと言うん初めて聞いたぞっ……」

黒羽に横目をやって灰島はつけ加えた。

「今は、だ」

「いや、ケツまくってふんぞり返ってる場合けや」

「もう勝てんなってわかる試合があんのは事実や。そんなん腐るほど経験してきたやろ」

黒羽と違って三村はあっさりした物言いで受けとめた。黒羽が納得いかなそうに三村を睨んだ。

「ただし勝てん空気で試合すんのは別問題やけどな」

と、三村がにんまりと目を細めた。両手を大きく広げてコートに向きなおり、

「こっからこっから！　このセット取ればフルや！」

試合中ずっと変わらない明るい声と、力強く通る声量で仲間を励まして先にコートへ戻っていった。

八重洲コートで太明と話していた破魔が三村の大声に欅舎コートを振り返り、次いでこっちを見た。〝ターミネーター〟の二つ名が表すとおり表情筋が動かない顔に汗の玉は浮かんでいるが、たいした疲労は窺えない。

それだけのレベル差がある試合だ。

ふー、と灰島は頬を膨らませたまま息を抜き、胸の内で煮えたぎる悔しさを体外へ逃がした。たいそう仏頂面で破魔にぺこりと頭を下げて礼を示した。

顔をあげ、破魔と目があうと――こみあげてくる笑いがこらえられずに口の端が引きつった。破魔の眉間が初めて動き、ごく薄くだが、不快感を覚えたような表情が閃いた。

胸が煮えたぎるくらい悔しい。

同時に嬉しくてしょうがない。

大学バレーの最高峰・関東一部の、その山の頂に座すチームだ。これくらい強大じゃないと倒しがいがない。

面白くなってきたじゃねえか……。大学制覇のしがいがあるというものだ。

第四セットを巻き返すことができず、セットカウント1－3で七日目Aコート第二試合は終了した。八重洲が全勝を守って現在首位タイ。

ただ、六日目まで失セット0で完勝していた八重洲に最初に失セット1をつけたのが、未だ一敗で優勝圏内に踏みとどまる欅舎になった。

＊

「早くしろよ。着替えなきゃいけないのおれたちだけだからみんなもう行ってる」

荷物を運んで廊下に引きあげると汗も引かないうちにポロシャツとロンパンに着替えてアリーナに戻らねばならない。試合が終わったチームから同じコートの次の試合の審判に各チーム八名ずつだすことになっており、主に下級生が担当する。

第三試合を控えたAコートの記録席の前にはもうベンチ入りしていなかった欅舎と八重洲の下級生たちが集合していた。

「疲れてえんのけおまえ？　審判にまで目ぇ輝かせんでも……」

ポロシャツにあっという間に汗染みを広げた黒羽が追いかけてきた。

「試合でて審判も行かなあかんの不公平やねぇんかなー……」

「ぶつくさ言ってんじゃねえよ。慧明対東武を一番近くで見れるんだぞ」

「まあ慧明はおまえの景星の仲間多いけど……っと」

と、愚痴っていた黒羽が鼻先に飛んできたボールをキャッチした。

「さんきゅー祐仁」気易い呼び方をして、練習中のコートから慧明の一年生部員がボールを拾いに走ってきた。「よー豊多可《ゆたか》」と黒羽も気易く呼び返した。

「見てたぞ、八重洲からセット取るとはなー。ストレートで終わると思っておれたち準備してたのに一セット待たされたんだぜー」

「そっちも頑張れや。ってベンチやろけど」

黒羽の軽口に佐藤《さとう》豊多可が「うるせえ。おれだってすぐ試合でてやるよ」と勝ち気に言い返し、投げ返されたボールを片手アンダーでぽんと跳ねあげてからキャッチした。

「バカ豊多可、外野とだべってんな」

コートから飛んできた罵声に「へーい」と豊多可が口を尖らせ、「じゃあな」ときびすを返して駆け戻っていった。

「でる気あるなら弛んでんじゃねえ」

「超ありますよ。超でる気です」

手厳しく豊多可を叱責した山吹誠次郎《やまぶきせいじろう》がちらりと視線をよこした。灰島が会釈すると取り澄ました顔で挨拶がわりに顎をしゃくった。

慧明二年の山吹誠次郎は灰島の景星学園時代の一つ上の先輩だ。そして景星の同期であり、ユースでは黒羽とも同期になった佐藤豊多可、同じく荒川亜嵐《あらかわあらん》もなんだかんだで山吹を慕って慧明に入っていた。慧明は昨年度八重洲と熾烈《しれつ》なタイトル争奪戦を繰り広げた主力メンバーが今年も上級生に残っているため、景星出身の三人とも今のところスタメンには定着していない。

試合に先立ち、灰島と黒羽を含む欅舎一年四人がラインズマンとしてフラッグを渡されコートの四隅に散った。柄にくるくると巻きつけたフラッグを後ろ手に持ち、直立姿勢で試合開始を待つ。コート内外で飛び交っていた声が一時しんと静まる。

昨年度秋季リーグ三位の慧明大、同四位の東武大。ベスト4の直接対決が火蓋を切るのがこの七日目第三試合だ。

チームを引っ張る得点源は両チームとも三年のオポジット――〝日本男子バレー界の救世主〟東武・川島賢峻と、〝九州の弩弓《どきゅう》〟慧明・弓掛篤志。ライトスパイカーどうしが対角線上で打ちあいを演じる。

慧明サーブから試合がはじまった。東武、一本目のレセプションが乱れ、セッターとクイッカーが定位置から動かされた。

「ヘイ！　ライト！」

川島が野太い声でボールを呼んだ。巨体の首長竜が嘶《いなな》いたかのように空気が長い波長で震えた。

自分がトスをまわしている気になって灰島は慧明側の守備に一瞬で目を走らせ、ミドルで抜ける――と考えたが、コート上では川島にトスが託された。バンチシフトで待機していた慧明のブロッカーのうち二枚が川島につく。慧明側ライトの弓掛がブロッカーから外れてクロスのディグに入る。

空高くもたげた鎌首を振りおろすようなダイナミックなスイングで川島がボールを叩きつけた。だが慧明のブロックも頂点への到達が早い。スパイク通過点に届いたブロックの上端にボールが激突し、威力をいくらか削がれて跳ねあがった。

フロアで構えていた弓掛が低い姿勢から身をひねってコート外へダイブした。

弓なりに空中に身を躍らせながらワンハンドでボールをはたき返した。元チームメイトの伊賀に引けを取らない弓掛のスーパーセーブでコート内にボールが戻る。床に突っ込む寸前で弓掛が身体を丸めて肩からごろんっと前転するあいだに慧明が反撃態勢に入る。

開始早々慧明がボールをもぎ取って攻守が入れ替わった。高い守備力からラリーに持ち込んで直ちに反撃する——スピード感と質の高さを備えた弓掛のチームのバレーに、コーナーでフラッグを構える灰島は胸を躍らせてまばたきもせず試合を凝視する。

ライトに川島を置く東武大相手に前衛レフトからハイセットを決めるのは厳しい。ここはバックセンターでブロックアウトを取るか……また癖で瞬時にトスの組み立てに頭を巡らせたとき、

「っし、来い!!」

力漲《みなぎ》る潑剌《はつらつ》とした声が慧明側であがった。回転レシーブで起きあがった弓掛がもう助走を取ってライトに戻ってくる。東武のレフトとミドルが弓掛につく。遠《ファー》いサイドから川島も大きな歩幅のクロスステップで加わって三枚が揃う。

三枚ブロックの山嶺《さんれい》の上に、引き絞って矢を放つ寸前の大弓のごとく背を反らして天を見あげた弓掛の姿がふわりと浮かんだ。川島以上の凄まじい高さから!!　小柄な身体がくの字に折れた瞬間強烈なスパイクが炸裂した。足の長いボールが東武コートを斜めに貫き、対角線上のコーナーいっぱい。ラインごと床を叩き割るかのような音を立てて跳ねあがった。

灰島とは別のラインを担当する黒羽がピシッとフラッグを指してインを示した。

川島の上からクロス抜いたぞ……!　確実に抜くならストレートのほうがブロックは低かった。だがあえて川島をねじ伏せて高さを誇示するかのように。

先制点は慧明についた。

好戦的な視線を剝きだしにして弓掛がネット越しに川島を見やった。川島よりひとまわり以上小作りの骨格の中で目力の強さが際立って印象に残る。川島も穏健そうな面長の顔に静かな闘志をたたえて弓掛の視線を受けとめた。

川島が長く腰の故障を抱えていたため、ユースからU－21まで世代別の代表のオポジットはずっと弓掛が担って世界の同年代の選手を相手に戦ってきた。しかし川島も東武大に進学してから回復の兆しを見せ、二年生時からは安定してプレーしている。

弓掛は世代別のキャプテンもずっと任されてきている。プレー面でも精神面でも大黒柱として同年代を引っ張ってきた信頼篤い弓掛がそう簡単にポジションを失うとも思えないが、弓掛が箕宿高校で頭角を現す前から将来の日本の大砲と注目されていた川島の復調にも期待は寄せられているはずだ。

灰島が見るところこの試合は慧明が優勢だ。ラリーになるとサイドに偏りがちになる東武に対し、慧明が冷静なブロックタッチで東武の高さを凌ぎ、質の高い繋ぎから反撃に転じる。

第一セット、先行する慧明が二十点を超えたところで、前衛のセッターに替えてワンポイントブロッカーが投入された。慧明の新人で最長身となる一九九センチの亜嵐がしなやかな長身で元気よく跳びはねてコートに入る。

亜嵐にすぐ続いて交替ゾーンに入った選手がもう一人。控えセッターの山吹がリリーフサーバーで投入された。

「山吹さんナイッサー！　亜嵐とめろよ！」

景星出身組で一人だけアップエリアに残された豊多可が今にも自分も飛びだしそうな勢いで足踏みしながら檄を飛ばした。

ボールリトリバーの八重洲の一年が放ったボールを山吹が片手で受け取り、「っし！」と気合い十分にサービスゾーンに立った。

エンジンがかかればキレキレのコントロールでラインぎりぎりを攻めてエースを決めるサーバー

だ。景星時代からそのサーブ力はチーム随一だった。サーブを受ける東武側も警戒して陣を敷く。クールな顔で山吹が天井を軽く仰ぎ、トスを放った――あ、低い。トスを見た瞬間灰島が予測したとおり、鋭い切れ味で放たれたスパイクサーブは低い軌道で自陣側のネットに突っ込んだ。

山吹がエンドラインを踏みつけて悔しがった。高いテクニックと集中力を要するだけに、トスやインパクトの極めてわずかなズレでミスを起こすのが山吹のサーブでもある。

東武にサーブ権が移ると慧明がすぐまたメンバーを戻した。山吹と亜嵐の出場時間は束の間だった。一瞬もボールに関わる機会がなかった亜嵐が不満を訴えるように山吹を肘でつつき、山吹が煩《うるさ》げに振り払いながら二人ともアップエリアに下がった。

山吹は顕著なスロースターターだ。コートに入ってからエンジンがかかるまでにある程度時間がかかる。リリーフではなかなか力は発揮できない。

そこにいたんじゃ、おれとは勝負できねえぞ。

14. BEGINNING OF 4 YEARS

春季リーグ七日目の全試合が終了した時点で、東武をストレートで下した慧明が得失セット率で首位に立った。欅舎に一セットをくれたことが響いて八重洲が二位に転落。同じく全勝だがセット率の差で横体大が三位につけている。トップ3を一敗で追うのが欅舎、東武。残り四戦、上位勢が直接対決で星を潰しあう熾烈な終盤戦に入る。

棺野が属する秋季リーグ八位の秋葉大、大隈が属する同九位の大智大は負け越しており、二部との入替戦を回避できるかどうかのボーダー上にいる。このボーダーラインにも終盤シビアな戦いが待っている。

ゴールデンウィークに一週休みを挟んで第八戦は五月の第二週に再開だ。

第一試合、第二試合で順次引きあげた者たちを除き、第三試合まで残っていた者たちが続々と会場をあとにする。

欅舎は現地集合・現地解散なのでチームとしてはもう解散している。審判で残っていた同期で固まって帰り際、体育館の玄関で山吹と出くわした。

外シューズを三和土《たたき》に放りだしてつま先を突っ込んだところだった山吹が振り返った。チームリュックを片方の肩だけに引っかけ、斜に構えた感じで身体をこっちに向けて待っているので、灰島は外シューズを手に提げたまま山吹の前で立ちどまった。

「おまえのおかげでケツに火がついたって認めるしかねえな」

ふんぞり返るように顎を持ちあげて山吹が言った。

「まだ二年の四月だって、正直現状満足してた。おまえのスピード出世見てやっと焦ってきた。一年も二年もねえ。正セッター取りに行くからな」

灰島も顎を持ちあげ、相対する山吹に言い放った。

「早く取ってください。山吹さんなら取れるでしょう、同じチームにおれがいるわけじゃないんだから」

山吹のこめかみが引きつった。目を細めてふんと短い溜め息をつくと、

「ところかまわず喧嘩《けんか》売るのはおまえらしいけどな。負けたときに責任取る覚悟も持って売れよ」

助言のようなものをされて灰島が意図を測りかねているうちに「じゃあな」と山吹はひらりと片手を振って背を向けた。駅まではどうせ同じ道だがこのまま道連れになる気はないらしい。リュッ

クを両肩に担ぎなおして一人で外へ歩いていった。

「山吹さんって、白石台《しらいしだい》中の山吹誠次郎だろ、あの伝説の。あんなヤバい人によくあんな挑発できるよなあ」

後ろにいた同期のチームメイトが山吹が立ち去ってから囁いてきた。

「伝説ってなんや？」

黒羽が首をかしげると、

「白石台中の二年のとき三年全員退部に追い込んだって話。東京の中学出身の奴には有名だぜ。〝山吹伝説〟」

と別の声が黒羽の疑問に答えた。山吹が慧明の最後尾ではなかったようで、あとからやってきた豊多可が黒羽の横に並んで三和土にぺたんと外シューズを放った。「チカもまあまあやらかしてるけど、おれに言わせれば山吹さんのほうがよっぽどドギツイね」

「おえー……三年全員退部に追い込んだって……」

黒羽がドン引きして呟き、「おまえも知ってたんけ」とこっちを窺ってきたので灰島は片眉をあげて「まあな」と答えた。東京のみならず関東圏出身の同期も全員頷いている。まわりの反応に黒羽がきょろきょろする。

「でも灰島だって景星でその山吹さんから正セッター奪ったんだよな」

「灰島の言うとおりにしたら八重洲からセット取れちゃったし、やっぱさすが高校六冠セッター様だよなー」

「なんじゃそら。嫌味な言い方すんなま」

と、自分だけハブられたような顔で鼻白んでいた黒羽が同期の会話に声を低くした。普段柔らかい福井弁がきつくなると途端に柄が悪く聞こえ、同期が気圧されて言責《げんせき》を押しつけあうように顔を見あわせた。

「い、言い方悪かったらごめんって。ほんとにすごいよなっていう意味だから気ぃ悪くするなよ……」

「ほんならセッター様なんて言い方せんでいいやろ」

「い、いや、言いだしたの柳楽さんだよ。高校六冠セッター様はすげぇよなー……って」

「柳楽さんが？」

「ほら、柳楽さん芦学《あしがく》のエースだったから……灰島が景星に来なかったら、っていうのはあるんだと……」

「なんのこっちゃ。灰島を恨むんは筋がちゃうやろ。芦学が沈んだんに景星も灰島も関係ねえやろが。単に自分にチーム勝たせる力なかっただけやのに」

おれに言われても、と同期が語尾を濁しながらそもそもなんで黒羽が腹を立ててるのかと戸惑ったように灰島に目で助けを求めてきた。灰島が口を挟まなかったのは単に黒羽が言うまで嫌味だとも思わなかったからである。

仕方なく「黒羽」と制しようとしたとき、

「祐ー仁。やめとけや。陰口に陰口で返したら一緒やぞ」

と先に制する者があった。

黒羽より三センチばかり背が高い三村が黒羽の肩に負ぶさるみたいに腕をまわし、不快感を露《あら》わに同期に詰め寄っていた黒羽を自分のほうに引き寄せた。

「チーム内でクサしあうんはあほらしいぞ。ほんで祐仁が今言ったことが今度は純哉に裏で伝わるんか？　なんもチームのプラスにならんな」

黒羽と同じ福井弁でたしなめる言葉とは裏腹に声色は朗らかで、呑気ですらある。助けられた同期が「お疲れです、統さん。まだ残ってたんすね……」と体裁が悪そうに挨拶した。

正面玄関のガラス扉をぞろぞろと抜けて体育館の表にでたところだ。

ゴールデンウィーク初日の土曜でもある。晴れて行楽日和になり、朝会場に着いた時間帯ですでに陽射しと暑さに辟易したが、夕方五時を過ぎると東京湾岸の埋め立て地に海風が爽やかに吹いている。長袖のジャージをはおっていても灰島はちょうどいいくらいだが、黒羽は半袖で十分なのかポロシャツ姿だ。

「ほなな、統。おれは部車待ってるで」

「おー。ほなな」

黒羽や三村とはまた方向性が異なる陰性のトーンの福井弁が聞こえた。

まだ懐っこく黒羽の首に腕をまわしたまま三村が手を振った。一試合前に戦った八重洲の部員——アナリストの越智が数メートル先で小さく手を振り返した。

「来週黒鷲《くろわし》やろ。いってらー」

「ああ。こっちは休みなしで大阪や。Ｖ１に叩きのめされてくるわ」

「ほんなこと言って勝ち行く気やろ」

親しげな会話に越智が微笑を残し、背負ったチームリュックのほかにでかいキャリーケースを引いて小走りで駐車場へ去っていった。

駐車場の車はほとんど捌《は》け、毎試合チームで会場に乗りつける八重洲のバスももういなかったが、アナリストは全試合終了まで残ってビデオカメラを撤収して帰らねばならない。

なんだかもう抵抗を諦めてそっぽを向いて不貞腐《ふてくさ》れていた黒羽をようやく三村が解放した。すかさず距離を取った黒羽に三村が肩をすくめ、灰島に向かって話を戻した。

「試合中純哉とトスあわんかったりとか、なんか問題あったか？」

「ありません」悩むことなく灰島は明答した。「柳楽さん決めさせるのは最後になったんで、もっと決めさせられたらよかったですけど、それはおれの組み立ての問題です。練習のときも別に反発されたりとかはなにも。あ、去年使った授業のテキストくれたんで助かりました」

「いい奴やねえか。ほんならなんも問題ないやろ」

あっけらかんと三村が言った。「いいんすか……」とまだ腹の虫が治まらない黒羽を諭すように、

「なんか本音あったとしても、それを見せんのはかっこ悪ぃことやって自分でわかってるでやろ。ほんならわざわざ暴かんでいい。そいつが〝そういう人間〟であろうとしてる面とつきあえばいいんや」

「それが三村統の、キャプテン、シー、ですか」

灰島が唐突に問うと、三村が「ん？」と目をぱちくりさせた。

「なんや、急にたいそうな話になったな」

「本音曝《さら》けだしたほうがチーム仲は深まるって考えるリーダーもいますよね」

それは三村の哲学ではない——ということだ。

「はは。ほーゆう意味か。ま、おれ自身がいいかっこしてたいだけやって」

リュックの向こうに快晴の夕空を背負って三村が笑った。太平洋側の乾燥した空はスモークブルーに彩度を落としてもまだ高く突き抜けている。しかし、からからと笑うこの明るい男の背後には今でも不思議と、福井で灰島がよく見あげたような、重力を感じる日本海側の空が広がって見えた。

「あのキャラってどこまで作ってんやろ？　時代が時代ならぶりっこやげ」

駅までの道を並んで歩きながら黒羽がぐちぐち言いだした。

「なに腐ってんだよおまえ、さっきから」

灰島が冷ややかに返すと図星を指されたみたいにリュックを担いだ黒羽の肩がぎくりと揺れた。

臨海国際大の高杉と肩を並べて歩いている三村の後ろ姿が道の先に見える。さっきの越智もそうだが、福井県内一チーム仲がよかった福蜂出身者はいまだずっと仲がいいようだ。

黒羽と同じくポロシャツで帰る背中はバレーボール選手らしく重力に逆らって空へと伸びる長身瘦軀《そうく》だ。半袖から伸びた腕も筋骨隆々というにはほど遠いが、前腕部に浮かんだ筋の太さには高校生と大学生の差があきらかに現れていた。

「強かったげな、あの人……」

三村の背中を眺めて黒羽がぼそっと言う。追い越したなんて調子に乗っていたことを今日の試合で後悔したのだろう。

「おまえは大学でもトップレベルに入るスパイカーだ。おれが保証する」

フォローのつもりもあったが、別におだてるために嘘をついたわけではなかった。事実灰島はそう思っている。

「まあほーなんやけど……」

黒羽も口をもにょもにょさせながらもある程度は自任した。さすがに今さらまだ自分の実力を否定するような謙遜をされたらおまえはユースに選ばれてまでなにをやってきたんだとどやしつけるところだ。

「強ぇ人にはもっとなんか、違う〝強さ〟があるんでねえんかって気ぃする」

「それが関東一部の強さってことだ。それをこれから自分のもんにすればいいんだろ。まだはじまったばっかりだ」

開幕戦で大学デビューを飾って以降順調に手柄を立て、ほとんど危なげなく関東一部を撃破してきた黒羽が初めて大学の壁に跳ね返されたのが今日だった。しかも思った以上に軽々と。

八重洲の破魔、神馬、大苑、それに浅野。慧明の弓掛。東武の川島。——そして、欅舎の三村。黒羽より強い者はもっと〝強い〟。

「強ぇ人の〝強さ〟ってなんなんやろなあ」

と黒羽が溜め息をついたが、気が晴れてきたようで柳楽のことで荒れていたときの険はもう抜けていた。

「これから四年間、二人で立ち向かえるんやもんな。強ぇ敵にも苦しい試合にも」

〝今度は四年間絶対に離れんなや、って真剣に思ってるよ〟

棺野の声が脳裏で響いた。

「……楽しいことにも、だよ」

ぶっきらぼうにつけ足して黒羽の二の腕を小突いた。「痛てーって」黒羽が文句を言って身をよじったが、元来の呑気さを取り戻し、

「ほやってほやって。なんたって東京の大学生やもんなあ。四年間でおもっしぇーことひっであるんやろなあ」

笑って言った声が一瞬鼻にかかって途切れた。くしゃっと下げた目尻に光ったものをさっと拭う

のに灰島は気づいたが、なにも言わなかった。恰好悪いところを見せたくないなら、暴かなくていいことだった。

＊

三村統がいる欅舎大に行ってまた一緒にやろう。

なんていう約束を灰島と交わして二人で進路を決めたわけでは、実はない。灰島が去年の全日本インカレで欅舎を見に行ったことすら、福井にいて当然見に行くこともできない黒羽はあとで聞くまで知らなかった。

高三の春になる頃には福井の黒羽のもとにも各地の大学バレー部から声がかかりはじめ、卒業後の進路の選択が現実味を帯びてきた。高卒でVリーグ入りする選手も多い女子に比べると、男子はVリーグのトップチームに行くような選手でも大学四年間を経由してからのほうが過去も現在も多いという。

関東に行きたいという希望だけは漠然とあった。関東一部の大学で早くに声をかけてくれたのは欅舎を含めた二校だ。

灰島には黒羽以上に声がかかっていたはずだし、たぶんVのチームからも複数のスカウトが来ていただろう。灰島が進路をどう考えているのか黒羽のほうは気になっていた。

が、高校卒業後に関して灰島が言ったことといえばこうである。

「ユースの世代からあがったら次はU－21、U－23だな。あと大学行けばユニバーシアードもある。絶対あがってこいよ。当然おれも行く」

　黒羽にとって目下の悩みは進学先だったが、灰島の思考はそこを素通りしてユースの上の世代別代表のことに飛んでいた。直近に迫った目標よりいつも二つも三つも先の目標を見つけて、そこに向かって目の前の目標のど真ん中を突っ切っていくような奴が灰島である。

　アンダーエイジの国際大会であるU－21、U－23の出場資格は年齢制限のみで、大学生でも企業やクラブチームの所属でも問わないが、大学生のオリンピックと称されるユニバーシアード大会の出場資格は現役大学生または前年までの卒業生だ。

「大学行けば」と灰島がわざわざ言ったということは、直接Vリーグに行く可能性も灰島の頭の中にはあるのだ。それに気づいてしまうと、同じ大学に行かんかとは黒羽からは誘いづらくなった。

　自分で考えよう……自分が行きたい道は自分で決めるしかないのだから。

　十一月の県決勝で清陰が二年ぶりの春高出場権を晴れて勝ち取ったあと、十二月上旬に高校選抜の強化合宿があった。スポーツ特待や推薦を受ける高校生の大半はもう願書を提出し終え、事実上進路は決定している時期だ。

　灰島とやっと具体的に進路について話すタイミングがあったのはその段になってからだった。

　宿舎の部屋であぐらを組んで向かいあい、

「せーので言おっせ」

「ああ……」

　と神妙な顔で頷きあった。

　乾いた舌を唾液で湿らせ、黒羽がおもむろに口を開いたときだった。

「あのさ」

　と灰島がふいに遮ったので、舌の上に乗った「せ」を黒羽は一度飲み込んだ。

つと灰島が足もとに目を伏せた。あぐらをかいた足の甲を両手で摑み、身体を前後に揺らしてしばし逡巡《しゅんじゅん》してから、ぼそっと。

「なんでどっちからも誘わなかったんだろうな……同じとこに行こうって」

もし二人のあいだに卓袱台《ちゃぶだい》があったら両手をぶんあげてひっくり返していたところである。なんでもなにもおれは誘いたかったわ！　おれが春からさんざん考え抜いたことを、まさかおまえ今思いついたんか!?　覆せない段階まで進路が決まってから!?

頭の中の卓袱台をひとしきりひっくり返してから、溜め息をついて気を落ち着けた。

「なあ、灰島」

あぐらの上で前屈みになって灰島の顔を覗き込む。灰島が訝しげに細い目をあげる。

自分自身の決意を込めて……そして灰島を安心させるように、なるべく晴れやかに微笑んで黒羽は言った。

「ネットを挟んで戦うことになっても……それか、同じユニフォーム着て同じ方向見て戦うことになっても……上目指してやってる限り、どこでどんな形でも、絶対また会える。おまえと会える場所に、おれは絶対また行くで」

「黒羽……」

清陰と景星に別れてからほぼ二年が経っていた。それぞれが一人一人の力で上を目指して、そこで出会えることを目指してやってきた二年間だった。

だから今度だって、それぞれが自分の意志で決めた次のステージの先で、きっとまた出会えるはずだ。

「ほんなら、あらためて……せーの、」

別々の進路を選んだら、引き続きネットを挟んで戦える日を目指すまで。

けれど、もし一人一人が自分の意志で決めたうえで、同じ進路を口にしたら……。

知らず知らず二人とも尻を浮かせて額を突きつけあうように前のめりになっていた。

賭けるような気持ちで言ったその単語が——声と唇の動きの両方が——ぴたりと灰島とハモったとき、二人の四年間が約束された。

『欅舎大学』

第二話

鋼《はがね》と宝石

1. COLORFUL RELATION

「〝ハマスガオ〟の呼び方って〝スガシカオ〟と同じ？　〝スガ〟と同じイントネーションの〝ハマ〟だよな？」

強豪小学生チームから強豪中学、信州の山の中の全寮制の強豪高校を経て茨城の強豪大学に入った破魔清央《はますがお》のバレー人生において、太明倫也《たいめいみちや》は初めて接触するタイプの人間だった。

先に気さくに話しかけてきたのは太明からだった。太明の口からでた人名らしきものを破魔は知らなかったが、イントネーションはたしかに同じだったので「そうだと思う」と答え、破魔からも入寮日に初めて見てから気になっていたことを尋ねた。

「訊かないほうがいい事情があったら答えなくてもいいが……どんな主義でその髪にしてるんだ？理解できる主義があってやってるなら尊重する」

チームメイトになった者との親睦を深めようという考えのもと、自分の常識で想像できる限りの気遣いをもって尋ねたつもりだった。

入学当時の太明の髪は灰色がかったかなり明るい茶色だった。生来の髪色の者はともかく染髪をしている者など上級生にも新入生にもほかには皆無だった。あえて人と違うことをするならば破魔としてはそれにこだわるなりの主義があって然《しか》るべきだし、それを聞ければ尊重するつもりだったのだ。

太明がきょとんとした。一拍おいて、

「――は！」

と破裂音にも似た笑い声をたてた。

「あっなるほど、そういう奴？　いきなり上から来んのな。たかだか茶髪が、なんで理解とか尊重とかしてもらわなきゃ認められねえの？」

なんだこいつは、と腹が立った。いきなりなのはそっちじゃないのか。

「おれはそんなつもりで言ったんじゃない」

「自分が認めれば許されるなんてのが寛大を装った傲慢《ごうまん》だろ。ずっとトップだった奴の無自覚の上から目線ってやつだよ」

予想外のカウンターパンチを食らって破魔は絶句した。

春休み中に大学の練習に加わったときから破魔は一目おかれていた。高校時代の実績でもだし、体格の良さに加えて北辰《ほくしん》高校で厳しく鍛えられてきた賜《たまもの》で筋肉もついていたので少なくとも二年生にはパワー負けすることもなかった。破魔と太明とでは大学生と中学生に見えてもおかしくない体格差があった。

が、太明の態度はまったくもって小さくはなかった。

愛知から来たらしいが、太明の出身高校も、太明という選手の名前も破魔は一度も耳にしたことがなかった。愛知は東京ほどではないにしろ都道府県予選の激戦区だ。インターハイでは代表枠を二枠持つ多人口県だが、春高《はるこう》は一枠しかないというシビアな境遇下で代表争いを勝ち抜いてくる私立の強豪は全国でも上位に食い込む。太明の出身校はそれらのどの学校でもなく、まったくの無名だった。

とはいってもこの八重洲《やえす》大学バレー部に入ってきたのだし、こんなことを言い放つからにはひとかどの選手なのだろう。実際上級生にもまず目をつけられそうな新人にもかかわらず、「あの堅持《けんもち》監督がこの髪を容認して入部させたくらいなのだからよほどの逸材に違いない」という見方をされていた。

破魔が同じ北辰高校出身の神馬《かんば》、大苑《おおぞの》とともに一年生時から主力として貢献しはじめたのに対し、太明はベンチ入りすらしなかった。一七七センチとスパイカーとしては中背《ちゅうぜい》で、それを補うテクニックやレシーブ力に目をみはるものがあるかといえば、高校でなら普通に巧いという程度だ。大学にあがり、しかも大学最高峰である関東一部のレベルの中ではあっという間に埋もれる選手だった。

見た目でイキってるだけの弱い奴だったか。

と拍子抜けすると、最初に覚えた憤りも鎮まり、破魔の眼中から太明は消えた。太明からもあれ以降親しく話しかけてこなくなった。チームメイトとしての最低限の交流だけはあったが個人的な距離が縮まる機会は当分なかった。

上級生が太明を見る目も早々に冷めた。チーム内で太明は軽んじられる存在に落ち着いた。

破魔が一、二年生時の八重洲大学は関東一部春季リーグ優勝、東日本インカレ優勝、関東一部秋季リーグ優勝、全日本インカレ優勝——と四大大会のタイトルを制覇し、二シーズンで八冠。大学絶対王者の地位を確立した。

二年生の終わりの三月、ＪＶＡ（日本バレーボール協会）が発表した次年度の日本代表メンバーに、現役大学生から抜擢《ばってき》された破魔、神馬、大苑の名前があった。

＊

「ハムスターみたいな顔になってるけど？」

体育館の廊下で行きあうなり睨《にら》んできた灰島《はいじま》の顔に浅野《あさの》はひまわりの種で両頬をたっぷり膨らした齧歯類《げっしるい》を思い浮かべた。これが本当にただの人畜無害なハムスターだったら可愛いものだが。

「次はいいようにさせません」

むくれ面で灰島が宣言し、頬の空気を抜いたと思ったら、

「レフトにコンバートした理由って大苑がいるからですか」

と無遠慮に質問してきた。

八重洲・欅舎《けやきしゃ》戦があったのは先々週だ。アウトサイドヒッターにポジション転向した浅野が灰島の抑え役として仕事を果たした。灰島にしてみれば恨めしかっただろう。

「それもないこともないけど、大苑《ソノ》さんとおれじゃオポジット《オポ》でもタイプ違うから、あんまり関係ないかな」

「ですよね。浅野さんがライトにいると八重洲もやれること増えるでしょう」すごい目線から振りおろしてくるな。「U－23もセッターで招集されてるんですか」

「質問多いな。人見知りしないタイプ？」

忌憚《きたん》のない質問が続き浅野は鼻白みつつ、

「とりあえず今度の合宿はね」

春季リーグが終わった五月末に選抜の合宿が予定されている。夏に開催されるアジアカップの派

遣メンバー選考を兼ねたアンダーエイジの強化合宿になる。

浅野はアンダーエイジの代表ではオポジット兼セッター——どちらにしろライトプレーヤーで招集される。オポジットには弓掛《ゆみかけ》もいるので最終的に試合ではいつもセッターで使われてきた。一九〇センチ台のセッターは日本ではなかなかでてこないためセッターに育てたいのだろう。

灰島は実力的にはU－23に呼ばれても不思議はないが、U－21とかぶっているのでまだ浅野はポジションを譲らずに済んでいる。

「オポは？　候補二人なら弓掛と川島《かわしま》ですか」

「まだあるのか。すごい訊いてくるな」

いっとき、その質問の真意を量って浅野は口をつぐんだ。なにかざわりとしたものが心の中で動く気配がした。

「……どうだろ。おれも監督からつい最近聞いたところだから、ほかのメンバーまでまだ聞いてないよ」

不確実なことは口にせず慎重に答えるにとどめた。

「質問タイムもういいかな。行かないと」

にこりとして浅野から会話を打ち切った。つきあっていると灰島の気が済むまで知りたいことを訊いてきそうである。

「もういいです。どうも」

視線を絡めたまま灰島が二センチくらい頭を下げた。

「あっいた、灰じ……」

と、廊下の角から飛びだしてきた灰島の相棒がそこでブレーキをかけた。浅野と灰島が対峙《たいじ》して

いるのを認めて警戒したように顔を引き締めたが、

「あっ……！　ああ！　あー」

三つくらい表情が変化して合点がいった顔になった。こっちもこっちで表情が面白い。

トラブルになっていたわけではないし（というか話を長引かせていたのが灰島だ）、それに経歴上はともに景星学園《けいせい》のOBだ。といっても実は接点はほぼないのだが、黒羽《くろば》が景星内部の関係を詳しく知るところではないだろう。

浅野が景星の部員として最後に参加したのが、灰島が編入してくる直前の部内の引退試合だ。

「じゃあ」

と浅野は歩きだした。すれ違い際灰島が鋭い横目をよこし、

「来年のユニバのセッター、争う気ですから」

と宣戦布告してきた。

「そのときはそのときで簡単に譲る気はないけど、ただおれはセッターにはこだわってないよ」

流し目で微笑んだだけでそのまま歩を進めると、張りあいがなさそうな灰島の顔が視界の端に消えた。黒羽がちらちらこっちを見つつぺこっと頭を下げてすれ違っていった。

ひととき背中に不貞不貞《ふてぶて》しい視線を感じていたが、やがて二つの足音が遠ざかる方向へと歩きだした。

誠次郎《せいじろう》みたいにがっぷり組むタイプじゃなくてごめんな。誠次郎もあれで中身は熱くて馬鹿正直だからな……。山吹《やまぶき》と灰島がゴールデンウィーク前に火花を散らしたらしい。浅野は高校の後輩の豊多可《ゆたか》とも亜嵐《あらん》ともパイプがあるため二人それぞれからメッセージが来た。

高校卒業後もバレーを続けることに迷いはなにもなかった。ただ、トップレベルでやる意義を浅

野は自分の中に見いだせていなかった。結果的に今こうして大学王者のチームに属しているのは自己矛盾だよなと、身につけた黒のチームカラーのポロシャツに自嘲《じちょう》が漏れた。

足をとめて振り返る。仲がよさそうに喋りながら揃いのポロシャツを並べて歩いていく二人の背中をしばし見送った。

中高とずっと友人でありながら所属は違った弓掛と、やっと同じ所属のユニフォームを着るチャンスがあったのが大学進学というターニングポイントだった。

あの二人と違って、自分は弓掛とまたネットを挟んで戦う道を選んだ。よりにもよって弓掛の因縁の敵として立ちはだかるチームを。

ゴールデンウィークに一週休みを挟み、五月十三日の土曜日、春季リーグは第八戦から再開した。

連休中に八重洲大学は黒鷲旗《くろわしき》（全日本男女選抜バレーボール大会）に出場するため大阪へ遠征した。前年の全日本インカレ王者は自動的に出場権を得る大会だ。V2やV1下位のチームを破って大学勢としては唯一の予選リーグ突破を果たしたが、決勝トーナメント一回戦でV1上位のチームに敗れて帰ってきた。

国内バレーボールのトップリーグであるVリーグはV1を頂点にV2、V3があり、そのピラミッドの裾野に地域の企業チームやクラブチームが数多《あまた》存在する。九人制も含めて日本のインドアバレーボール人口は非常に多い。

関東一部所属全十二大学の総当たり戦、第七戦を終えた時点の中間成績で八重洲、横浜体育大、慧明《けいめい》の三校が全勝中という熱戦になっている。大学チームは好不調に波がある傾向が強く、大会ごとに順位が大きく入れ替わりがちだが、昨シーズンの後半からはこの三校が頂点争いを繰り広げている構図だ。ただ昨シーズンの主力がまだ在学している八重洲と慧明に対し、主力に四年生が多かった横体大《よつたいだい》は今リーグは分が悪い。
八、九戦目が行われるこの土日は埼玉県のF市総合体育館が会場となっている。八重洲の今日の試合はBコート第三試合。相手は意外に上位に食い込んでくる楠見大《くすみ》なので油断はならない。
朝からバスで茨城を発《た》ち、第一試合開始時間に会場入りしていた。

Aコート第一試合が慧明と横体大の直接対決だからだ。どちらかにここで必ず一敗がつく。自校が勝つことは前提とすれば、全勝は今日で二校に絞られる。

「A1まだ決まらないって？」

浅野が同期の早乙女《さおとめ》と一緒にスタンドの後方で試合を立ち見していると主務の裕木《ゆうき》が立ち寄った。

「お疲れさまです」裕木を振り向いた浅野の隣で「はい。フルってますねー」と早乙女が答える。

主務は朝からなにかと立ち働きっぱなしで試合を見ている暇はほとんどないようで頭が下がる。

大学の主務は高校の部活でいうところのマネージャーの立場で選手をサポートするだけでなく、金銭管理を含めた部の運営全般を仕切っている。主務がいなければ大学の部活はまわらない。

両者譲らぬ激戦となり、セットカウント２－２でフルセットに突入している。試合時間ではないBコート側のスタンドの人口密度が異様に高まっていた。

各大学の部員たちもセットが進むにつれ続々とスタンドにあがってきて、Bコート側に比べてAコート側のスタンドの人口密度が異様に高まっていた。

すこし下の座席に四年生のレギュラー陣の背中が見える。五月に入りみな半袖のポロシャツ姿だ。太明、破魔、大苑、神馬、孫《そん》が並んで座っていた。リラックスした居ずまいで腕や脚を組んでいるが、視線はじっとコートに注がれている。〝八重洲ブラック〟のポロシャツで一様に揃えてずらりと並んだ四年生陣の視線でコートにかかる圧が一段階増している。

データ入力に勤《いそ》しむ越智《おち》の姿は各大学のアナリストたちが占める一角にあった。

第五セットは慧明がスタートダッシュを切った。最終第五セットだけは十五点先取と短い。出だしのリードに大きく左右される。

「どっちかっていうと慧明に土がついたほうが楽になるんだけどなあ。慧明戦はきっついんだよな、毎回」

裕木がぼやくと、

「でも来週フルメンバーですし。去年は二つ負けたけど二つともフルメンバーじゃなかったですから」

浅野を挟んだ位置から早乙女が裕木に言った。浅野はこの話題にはあえて黙して聞き役にまわる。

慧明が先に八点目に乗ってコートチェンジとなる。アナリスト席で手を休めた越智が首を右、左と倒して肩をまわし、ボトル缶のコーヒーをだした。

プレー中は黙ってコートを注視していた太明たちがこの間に試合について意見交換しはじめた。

「去年までは話してるとこ見たこともないくらいだったのにな、あの二人」

裕木が同期の背中を見下ろして感慨に耽《ふけ》るような溜め息をついた。

太明が隣の破魔に顔を向けてなにか言うと、破魔が太明のほうに首を傾けて何度か頷《うなず》く。

「破魔は一年のときから別次元だったたし、太明のばかは逆のベクトルで別次元だったたし……。破魔が代表に呼ばれてからは特にもう大学のレベルからどんどん浮いてってただろ」

太明たちの後方に座っている二人組の一般客が肩を寄せてプログラムを開き、視線を上下させて太明の後頭部と見比べていた。浅野が立つ場所からだと開いたページも目に入った。

「倫也さんの写真見てますね」

早乙女も同じものを視界に入れて「やっぱりめちゃくちゃ目立ってますよねえあの写真」

リーグ戦のプログラムには参加校の部員全員の顔写真が載る。前回リーグ優勝校の新主将として、今大会のプログラムでは太明の写真と挨拶文が全大学のトップを飾った。プログラムはフルカラーだという点も忘れてはならない。関東一部の主将として見るもまばゆい金髪の部員が掲載されたことなどたぶん史上初だろう。

「ふん。目立って当然。トップに載るからこだわって撮ったもん」

撮影者である裕木がふんぞり返って自画自賛した。写真の質は大学によりけりだが、八重洲では裕木が自前の一眼レフカメラを持ってきてなにやらこだわりのライティングで撮影しているのだ。

「アイドルプロジェクトのオーディションに送ってみたらけっこういけるんじゃね、なんて太明さん調子乗ってたくらいですもんね」

からかい口調で早乙女が言った。伝統的に上下関係が厳格な八重洲で四年生と後輩がこんな気易い会話もできるようになったのは太明が主将になってからだ。

「そう、破魔がそれ真に受けて、オーディションに受かったら大学とバレー部と芸能活動をこなして四大会でられるのかって本気で心配しだして、いやばかか、受かるかー！　破魔の中では受かりそうな顔のデキに見えてんのかよ！」

裕木の喚《わめ》き声が耳に入ったようで太明たちが振り返った。浅野たち三人が立っているのを認めた太明がひらひら手を振った。浅野と早乙女は会釈で、裕木は顎《あご》をしゃくって同期に応える。

「あの金髪ばかの主将に四冠獲らせるつもりだからな。間違ってもオーディションなんか受かられちゃ困る」

浅野は早乙女と視線を交わして苦笑した。裕木の中の太明の評価も人のことは言えないのではないか。

コートでは横体大の茄子紺《なすこん》のユニフォームと、慧明のターコイズブルーのユニフォームが反時計まわりに両サイドのポールをまわってコートチェンジが行われる。山吹、豊多可、亜嵐はリザーブのためコートメンバーとは別に慌ただしく荷物を運んでベンチの交換に働いている。

仲間から離れて一人、集中力が高まった表情でコートの外周を歩く弓掛がいた。

体温で気化した汗が〝慧明ブルー〟のユニフォームから青みを帯びた炎のように立ちのぼり、コートの上では特に小柄な一七五センチがまわりに引けを取らないほど大きく見える。

「……フルメンバーの八重洲《うち》に勝つことには慧明にも特別な思いがあります。来週、弓掛は凄まじい気迫で来ます」

浅野がふいに口を開くと、両隣から裕木と早乙女の目が向けられた。

王者八重洲の中でもなお別次元とチームメイトに評されるほどのプレーヤーである破魔に、弓掛は箕宿《みぼし》高校時代からずっと挑んでいる——何度負けても、いまだ一度も心折れることなく。

裕木が腑《ふ》に落ちた顔でコートに目を移し、

「北辰時代の六冠の陰で、六大会連続準優勝、福岡箕宿……それはそれですごいんだけどな。〝九州の弩弓《どきゆう》〟はそれじゃ満足しないってことか」

弓掛につけられた二つ名を裕木が口にした。

破魔、神馬、大苑が北辰高校の二、三年生時に打ち立てた高校六冠。その二年間と重なる箕宿高校の一、二年生時、弓掛は高校三大全国大会すべてで決勝で北辰に挑み、準優勝に終わっている。

そして弓掛や浅野が大学に入学した年には二年生になった破魔世代が中核をなす八重洲大学が大

学のタイトルを独占していた。

弓掛が登ろうとする山の頂には常に破魔世代が君臨していた。

ただ昨年度、破魔の代が三年生になると、勢力図に変化が起きた。

＊

昨年度の八重洲は苦しいスタートを切った――日本代表メンバーに選出された破魔、神馬、大苑がさっそく代表の強化合宿に呼ばれたが、四月の週末ごとに行われた合宿が大学の春季リーグの試合日とまるかぶりだったのだ。所属チームは主力が三人もごっそり抜けた影響をもろに受けることになった。五月に入って合宿日程が終了すると大学のリーグに合流したが、この時点で八重洲は四勝四敗。昨年度絶対王者が優勝争いから完全に脱落していた。

強敵・慧明や横体大との対戦は終盤に集中していたためフルメンバーが揃ったチームでこれをねじ伏せ三連勝をあげるも、総合成績は七勝四敗。総合五位に沈んだ。

春季の総合優勝は十勝一敗の慧明。直接対決では勝った相手に総合順位で負けることも珍しくはない。これもまたリーグ戦だ。

一方、弓掛としては慧明にリーグ初優勝をもたらしたものの、破魔との直接対決ではまた負けていた。

翌月の六月下旬にはシーズン前半のもう一つのタイトルである東日本インカレが開催された。関東学連のほか北海道、東北、北信越《ほくしんえつ》の各学連から約六十大学が出場する大会だ。

この日程もまた日本代表のスケジュールとまるまるバッティングした。主力三人を欠いた八重洲は不安を抱えながらも二回戦までは順当に勝ち進んだが、三回戦ではやくも最難関にぶちあたった。三回戦、慧明戦。

春季リーグを獲った慧明は今大会優勝候補の筆頭となり、二タイトル目を目指す弓掛のモチベーションも高かった。

第一セット開始から弓掛に連続で打ち込まれ、慧明に押される出だしになった。

「来い来い来い！　ここ切るぞ！」

慧明を勢いに乗せるのは避けたい八重洲は太明が仲間を励ましながらトスを呼ぶ。この試合は神馬にかわってアウトサイドヒッターに太明。大苑にかわってオポジットに浅野が起用されている。

太明と弓掛。二人ともバレー界では小柄な一七〇センチ台半ばと、身長の上では互角だ。しかし弓掛のスイングブロックが高い。ネットに沿って駆けながらスパイクジャンプのように両腕をバックスイングし、勢いをつけてブロックジャンプ。太明が打った瞬間、横合いから吹っ飛んでくるようにスライドしてきた弓掛がネットの上に手をかぶせてきた。

「ワンチ！」

ブロックタッチを取った弓掛自ら怒鳴り、着地するなり休む間もなくボールを追いかけて繋《つな》ぐ。

慧明コート中央にボールが返り、

「おし、もらう！」

という声とともにバックセンターから助走に入ったのは四年の佐々尾《ささお》。弓掛が繋いだボールを直接打ちにくる。八重洲側は佐々尾の前にブロックを揃える。

と、佐々尾が空中でふっと身体《からだ》を縮め、ボールに両手を添えてトスに変えた。フェイクセット――！　八重洲側ブロッカーの目が慌ててボールを追ってライトへ。ライトに戻ってきた弓掛がその瞬間すでに踏み切っていた。

一枚になった太明のブロックをものともしない高さからスパイクが打ち込まれ、八重洲コートを抉《えぐ》った。

篤志《あつし》……すごいな……。浅野はすこし呆然《ぼうぜん》として慧明コートに目をやった。浅野が去年一年間控えメンバーにとどまっているあいだ、一年生から試合に出続けていた弓掛に水をあけられたように感じた。

それに、広基《ひろき》さん……。

慧明四年の佐々尾広基は福岡県出身で、高校は東京の景星学園。弓掛とは同郷の仲であり、浅野にとっては高校の先輩にあたる。

浅野が一緒にプレーしていた頃の佐々尾はああいうボールを自分で打ちに行った。それだけ力があるエーススパイカーだったからだが、人に譲らない性格ゆえもあった。

一人で打ちまくる点取り屋だった景星学園のエース時代と佐々尾のプレースタイルは変わった。逆サイドを担う弓掛が慧明の最大の点取り屋であり、しかもリベロ並みに繋ぎも巧いので、佐々尾に余裕ができてプレースタイルの幅が広がったのだ。

景星での佐々尾には自分自身以上に頼れる味方がいなかった。あの頃の浅野は佐々尾を支える力にはなれなかった。

今は弓掛が佐々尾を活かしている。

弓掛がナイスセットというように佐々尾にタッチを交わしに行く。しかし寄っていった弓掛の額を佐々尾が片手で押し返した。不意の対応に後ろによろめいて不満顔をした弓掛の頭をボールを扱うみたいに摑むと、にやにや笑ってくしゃくしゃとその髪を撫でた。

2. TAKE ON THE MISSION

三年生の六月。破魔が神馬、大苑とともにシニアの国際大会に遠征し、育成中の若手という立場ながら出場機会も得て帰国したのは、大学のスケジュール上では東日本インカレ最終日の日曜の夜だった。八重洲は金曜の三回戦で慧明に敗れてベスト16にとどまり、土日に駒を進めることなく会場を去っていた。

ベスト8の中から下馬評どおり慧明が優勝し、初の東日本タイトルを手にするとともに春に続いて二タイトル目を獲った。

「破魔、神馬、大苑戻りました。迷惑をかけました」

夜、成田空港から茨城の大学寮に帰り着くなり土産を携えて主将の部屋に帰寮を報告した。堅持は寮住まいではないので主将と主務が寮生活におけるバレー部の責任者だ。

主将は神馬の対角のアウトサイドヒッターを担う四年の高梁《たかはし》という。

「いや。こっちこそ不甲斐ない結果に終わって申し訳ない」

部屋の戸口で応対した高梁が謝罪して頭を下げた。

「自分たちが不在だったせいなので」

破魔は直立したまま高梁の脳天を見下ろして言った。謝罪自体を拒否はしなかった。チームの不甲斐なさも単に事実なので否定しなかった。

春季リーグでも代表の合宿日程が終了するなり合宿先の九州からとんぼ返りして大学の試合に合流したが、その時点でもう優勝は望めない黒星を重ねていた。自分たちが戻ったときにはいかんともしがたい状況になっていたことにどうしても不満は持っていた。

三人で手分けしてほかの部屋にも挨拶しつつ土産を配ってまわった。三年が不在の部屋が多いのを不思議に思いつつ最後になった部屋の前に立つと、ドアの向こうに感じる人口密度があきらかに高かった。

この部屋の部屋長は太明だ。

東日本インカレの結果を鑑みると失意に沈んでいてもおかしくなかったが、意外なほど活発な声が飛び交っている。ひととき声が途切れたタイミングで破魔がノックをすると、

「あいよー」

という声が聞こえてドアをあけたのは上下スウェットの部屋着姿の太明だった。戸口に立った破魔の顔を見るなり「おっ」と目を丸くしたが、

「お疲れー。今日帰国か。オーストラリアだっけ」

とすぐに笑顔でねぎらいをよこした。破魔のほうは反応に迷った末にたぶん岩のような顔になった。

春季リーグから太明は神馬の代打のアウトサイドヒッターに起用されるようになった。無論神馬に比べるとサイドの高さががくんと落ち、スパイク力・ブロック力も遠く及ばない。

みんなここにいたのか……。太明の頭越しに中を見ると同期のほとんど全員が畳の部屋に集まっていた。ほかに細い一年生が一人、恐縮した居ずまいで三年に囲まれて座卓についている。一瞬ぎょっとしたがリンチを受けていたふうではない。

アナリストとして今年入ってきた越智だ。今は四年のチーフアナリストの補佐をしている。

「土産。部屋のみんなに」

滞在したホテル近くのスーパーマーケットのレジ袋を言葉少なに差しだした。

「文節短くね？　日本語忘れて帰ってきてないか？　大丈夫か？」

言いながら太明が物珍しげにその場でレジ袋を覗き込み、食品の大袋をがさがさとだした。「おー。なんか袋がすげー外国産っぽい。この絵カンガルーか。なんかすげーオーストラリアっぽい」

軽薄によく喋る男だと破魔はちょっと閉口し、

「カンガルージャーキー。ほかの部屋にはもう置いてきた」

部屋の中の連中にも言ったとき、視界の下端に入った太明の頭の色が二層になっていることに気づいた。一年生の頃から懲りもせず明るい茶色に染めている頭髪が根元から数センチ黒くなっていた。

「越智におとといの慧明戦の映像とデータ見せてもらって復習してたとこ」

と太明が二色の頭を巡らせて部屋を振り返った。座卓の上でノートパソコンを開いた越智が恐縮しつつ、出身地の訛《なま》りが入ったイントネーションで言う。

「おれもまだ見習いですけど、説明するんは自分の勉強にもなるんで……」

福井と長野とはバレーボールの大会の分類では同じ北信越ブロックだ。男子マネージャーだったらしい越智の印象は破魔の中には残っていなかったが、福蜂《ふくほう》工業高校とは北信越大会では何度か戦っている。負けたことは一度もない。

「まざってかないか？」

太明に誘われて答えに迷った末、

「いや。まだ荷物が片づいてない」

とっさに断る言葉が口をついてでた。

「そっか。破魔にも見てもらって意見聞きたかったけど、帰ってきたばっかりだしな。わざわざ土産さんきゅー。ゆっくり寝ろよー」

「いや……短時間なら」さほど疲れて帰ってきたわけではないし、意見を聞きたいというなら力になれることがあるだろう。前言を翻《ひるがえ》そうとしたが、

「太明。映像でたって」

と部屋の中から裕木に呼ばれて太明が顔を背けてしまった。「手間取ってすんません。まだマニュアル見ながらで……」越智がパソコンから目をあげてぺこっと頭を下げた。

「でた？　見して見して」

カンガルージャーキーが入った袋を提げて太明は中へ戻っていった。裕木が自分と越智のあいだに太明を入れる。同期が太明を囲んでパソコンを覗き込む。破魔が知らないうちにそうすることが当たり前になったかのように、同期の中心に太明がいた。

強豪国立大バレー部に入ってくるような連中の中で毛色の違う太明は最初の頃は同期からあきらかに浮いていた。はっきり嫌悪を示す者は多数派ではなかったが、裕木なんかは何度も太明の髪の色に苦言を言っていたのを破魔は聞いている。

「このへんの映像が特にわかりやすいです。慧明はサイドが強いんで、左右に意識引っ張られてスプレッドしてきてます」

「あーなるほど。しかもここのおれ完全にゲスってんな」

少々白けた気分で破魔は戸口に突っ立って活発なやりとりを眺めていたが、黙って部屋をあとにした。

〝キーパーやらないなら入れてあげない〟

ふいに脳裏に蘇《よみがえ》ったのは子どもの頃の誰かの声だった。

*

東日本インカレ後のオフを挟んで週明け火曜から練習が再開した。破魔としては約十日ぶりに大学体育館での練習に参加することになった。

「今日からこのチーム分けでやります。とりあえず夏解散まで。八月以降はバランス見てまた変えるけど、なるべくこのままで行きたいつもり」

高梁がホワイトボードに書きだしたチーム分けは破魔を絶句させるものだった。

Aチームがいわゆる主力。公式戦で基本的にスタメンを構成するメンバーだ。Aチームには東日本インカレでスタメンとなった面々の名前があり、破魔、神馬、大苑の三人の名前はBチームに振り分けられていた。

壁際に下がってミーティングを見ているだけの堅持に破魔は目をやった。最終目的である全日本インカレで完成させたいチームの形に向けて四年生で練習内容を立案し、堅持に了承をもらうのが八重洲のやり方だ。つまり堅持も同意済みなのだ。

九月にはじまる秋季リーグも試合がある週末に限って代表のスケジュールと重なっている。破魔たちが参戦できるのは春と同じく九戦目から、終盤の三戦のみになる予定だ。そして秋季リーグの組みあわせでは、合流直前の七、八戦目にもっとも苦しい二連戦を迎える。春季リーグ二位の楠見戦、そして一位の慧明戦。春は慧明戦が十戦目だったので合流が間にあったが、八重洲が順位を下げたため秋は対戦日が早くなるのだ。リーグの対戦順は前回大会の順位をもとに決まる。

「秋リーグも半分以上いないから自分たちはBチームに降格されたということですか」

たまらず破魔が発言するとホワイトボードの脇で高梁が首を振り、

「そうじゃない。破魔、神馬、大苑にはAチームの練習のサポートをしてもらいたい」

「は？　サポートって」

「おれたちにサポートメンバーにまわれってことですか」

神馬、大苑も不満げに破魔に続いて口を開いた。

「大学ナンバーワンで日本代表のミドルに練習相手になって欲しいんだよ」

答える声は、高梁と向きあって集まっている部員たちの中からあがった。身長では集団に埋もれているのに髪の色でその部員の姿は容易に識別できた——太明。

反感がこもった三人の目を太明が臆さず受けとめ、破魔、神馬、大苑、一人ずつと目をあわせた。

「——それと、日本代表アウトサイドと日本代表オポに。秋リーグ、九戦目まで絶対に優勝の可能性は消さない。おまえら三人が留守のあいだ優勝圏内の白星は死守する。そのために力になって欲しい」

同期の三年だけでなく、以前は太明を歯牙《しが》にもかけなかった四年まで全員が決意に満ちた顔で太明の言葉に頷いた。

——どんな魔法を使ったんだ。

同期内のみならず、いつの間にかチームの中心に太明が食い込んで、チームの心が一つにまとまりつつあった。

根元が黒くなりはじめた頭は今までと比べたら格段に部内に同化し、まるで擬態するみたいに不自然なくみんなに受け入れられていた。

八重洲に入学した頃、部内で耳にした話があった。

北辰高校から入学予定だった自分たちが在学中に日本代表に招集されることを堅持は予見していた。主力が不在になる期間を想定し、その留守中にチームをまとめる柱になれる人材を探して堅持は地方の県予選にまで足を運んでいたという。

その話と太明を部内で誰も結びつける者などいなかったから破魔も長らく思いださなかった。

堅持が探していた人材こそが、太明だったということなのか——？

＊

大会の来賓《らいひん》の誰だかが髪を染めている選手がいるのに目をとめ、高校生バレーボーラーがうんたらかんたらと苦言を呈している、というのが、太明が聞いた話の端緒だった。ただ大会本部から戻ってきたさゆちゃんからその話を聞いたときには、なにしろ又聞きの又聞きだった（さゆちゃんも競技委員からの又聞きだった）ので重大には捉えなかった。

「一応注意されただけだからー」

さゆちゃんの言い方がこんな感じだったせいもある。なにかペナルティがあるほどのものだとは思っていなかった。

自校の試合時間を待つあいだにさゆちゃんが再度本部から呼びだしを食らった。

一つ前の試合がはじまり、そろそろ自分たちも準備にかかった頃、さっきと様子が違う顔色で駆け戻ってきたさゆちゃんがまくしたてた話によると——。

「はあー？　試合できないって……」

チームの出場を認められないとかいう事態にいつの間にか悪化していた。

絶対どっかの段階で話をこじらせた奴がいるだろと太明は確信した。発端の来賓の誰だかに出場を停止する権限があるはずがないのだ。

「えー、どうすんの先生」

困惑顔の部員たちに問われてさゆちゃんも「どーしよー」と泣きそうな顔で頭を抱えた。

「どうすればいいー？」

「しっかりしてよ先生ー」

愛知県立橋田《はしだ》高校。可もなければ不可もない県立高だ。顧問もバレーボールの指導者というわけではないどころか部活を受け持つのもこの部が初めてという新任三年目の教諭だった。世代差を感じないので部員からは親しまれていたが、頼りにはならない。

男子バレー部も可もなければ不可もないレベルのうえ支部の学校数も多い地区にあったが、太明が三年の年には春高バレーの支部予選を突破して愛知県大会に出場を果たした。

「おれのことだしおれが釈明しに行くよ。誰んとこ行けばいいの」

「わたしもわかんないよー。たぶんもう来賓のじじいとか関係ないんだよ。なんかもう誰が言い張ってるのか誰もちゃんと把握してないのに誰かがインターセプトしてるんだよっ。ていうかさ、今どき茶髪くらいでねちねち言うとか馬鹿じゃねーの!?　地毛の子だっているんだよっ。老害がうぜーんだよっ」

「さゆちゃん、どーどー。先生なんだからさ仮にも……」

逆ギレして鼻息が荒くなってきたさゆちゃんをどっちが顧問だかわからんと思いながら太明はなだめる。さゆちゃん自身地毛が茶色味がかっているのでなにか腹立たしい経験が蘇ったのだろう。

「どーする、倫也。まじで不戦敗になんのかな……」

チームメイトの視線が太明に集まった。校則で染髪が禁止されていないので橋田高校の生徒は運動部でも茶髪は珍しくなく（野球部はさすがに坊主や短髪だったが強要されていたわけでもない）、バレー部員にも髪を染めている者は何人もいた。ただ、まわりの部員の栗色が相対的に黒に見えるくらいに太明の髪は飛び抜けて明るかった。夏休み中にはっちゃけて特に明るいアッシュブラウンにトーンをあげ、二学期もそれで過ごしていたのだ。

「いや、不戦敗にはさせねーよ。そこまで言われんなら別におれ今から黒染めしてもいいんだし。でも時間なくなっちまったよな……」

カラー剤を買ってきて染髪している時間も場所も今からでは確保できないだろう。最初に聞いた段階でこの事態が予測できていればまだ時間はあったかもしれないが。

「誰かカミソリ持ってきてない？　電気シェーバーあったらそれが一番いいや」

高三にもなると夕方には口まわりがうっすら青ずんでくるチームメイトもいるのである。「あるけど……倫也、まじで？」電気シェーバーを持っていたチームメイトが意図を察して信じがたい顔をしつつ提供してきた。

「さゆちゃん、頼める？　自分で前髪とか切るよね女子。ハサミで大雑把に短くしてから剃《そ》っちゃって」

「えっ、待って待って、やめなよ倫也！　台無しだよ！　坊主はわたしが嫌！」

「野球部泣いちゃうからそんなこと言わないでね……。大丈夫だよこれくらい。髪すぐ伸びるし」

ミニチュアダックスフントみたいで可愛い、と夏休みあけにさゆちゃんに言われた髪を太明はつまんでみせ——ミニチュアダックスフントにもいろんな毛色があると思うのでさゆちゃんの頭の中にどんな犬がいたのかわからないが——あっけらかんと言った。


コートに現れた橋田高の選手の中にスキンヘッドに近い坊主頭が一人いるのはすぐに会場の目を引いた。あれ太明倫也かよ？　どうしたんだ？——などとスタンドや相手チームがざわついた。県内で顔をあわせる面子《メンツ》の中では太明の茶髪はもともと有名だ。

「お。相手ビビらしてるじゃん。アドバンテージ取ったぜ！」

競技委員が飛びだしてきて出場を阻止される可能性はまだなくはない。太明はあえて明るくうそぶいて萎縮している仲間を励ました。

文句あるか、とコート外に作られた役員席にドヤ顔で視線を投げる。長机とパイプ椅子が連なる役員席にまばらに座っている背広やブルゾンのおとなたちの誰とも目があわなかったが、関係者出入り口の脇の壁際に立っていた人物と唯一目があった。どきっと心臓が跳ねた。

誰だ……？　あのおっさんがものいいをつけてきた張本人だろうかと思ったが、背広姿ではないから来賓ではなさそうだ。黒いポロシャツに黒いブルゾンをはおった、黒ずくめの壮年の男だ。異様に凄みがある面相で二校が練習をはじめたコートを見据えている。これでもまだ難癖をつけられて出場を阻止されたらどう凌《しの》ごうかと警戒心を強めて思考を巡らせたが、幸いというか不気味というか、男は黙って立っているだけで動く様子はない。

やがて出入り口を通りかかった他校の監督が男に気づき、やけに低姿勢に挨拶した。あれって優勝候補の私立校の監督じゃ……。

男がコートから視線を外してそれに応えたタイミングで太明も男から注意を外し、仲間に向きなおった。

「さゆちゃんとでる最後の大会だ。楽しもうぜ！」

橋田高は二回戦まで勝ち進んだが、そこで代表枠を毎年争う強豪私立に玉砕し敗退となった。結果は県ベスト16。そもそも全国大会を目指すようなレベルでやってはいなかったので、この大会をもって三年は引退する前提で臨んだ春高予選だった。

支部予選から約百五十校が出場する愛知県で十六強に入れば上々だ。

三年間楽しかったし、それなりに納得いく結果もだして、後悔はなく引退できる。

高三の十一月。親は必ずしも四年制大学への進学を希望していなかったし、今のバイト先で社員登用の推薦をもらえそうなので、進学と就職でまだ迷っていた。ただ、どんな進路にしろ部活でバレーを続けることはたぶんないだろう――

と、思っていた矢先のことだ。

「なんかね、国立大の監督っていう人が倫也と話したいって」

さゆちゃんが首をひねりつつ呼びにきたのは、全日程が終わる前にもう帰り支度をしていたときだった。

「国立大ー？　どこ？」

すっかり引退気分で気を抜いていたので間延びした声で訊き返したが、

「八重洲大学。頭いいとこだよねー」

「待って！　八重洲!?」

さゆちゃんの口からでた大学名にさすがに声が裏返った。下唇に人差し指を押しあてて答えたさゆちゃんがびくっとした。

「頭いいのは置いといて、関東一部だよ！」

「関東一部？　なにがー？」

「バレー部が！」

体育会系にまったく縁がない女子大生生活を送ったさゆちゃんである。ピンと来ていないさゆちゃんから影が分かたれたかのようにその背後にぬうと現れた黒い男は、あのとき体育館にいたおっさんだった。


『八重洲大学バレーボール部　監督　堅持勲《いさお》』

廊下で向かいあって名刺をもらった。スカウトが続々と来たりするようなトップレベルの高校生ならこういうこともよくあるのかもしれないが、名刺をもらうという経験が太明は初めてだった。眼光鋭いおっさんから隠れるみたいに太明の背後にまわってぴょこんと首を突きだしている顧問が大学バレーの勢力図をいっさい知らないことから自明なとおり、橋田高は大学からスカウトが来るような高校ではない。

さゆちゃんももらった名刺をもてあまして顎に紙の角をあてていた。いやきみは少なくとも就活はしたんでしょうに。名刺の扱い方とか練習しなかったの。

「長野の北辰高校から来年三人来ることになっている」

なにかもうすこし前置きの挨拶があってもよさそうなものだったが、堅持は突然そんな話から切りだした。

「ホクシン高校?」

肘をついてきたさゆちゃんに太明は囁《ささや》く。

「大学は知らなくてもしょうがないけど高校は知っとこうよ……。長野と愛知は中部大会でも一緒じゃん。春高の優勝候補だよ。今年インハイも国体も優勝してるじゃん」

「えっすごくない? 倫也、そんな子たちが行くとこに一緒にスカウトされてるんだよね?」

八重洲大学と北辰高校がすごいということは理解したさゆちゃんの顔がふんわり輝きだした。しかし太明はまだその北辰高校の話が自分とどう繋がるのか想像ができなかった。

八重洲大学の監督が北辰高校の選手に声をかけ、北辰高校の選手も八重洲大という一流のチームを選んだ。それはなんの疑問もない。スポーツ推薦で決まる奴っていうのはこんな時期にもう決まってるんだな。部活を引退してから進路のことを考えようと思っていた太明としてはそのスケジュールの早さに驚いた。

だから余計に自分がそんな一流チームからスカウトされる理由がわからない。

「下級生のうちから八重洲《うち》の主力になる。四年の春にはシニアの日本代表候補にもなると思っている三人だ。そうすると大学を離れる期間が長くなる。主戦力の不在時に、残った部員をまとめてチームを守る働きを期待できる者を今探している」

「ああ。やっと腑に落ちた」

話を遮《さえぎ》るように太明が相づちを打つと堅持が唇を結んだ。

「つまりそいつは間違っても日本代表に選ばれる可能性がない奴じゃなきゃいけないってことだ。だから県予選なんか視察に来てんですね」全国大会出場経験者だっていくらでも志望者がいるだろう一流大学の監督が。

　太明の推察を堅持は否定も肯定もせずスルーした。

「試合を見ていたが、まわりがよく見えているな。なにか訓練をしているのか」

「訓練なんて別になにも……あーバイトでファミレスのホールやってるんで、それはちょっとあるかもです。けっこう長くやっててバイトリーダーなんで」

　飲食店のホールというのは配膳にオーダー対応にレジにバッシング（テーブルの片づけ）、意外と馬鹿にならないのが客にちょくちょく求められる給水と、厨房《ちゅうぼう》と客席を滞りがないよう繋ぎながら五感をフル回転させて常にホール全体を把握している。トラブルが起こっていそうなテーブル、走りまわっている子どもにも目を光らせている。後輩バイトが客に絡まれることもあるのでバイトリーダーとしてフォローに駆けつけるがたいていそのタイミングで急ぎ足で通り過ぎたテーブルから「お水くださーい」と声がかかるあの現象はなんなんだ。

「アルバイト経験があるのか」

「あるっていうか、今もやってます」

「今も？」堅持が眉間に皺《しわ》を寄せた。「部活と両立できているのか。どれくらいやってるんだ」

「週四か五入ってますね。平日の夜三日と土日のどっちかか、シフト薄かったらどっちもか」

「そんなにか……」

「そのおかげでバイトリーダーになっちゃいましたね」

「うちにはバイトをしていたような選手は来ない。集まってくるのは真面目にバレーだけに打ち込んできた連中だ」自分が真面目に打ち込んでこなかったとは思っていないが、別に反論はしなかった。「そういう連中とではスタートラインが違う。フィジカルもテクニックもまだまったく駄目だ。

うちの練習は厳しい。それでも覚悟があるなら、八重洲に来い」

スカウトというのはきみの才能に惚れ込んだのでぜひ来てくれないかと熱望されるものなのだろうなと漠然と想像していたが、およそそんな態度ではなかった。

「ここで返事をしなくてもいい。ただ一週間後には返事が欲しい。今日話して一週間で進路を決めろというのも短すぎる期限だとは思っている。家族と相談して疑問点があれば……」

「いや。行きます。理由にも不満はありません。ありがとうございます」

大学の一流のバレー部で、しかも自分の頭では一般入試で入れるような偏差値ではない関東の一流国立大でバレーを続ける将来なんて今の今までまったく選択肢になかった。高校三年間で仄《ほの》かにでも夢を描いたことすらなかった。

そんな自分に思いがけない来春からの四年間が提示されたのだ。

飛び込まない理由は思いつかなかった。

「書類とかいつまでになにがいるか、ここにいる……金森咲夕美《かなもりさゆみ》先生に連絡してもらえますか」

荒波に削られた厳《いか》めしい岩みたいな印象の堅持の顔が、我が意を得たようにほんのわずかゆるんだ。愛知県予選まで足を運んだ土産は得たということだろう。

「度胸のよさも買った点だ」

と太明の坊主頭を一瞥《いちべつ》し、

「要項は明日までにそこの……そちらの、金森先生、にご連絡しますので、手続きをよろしくお願いします」

その横っちょで太明のジャージの肘をつまんで小首をかしげているゆるふわな小娘を「先生」とは認めがたかったようだが、こめかみの血管をひくつかせつつ己に抗って低い声を絞りだし、頭を下げた。

「あっ、えーと、はい、わかりました？　で、いいんだよね？」

話に追いつけずきょときょとするさゆちゃんに太明は笑って頷いた。

「もっと胸張りなよ。教え子がすげー大学からスカウトされたんだよ。名指導者だよ、さゆちゃん。職員室でももうちょっとでかい顔できるよ。もういじめられねーからな」

「えー？　すごいのは倫也でしょー？　わたしなにもしてないよー」

とさゆちゃんは言ったが、嬉しそうにこっちを見あげた顔に朱が差し、にこーっと笑みが咲きほこった。可愛いなほんと。卒業するとき告ろうかなと思ってたけど、関東に行くんじゃ遠恋になっちゃうしなー。

三年間を楽しくしてくれて、守りたいなと思った子に贈り物を残して、すっぱり吹っ切って卒業できる。坊主じゃいまいちキマらなかったなというのが心残りだったが。

3. CITIZEN AMONG MONSTERS

甲子園球児みたいな奴だな。

というのが、太明倫也が生きてきた世界に照らすと異質な破魔清央という男とのファーストコンタクトの感想だった。

いや実際の甲子園球児は知らないので甲子園球児という記号が持つ勝手なイメージでしかないが——くそ真面目で堅物。対外的には品行方正で謙虚な優等生。その実プライドが高くてエゴが強い。

まあエゴとプライドが人より抜きんでているから高校野球というカテゴリのトップに居続けられるのかもしれない。

破魔も高校バレーというカテゴリのトップに居続けていた奴だ。

将来Vリーガーになるんだろうなという飛び抜けたレベルの選手は県大会に何人かはいるものだった。綺麗事では差を埋められない絶対的ななにか――〝素質〟としか言いようがないものが現実にはたしかに存在している。その〝素質〟を持つ奴らが一般人以上に並々ならぬ努力をしてすら、日本代表に選出されるようなトップクラスのVリーガーになれるのは、その中のごくひと握りだ。ところが関東学連一部にはその〝ごくひと握り〟になりうる才能が跋扈《ばっこ》していた。日本代表男子に選出される選手の大多数が関東一部の大学バレー部出身だし、関西ほかの地域の同じ一部の大学とそのレベルは大きく水があいている。

各県に一人いるだけで化け物扱いされるようなレベルの奴らが集まって、化け物オブ化け物を競っているような世界、それが関東一部なのだった。

その関東一部に属する国立八重洲大学は全日本インカレ優勝回数最多。日本の大学の最高峰といえるチームだ。二部に落ちたことは一度もない。

堅持に言われたとおり入学時はフィジカルもテクニックも同期より劣っていた。ただそれについてはあらかじめ自覚と覚悟はあったので追いつけばいいことだと思っていた。

愕然《がくぜん》としたのは、知識がまったく足りないという事実に直面したことだった。バレーしかやってこなかったという同期は脳みそまで筋肉でただ体育が得意な連中ではなく、どちらかといえば脳筋は自分だった。高校時代はろくにシステムなんか知らず、大部分は仲間内で共有している経験上の一体感でやり過ごしていただけだったことが曝《さら》けだされた。

ばりばりの体育会系部活動出身ではないという違い以前に、知識のなさにおいて自分が浮いていることを自覚した。

スタートラインが違うという堅持の言葉どおり、フィジカル、テクニック、知識のすべてでチームのレベルに追いつくまでが第一段階だった。そうこうしていると堅持の見込みが一つ外れて、想定より一年早い大学二年の終わり、破魔・神馬・大苑が三人まとめて日本代表に選出された。

栄誉ではあるが、大学にとっては予定外の戦力の欠落だ。大学の大会スケジュールは国際大会のスケジュールを考慮していない。主要な大会で主力を三人も代表に引き抜かれるという状況が発生する。

太明に課されたミッションも一年早まって三年の春から発動した。

だが出場機会が少なかった春季リーグでは存在感を示せたとは言えず、チーム内での扱いもまだ変わらなかった。

六月下旬、東日本インカレ開幕を控えた夜、寮での最終ミーティングで一回戦のエントリーメンバーと予定スタメンが発表された。

一回戦は関東二部チーム。一部にとってはBチームに経験を積ませる相手というのもあるとはいえ、スタメンに初めて自分の名前が入った。

おし、と太明は内心でガッツポーズした。

「明日は第二試合だから八時出発。七時四十五分にバスに集合厳守。部車組は六時半に先発。あとスタメンは予定だからな。監督が当日変えるかもしれないからエントリーメンバーは全員準備しとくように。——太明。おれの対角を頼む」

と主将の高梁から個別に名指しされ、ほかの部員とともに食堂のテーブルについていた太明は慌てたがたんと椅子を引いて立ちあがった。おっと、体育会系の風潮が身に染みついてしまったと思いつつ「はいっ」と姿勢を正した。

原則としてコートに二人入るアウトサイドヒッターの仕事は無論スパイクで点を取ることだが、もう一つの仕事にリベロとともに三枚でフォーメーションを組むレセプション（サーブレシーブ）がある。得点力のあるアウトサイドでもサーブで狙われてレセプションをあげられないと交替することも往々にしてあるので、レセプション力はスパイク力と同等に重要だ。レセプション力の高いアウトサイドがいると味方の攻撃も安定する。

一七七センチは普通に日本の街を歩いていれば十分に長身の部類だが、バレー選手としてはいかんせん上背がない。でかい奴が揃う八重洲の中で自分が必要性を見いだされるには守備固めのアウトサイドになるしかないと割り切って目標に据えてきた。

東日本インカレ一回戦、二回戦とフル出場でき、迎えた最大の難所、三回戦。

春季リーグで初優勝を果たして勢いづく慧明大に主力を欠いて臨む試合で、太明個人としては初めて〝九州の弩弓〟弓掛篤志と対戦した。

サイズは同じ一七〇台半ば。それどころか弓掛のほうが太明より二センチ小さく、学年は一つ下だ。二年の浅野直澄《なおずみ》と仲がいいようで、浅野と話しに来ているのを見ることはしばしばあった。

ライトプレーヤーのオポジットとレフトプレーヤーのアウトサイドヒッターはネットを挟んでマッチアップするポジションだ。両チームベンチからコートインし、弓掛と向かいあった。

薄茶色の虹彩《こうさい》に囲まれた瞳孔《どうこう》がはっきり見える瞳と相対したとき、ヒトやサルの仲間とは違う動物、鳥類とか爬虫類《はちゅうるい》とかの瞳を覗き込んだような異質さを感じ、ウォーミングアップで汗が滲《にじ》んだ背中が薄ら寒くなった。八重洲コート全体を視野に収めて見開かれた瞳が、主力を欠く八重洲をまるごと食らわんがごとく獰猛《どうもう》な光を放った。

瞳の印象の強さに加え、まばたきの少なさが異質に感じた原因だと気づいた。

異様に長い間隔で瞼《まぶた》がまばたき、もとの大きさに見開かれる。

サイズは人間サイズだが、まるで獲物を捕食する小さい肉食恐竜だ。

こいつも化け物かよ……。

ていうかターミネーターがいて恐竜がいて、関東一部はハリウッドか。こんな化け物どもの中にまじって戦う一般人《こっち》はたまったもんじゃねえぞ。

スクリーンの端っこで簡単に撃ち殺されたり食い殺されたりするエキストラみたいなもんだよな……絶望感に襲われながら、それでも生き延びるすべを探して必死で抗っているようなものだ。


東日本インカレは三回戦で敗退し、勝ち残れば試合があった土日がオフになった。

急にオフになっても予定も入っていなかったので遅めの午前中に起床した。考えることはみな同じなのかバレー部員の部屋が並ぶ階はまだ寝静まっていた。前日の敗退の失意からいまだ立ちなおれていない沈んだ空気が廊下に漂っている。

八重洲大学スポーツ科学群スポーツ科学類の学生は特別な事情がない限り入学後一年間は大学の敷地内に建っている体育寮に住むことになっている。二年生になったら寮をでていいのだが、キャンパスが通学に不便な茨城県の僻地《へきち》にあり、特に学業と練習で一日がほぼ埋まる体育会系学生にとっては寮をでていく理由が乏しい。結果的に全学年をほとんど収容しており、四年間全寮制も同然になっている。勉強も手を抜くと容赦なく留年する大学のため、そうなると同じ寮に上級生がいることも重宝される。スポーツ科学の論文も必修単位だ。

ちなみに八重洲大学の起源を遡《さかのぼ》ると江戸時代、オランダ人に縁《ゆかり》があった江戸・八重洲地区に開かれた蘭学塾に行き着く。東京から茨城にキャンパスを移して現在の大学制になったが、八重洲の名が残っているのはそういう由来である。

今どき畳の和室での共同生活だ。「よく言えば毎日修学旅行」「悪く言えば刑務所」「外観は廃病院」などと実際に住んだことがある学生からは言いたい放題だったが、学内に住めるという唯一の利便性からなんだかんだ愛されている。

部屋は四人部屋で、バレー部では人数の余りがでない限りにおいて一年と三年、二年と四年の組みあわせで部屋割りをしている。創部以来の試行錯誤の結果、隔学年で組むのがトラブルがもっとも少なかったようだ。

新一年は入寮すると二人組で三年二人の部屋に組み入れられる。二年間は原則として部屋替えは認められない。三年になるときに同期の協議でペアを変えることができる。そして三年が新一年を二人選んで自分たちの部屋に組み入れる――環《かん》になっていることがわかるだろう。

廊下の洗面台の前に先に起きていた裕木の姿があった。

「おはよー」

カミソリで髭《ひげ》を剃っていた裕木が横目をよこして「おー。おはよ。昨日はお疲れ」

太明も裕木の隣に立ち、気が抜けたあくびを漏らして歯ブラシに歯磨き粉を絞りだす。壁に貼られた鏡に映る自分を見るとトーンの高いアッシュブラウンに染めていた髪の根元がだいぶ伸びていた。大学生協でカラー剤を買ってきて自分で染めているのだが、ここのところ暇がなくて買いそびれたままになっていたのだ。

今日やるか。オフの予定が一つできた。

「あとでカラー買い行こ。裕木、なんかいるもんある？」

キャンパスがばかでかいのでキャンパス内を移動するためのバレー部共有のチャリンコがある。大学生協に買い物に行く者がまわりの部員に御用聞きをしてまとめて済ますのも日常茶飯だ。

「はあ？」

と、首を傾けて顎まわりにT字カミソリをあてていた裕木がその角度のままぎろりと目を剝《む》いた。怖いって。

「おまっ、また染めんの!?　せっかく伸びかけてんのにっ」

「いやでも、みっともねえし」

「みっともねえと思うならこのまま黒にしろよ。黒くしたらおまえの秋リーグ用の写真撮りなおすから」

リーグ戦の大会プログラムに掲載される選手プロフィールの写真を撮っているのが今年学連委員をやっている裕木だ。

「おれだけ撮りなおさなくても、春のやつ気に入ってるしあれでいいじゃん。裕木が撮ると写真写りいいし」

「よくねんだよっ！　おれが撮りなおしたいんだよっ！　人の気も知らねえでもおっ、ばかばかーっ！」

「カミソリ持ってヒス起こすなって。怖えよ」

太明の茶髪をほとんどの部員はよくも悪くも見て見ぬふりをしていた。直接言及してきたのは入学直後の破魔くらいだが、そのときの太明の返しが気に障ったようで、それもその一回きりだった。

そんな中で何度も口酸っぱく苦言を言ってくるのが裕木だった。茶髪っていうだけで評価が下がるのが現実なんだからわざわざ不利になることをするなと。裕木が選手ではない立場だからというのもあるだろう。選手間であれば茶髪を理由に別の選手を貶《おとし》めるのは妬みにもなりかねないので、快く思っていなくても口にしづらい面がある。

「——はい。ほしたらお疲れさんでした。おやすみなさい」

と、廊下の先でドアがあく音がし、姿を見せた部員が部屋の中に一礼してドアを閉めた。

八重洲の部員の中では特に小柄な一年生だ。名簿上では部員四十一名の中で41番を振られているが、ナンバーがついたユニフォームは持っていない。

八重洲大学は国立ながらスポーツ推薦枠があり、強豪であるバレー部は枠を多めに持っている。しかしこの一年生は一般入試だと聞いた。一浪とのことなので年齢的には太明の学年と一つ違いだ。入部すると自動的に四年生の和久《わく》が指導役《トレーナー》になった。

閉めたのはその和久の部屋のドアだった。和久は例外的に一人部屋に住んでいる。今年は部員数に端数がでたのもあるが、同室になった経験がある部員から「生活パターンが選手と違いすぎる」「あいつ二十四時間寝てない」といった苦情がでたのも理由らしい。

「越智」

水道の前から声をかけると、あくびをしかけた口を慌てて閉じて越智が振り返った。

「あ、お疲れさんです」

「いや、こっちはたっぷり寝て起きたとこだけど。もしかして徹夜？」

「ああ、はい。和久さんと一回戦から三回戦のデータの分析とかビデオ見直してポイント探したりとか」

「うへえ。昨日帰ってきてからずっと？」

　午前中もずいぶんまわった時間だが、越智は昨日試合会場から帰陣したまま着たきり雀と思しきチームポロシャツ姿で髪もぼさぼさである。ノートパソコンと軽くまとめた電源コードを小脇に挟んでいた。

　思い返せば和久も越智もみんなで帰ってきたバスには乗っていなかったのではないか。自チームの敗退後も残ってほかの試合のビデオを撮っていたのだろう。

　和久は四年のアナリスト。越智は今のところその助手だ。

「データの変態につきあわされんのもたいへんだなあ」

　裕木が和久をそう称して越智の労をねぎらった。

「いや、ひっで勉強になります。和久さんとことんやる人なんで。こんな細かい数字まで時間費やしてだす意味あるんかって思っても、そこから有意なポイント見つかることもほんとにあったりして」

　出身は福井だそうで柔らかい抑揚の訛りが耳に心地いい。「ひっで」は「めっちゃ」みたいなもんのようだ。

「ゆっくり寝ろよー」

「はい。失礼します」

　一礼して自室のほうへ歩きだしたが、

「あのぉ、太明さん」

　となにか思いだしたように越智が足をとめた。「あ」にアクセントがあり、「のぉ」で下がって語尾の音程が揺らぐのが越智の訛りの特徴だ。

「高梁さんが秋リーグも太明さんスタメンに推すって言ってたんで、頑張ってください」

「ん？　うん、ありがと」

もう一度軽く頭を下げて背を向けてからこらえられなくなったように大きなあくびをし、ふらふらと遠ざかっていった。

「なんで太明、急に最近主将に買われてんの？　賄賂《わいろ》でも贈ったのか？」

「知らんがな」

裕木に疑惑の目を向けられて半眼《はんがん》を返したとき、ぎい、と越智が今しがたでてきた部屋のドアがあいた。

「太明が対角に入ってるときの高梁の効果率がいいんだよ。値自体はちょっといいってくらいだけど、対角が誰かではっきり傾向がでてる」

苔むしたような無精髭を生やした胡乱《うろん》な人相の四年生がぬらりと顔をだして唐突に喋りだした。

「おれにあがる本数が少ないから対角の打数が増えるだけじゃないんですか？」

「アタック効果率は打数の多寡《たか》とはぜんぜん別の基準よ。決定率は単純に決定本数を打数で割った数字だけど、効果率はそれに被ブロック数とスパイクミスも加味して算出する。まあ破魔神馬大苑入ってる試合はレセプの精度もあんま関係なく全体的に数字あがるんだけど、それはあいつらの強さが圧倒的だから。その試合抜かした春からのデータでは、太明がレセプに入ってると高梁の効果率がいい。ミスや被ブロックが少ないってことね」

「へえ……アナリストってそんな細かい数字もだすんですね」

和久と個別に話したことは今までほとんどなかったので、試合や練習時のビデオ撮影や、ミーティングでの情報提供といった目に見えてわかる仕事以外でアナリストが具体的にどんなことをやっているのかは特に考えたことがなかった。

「これね、見つけたのは越智なんだよ。練習で春からBチームのデータ取らしてて越智はBチームをよく見てたから。太明が起用されるようになってからの違いになんとなくピンと来て、試しに数字切りだしてみたらはっきりでた。ちっちゃいデータだけどね。そっから映像と紐《ひも》づけて見えてきたのは、太明がワンをしっかり引き受けてるぶん高梁が余裕もって入って工夫して打ててる、ってこと」

「へえー」

　とつい声が高くなった。

　コートの上でその瞬間に目に見えるプレーではなく、データで評価が変わるっていうことがあるのか。

　一つ一つではなにかが見いだせるわけではない極小の数字がアナリストによって抽出されたり結びつけられたりすることで、意味のある数字が見いだされるのだ。

　東日本インカレ前に高梁にわざわざ名指しで対角での働きを期待されたのにはそんな背景があったのかと、思い返して腑に落ちた。

「本人見るより数字見たほうが色眼鏡抜きで評価があらたまったってことだろ。見た目のせいだよ見た目の」

「褒められてんだからいい気分にさせといてよー」裕木の冷たい突っ込みに太明は鼻白んで、「和久さん、あとで越智借りて勉強会していいすか？」

　和久がにやりとした。

「選手からデータやビデオに興味持ってもらえるのはアナリストの醍醐味《だいごみ》だよ。可愛がってやってー」

　とぬらりと手を振って部屋に引っ込んだ。

「裕木も来るだろ、勉強会」

「カラー買いに行くのやめるなら行く」

「なんでそこ交換条件なんだよ。関係なくね？」

「せっかく信用されてきたのを台無しにすんなっつってんの！」

「わかったわかった。じゃあやめるから、カミソリ向けるのやめようって」

　T字カミソリを突きつけて喚く裕木をどうどうとなだめたが裕木がますます目を吊りあげ、

「へらへらすんな！　そうやって毎回のらくらはぐらかしやがって！　何百回言わせれば……今なんて言った？」

「うん。しばらく黒くしとくよ」

　裕木が口をぱかっとあけた。

「はあー？　今さらあっさり主義変えるくらいなら最初から言うこと聞けよっ！」

と、それはそれで不服そうに顔を赤くして怒りだした。そっちが黒にしろ黒にしろって耳タコなくらい言ってたくせになんなんだ。

「もとから主義なんかないって。たかだか茶髪に」

　破魔にも昔主義を訊かれたなと思いだした。たいそうなこだわりがあって然るべきと思われているようだが、高校時代の環境が茶髪を普通に許容していたからという、本当にそれだけでしかない。

「信用されなきゃはじまらないってことだろ。信用得るためだったら髪の色なんか何色でもいいよ」

フィジカルの鍛錬も、テクニックの研鑽《けんさん》も、戦術の理解も、それら一つ一つにはまだスタートの遅れを縮められた手応えはなく、春はまだチーム内での評価は変わっていなかった。

日曜の夜に越智に来てもらい、東日本インカレ三回戦までの試合映像やデータを見ながら勉強会をしているとき、破魔がオーストラリア土産のカンガルージャーキーを持って訪ねてきた。破魔が太明の部屋の前に立ったこと自体初めてだった。入学当初のファーストインパクト以来まあどう考えても破魔はこっちを嫌っていたし、まずは自分のレベルがチームに追いつかねばお話にならないと悟った太明もあれ以来自分のことで精いっぱいだった。だがこの日、破魔との距離を縮める光明が見えた。

三年生の初夏、一つ一つの小さな積み重ねが結びついて、手応えを感じはじめた。

4. REMOTENESS

大学では秋季リーグが進んでいる頃、破魔の身は海外にあった。

宿舎で時間があくなりスマホを開いた。関東一部のリーグ戦は学連の手配により全試合ライブ配信される。テレビ放送のようにアップに寄ったりスローでリプレイが流れるような演出はなにもなく、エンド側スタンドに設置された固定カメラからの映像が淡々と流れていくだけだが、選手は頭に入っているのでアップで映らなくとも問題はない。

今回の遠征先はタイだ。現地時間で午前十一時前。時差は約二時間らしいので日本は昼の一時前になる。第一試合が終わっている頃かと思ったが、ライブ配信はまだ第一試合の最中だった。

「2－1で第四セットやってる」

「お。楠見から一セット取った？」

右隣から神馬が小さな画面を一緒に覗き込んできた。

「違う。うちが二セット取ってる」

へえ、と左隣から大苑も覗き込んでくる。

この土日は第七、八戦。楠見大、慧明大と連日で対戦するもっとも苦しい週末を迎えていた。

〝八重洲勝ってるじゃん。大魔神いるの？〟

〝いないよ。今週も全日本〟

〝そりゃ大学より全日本優先か。すごいねー〟

〝在学中に絶対代表呼ばれるって思ってたから自分は驚かなかったけどね！〟

ライブ視聴者が書き込めるコメント欄の上で、顔も名前も知らない者どうしが——もちろん自分たちも会ったこともない人々が自分たちのことを当たり前のように共通の話題にしているのはなんとも言えない妙な心地だ。〝大魔神〟とは自分たち三人の名前からつけられたあだ名らしい。

〝春は大魔神抜けるとこんなに弱くなるかって思ったけど、持ちなおしたのはさすが八重洲だね〟

〝エースって選手はいないんだけどまとまりいい感じだよね〟

コメントで寄せられる八重洲の評価に破魔も得心して頷いたが、次にこんなコメントがついた。

〝チートいないで頑張ってると応援したくなるよねー。今まで八重洲応援してなかったけど〟

自分たちがいると応援したくないという意味か……。

そう、六戦目までを八重洲は全勝で折り返しているのだ。春季リーグでは前半で黒星を重ねたが、半年間でしっかり立てなおし、今大会は今のところ総合優勝の可能性を維持している。

強いサーブに対するレセプション、高いブロックに対してブロックアウト狙いやフェイントを織りまぜるスパイク対応力、徹底したリードブロックでワンタッチを取り反撃に繋げる粘り強さ――レセプション、スパイク、ブロックが全体的に強化され、突出したタレントがいなくともチーム全体としてプレー精度があがった。

それに加えて、その中心となりチームを固めた太明の存在が大きかったことも間違いなかった。

ほかの代表選手やスタッフもいる場のためスマホの音量は落としている。しかし太明が味方に指示を飛ばす大きな声が、言葉までは聞き取れないがスピーカーから漏れていた。

〝最近入ってた茶髪今日いなくない？〟

というコメントを読んだ神馬と大苑がぷっと笑った。

「あ、太明認識されてないんだ」

「なんかそういう忍術みたいだな」

大苑の控えのオポジットだった浅野直澄が今大会ではアウトサイドヒッターに入っている。二年生ながら景星学園仕込みのスイングブロックを初期装備していたプレーヤーだ。レフトブロッカーを担うことで攻撃力が高い相手オポジットの抑止力になっている。

そしてもとはアウトサイドヒッターだった太明が浅野とチェンジしてオポジットに入っていた。ただし大苑が担うような攻撃に特化したポジションとしてではない。後衛に下がるとバックアタックを打つことは少ない「守備型ライト」としてコートを支える役割を担っている。大学以上ではオポジットはレセプションに入らないのが基本陣形だが太明はレセプションにも入っている。

高校のチームに多い形で、本来の八重洲の布陣ではないが、圧倒的攻撃力を持つ主力三人を欠いたチームでリーグ中盤までを乗り切る方法を模索した結果だった。攻撃力に心許《こころもと》なさはあるものの、これで六勝をあげてきたのはたしかな成果だ。

東日本インカレ後のプリン状態の髪を経て、それ以降も伸びた長さを切るだけでやりすごしていたらしい太明の髪は秋にはほぼ完全に黒になっていた。

「ストレート……！」

画面を見つめて破魔は呟《つぶや》いた。こうして画面越しだとコート全体の動きが見えるがネット際のブロッカーはもっと狭い視野の中でプレーしている。後衛から太明が口の脇に手をやって声を張りあげるのが見えた。太明の声でブロッカーがストレートをしっかり締めた。

「よし。ワンチ頑張れ」

つい力を込めて遠い会場に声援を送る。夏のあいだ破魔も協力して強化してきたリードブロックでワンタッチを取った。角度が変わったボールが後方に大きく跳ねる。エンドラインまで下がっていた太明がボールの行方を見越してすでにきびすを返して走っている。

「繋げ繋げ！」

ともに練習に力を貸してきた神馬と大苑の声も熱を帯びる。でかい図体の三人で一つのスマホに顔を寄せ、直接力を届けることができないコートに声を送った。

太明が転がりながら自陣へボールを打ち返した。太明の懸命の繋ぎを無駄にしまいと残った味方五人が声をかけあって反撃に結びつける。

ディフェンスはブロックだけでなく、ブロッカーとディガーとの意思疎通が図られたポジション取りこそ肝要だ。そしてポジショニングは定石のフォーメーションをベースに、アナリストからもたらされる相手セッターやスパイカーの行動データが加味されている。

高校のバレー部でそういうことを学ぶ機会がなく、大学に来てから戦略的バレーの意識を初めて持つ者も少なくない。一年生の頃はリードブロックとコミットブロックの区別もできなかった太明の高校も本格的な知識がある指導者がいるところではなかったのはあきらかだ。しかし今大会の太明の、チームの戦略とアナリストのデータを理解し、コート全体を把握して味方に指示を飛ばしている姿に破魔は瞠目《どうもく》していた。

浅野が鋭いプッシュボールで楠見のブロックの隙間に突っ込み、セッターにワンを取らせた。セッターの機能を潰して楠見の反撃を崩す。「うん、浅野は巧いな」「ブロック頑張れ、もう一本！」

画面の外で破魔たち三人も拳を握る。

すぐさまコート内に駆け戻ってきて後衛の守りについた太明がまた声を飛ばす。楠見のスパイカーが足の長いスパイクでブロックの上を抜いてきた。ボールに飛びつきかけた太明がはっとしたようにのけぞり、紙一重でボールを見送った。

画面で見る限りわずかにエンドラインの外でボールが跳ねた。ジャッジは……!?

ラインズマン、主審ともにワンタッチなしでスパイクアウトのジャッジをだすのを確認すると、

「いいぞいいぞ。よく粘ってプレッシャーかけた」

「太明もナイスジャッジ」

うんうんと頷いて遠く離れた異国の地でタッチを交わす三人の様子を代表の先輩選手が不思議そうに眺めて通り過ぎていった。

〝八重洲の19番って誰？〟

〝三年の太明だよ〟

コメントを書き込んでいる視聴者も太明に目をとめはじめた。

〝あっ、あれ太明？　黒いと普通で誰だかわかんなかった。でかくもないからぜんぜん目立たなくなるね〟

〝茶髪で目立ってた奴だよね。八重洲って一番厳しいのにあれはアリなのかって思ってた〟

〝ナシだったからやめたんじゃない？〟

〝今さら？　一年のときから懲りてなかったよあいつ〟

〝でもバレー選手らしくなったよね。いいんじゃない？〟

そうだな……やっと普通のバレー選手らしくなったと、破魔も見ず知らずの人々のコメントに同意した。

以前は硬派な鉄黒《てつぐろ》のユニフォームがチャラけた髪を拒絶して（いるように破魔には見えて）まったく馴染んでいなかったが、今の髪の色はユニフォームの色と馴染んでいる。八重洲の選手として認められる見た目にやっとなった。

主力不在のチームで健闘し、第四セットを取って３－１で楠見から金星をあげた。正念場の二試合のうち一試合を乗り越え、いまだ七戦全勝をキープ。

しかし翌日、慧明には押さえ込まれた。慧明に三タイトル目をもたらさんと気迫みなぎる二年弓掛・四年佐々尾タッグに打ち込まれて防戦一方になった末守り切れず、八戦目で初めて一敗を喫した。

破魔たちが合流できる九戦目を前にし、全勝は慧明と横体大。直接対決が残っている横体大は自分たちが必ず下す。慧明にもこれから黒星がつくことも考えられる。まだ八重洲も優勝を狙える位置にいた——九戦目まで絶対に優勝の可能性は消さないと太明が約束したとおりに。

＊

例によって高梁の部屋にまず帰寮報告をしたあと、三人で手分けして各階の部屋に土産を配りに行った。

破魔が太明の部屋の前に立つと案の定、ドア越しに今日も人口密度の高さが窺《うかが》えた。防音などあってないような薄い板である。声を潜めるつもりがなければある程度会話の内容は聞き取れる。

「慧明には勝てねーなあ……」

「これで慧明には今年一勝二敗かー」

「勝てたのあの三人いた春だけだから、それ抜かしたら全敗だしな」

暗いトーンの会話が聞こえていたが、

「とにかくあと三試合のどっかで慧明が負けたらまだ優勝わかんないしな！　横体に勝つこと考えよう」

と次の横体戦に目を向けて気合いを入れなおす空気になった。

ドアの外で破魔も一人気合いを新たに頷いた。このあと必ず三連勝することがここまで持ちこたえてくれた仲間に報いる自分の仕事だ。もちろん勝つだけではない。セット率や得点率の差になった際に必ず勝ち抜けるよう、三戦ともストレートで圧勝する。自分の力で優勝の可能性を引きあげる。

破魔だけど、と言ってノックをしようとしたとき、

「あ、けど横体戦ってスタメン戻るのかな。なんかそれも腑に落ちないよなあ」

声を飲み込んでぴくりと手をとめた。

「ミドルはたぶん孫が下がって破魔が入るよな。アウトサイドは直澄か高梁さんのどっちかが下がって、かわりに神馬。オポは太明が下がって大苑……楠見に勝ったチームとぜんぜん違うチームに

なるじゃん。せっかく今チームワークもいいし、七勝してきたメンバーで最後まで行ってほしい気がするよな」

誰の声だ……？　つい気配を殺して耳を澄ます。

「けど総合優勝するにはセット落とせないし、スト勝ちするためにはあの三人の力借りて完全に押さえないと」

「助っ人に入ってもらって勝っても意味なくないか。今のチームでどこまでやれるかってのにこだわりたい気もする」

いくつかの意見があがり、それぞれに賛同を示す声も聞こえる。助っ人……。その言いようが破魔の耳に小さな引っ掻《か》き傷を作った。

代表に選出されれば代表の試合や合宿が優先され、所属チームを留守にせざるを得ない期間が増える。日の丸を背負うことは誇りだし、日本のためだけでなく自分自身の将来のために試合で登用される存在になろうと、強力なメンバーが揃う代表の中で励んでいる。

一方で所属チームにも勝たねばならない大会がある。不在の自分たちをあてにしなくても勝てるメンバーを固めねばならないのも当然だ。所属チームがいい成績を維持して欲しいと破魔も本心から思っている。それは矛盾することではないはずだ。

それが、助っ人か……。

「太明は？　サポートしてただけのおれが言うのもなんだけど、おまえが外れるのは納得いかない。今のランクだと最後まで出続ければレシーブ賞獲れるかもしれないんだぜ」

これは裕木かと声から判別できた。いつの間に太明にそんなに肩入れしていたのか。

入学時から意識せずとも破魔は同期の中心人物と見なされていた。高校時代の実績もあり、同期の中ではいの一番に即戦力となって重用された。自分の立場も自覚して責任を果たしていたつもりだ。

三年の春から代表に呼ばれ、半年間チームを留守がちになるあいだに、同期の中心がすっかり移っていた。

自分や神馬、大苑が不在になることを堅持が想定し、チームの留守をあずかる柱にしようとわざわざ探して連れてきた人材――。

まさに太明は堅持が期待したとおりの場所に収まっていた。

存在感を急に増した太明に破魔が覚えたのは脅威だった。自分の居場所が脅《おびや》かされる危機感。

不在の自分にかわってチームに別の柱が据えられるのなら……そこに自分が帰ってくる場所はあるのか……？

神馬と大苑が廊下の先から歩いてくるのが見えた。ほかの階に土産を配り終えたようだ。「ん？今日は集まってないのか？」きょとんとしながら近づいてきた二人の歩みを手振りでとめようとしたとき、ガサッ、と足もとで音がした。

自分が立てた音にびくっとした。取り落とした土産の袋に視線を落とし、はっとして目の前のドアに視線を戻す。

中の会話が一時途切れたので音に気づかれたかと冷や汗が滲んだ。また音を立てることを恐れて落とした袋にはもう手を伸ばせなかった。破魔の表情になにかを察して立ちどまった神馬と大苑に行こうと目で語りかけ、床を軋《きし》ませないよう後ずさった。

裕木に問われた太明がなにを言うのか気にもなったが、神馬と大苑をこの会話から遠ざけたいという思いが優先した。

土曜に楠見戦を見ていたとき、遠方にいてもたしかにチームとの一体感があった。しかしあれは自分たちだけの錯覚で、チームにはまったく届いていなかったのだ……あの瞬間純粋にチームを思って声援を送り、好プレーには思わずタッチを交わした二人を思いだすと、聞かせられる話ではなかった。

ドアの前に袋を残し、のそりと離れた。ドアにうっすらと映る自分の大きな影が縮んでいった。

〝ゴールキーパーは清央くんだよね〟

物心ついた頃からサッカーではゴールキーパー、野球ではキャッチャーという枠に、単に見た目で安易に収められた。

怖いから嫌だ、と一応は拒むのだが、

〝キーパーやらないなら入れてあげない〟

そう言われると仲間外れにされるのもやはり嫌なので求められた役割を引き受けた。そうすることで遊びの仲間に入れてもらえた。

バレーボールにおいてはミドルブロッカーがその枠だった。

はじめたばかりの頃、バレーボールはなにをやっても「痛い」スポーツだった。ボールを打っても痛い。レシーブしても痛い。中でもブロックはネットを挟んでも数十センチの至近距離からボールを思いっ切り叩きつけられるという、初心者にとってみればかなり信じがたいプレーである。当然すごく痛かった。おまけに人より大きかったぶんジャンプするとネットの上に顔がでる。バレーにおいて背の高さはアドバンテージなのでいつも羨まれたが、人より顔に近いところでスパイクされる恐怖は小さい人には逆に想像できないようだった。

ブロックのとき思わず目をつぶってしまうと、後ろで味方の悲鳴があがった。はっとして振り返るとコートに倒れた味方が鼻血をだしていた。

目をつぶるなと怒られた。おまえが逃げたら後ろの味方をボールが襲うのだ。コートを守る第一の楯になるのが役割だ。自分が逃げるのではなく敵が逃げたくなるブロックをしろ。強くなって仲間を守れ。

ブロックは相変わらず怖かったし痛かった。けれど求められた役割を頑張ると褒められた。それどころかいつしか仲間の中心に据えられ、頼られるようになった。

〝清央くん強いね！〟

〝清央くん、こっちのチーム入ってよ！〟

一番強くあれば仲間外れを怖れなくていいのだ。強くなって仲間を守れ――。

5. HOWL OF SORROW

「そんじゃおやすみー」

「はいよー」

「月曜から一限めんどくせえなあ」

日付が変わる時分まで話し込んだ同期の面々が各自の部屋に引きあげていく。月曜は練習がオフのため日曜の夜は太明の部屋に三年が集まり同期ミーティングをするのがここ最近の慣例になっていた。

「太明ー、これおまえの部屋の？」

と、廊下にでた者に呼ばれ、部屋の中から見送っていた太明は「なにがー？」とドアから首を突きだした。指し示された場所に目を落とすと、ドアに押しのけられたような形で床に落ちているものがあった。

「いや？　知らないけど……」

海外の空港の売店の袋と思しきものだ。拾いあげて中を見るとポテトチップスの特大サイズくらいの大袋が入っている。いかにもエキゾチックなパッケージデザインの、外国製のスナック菓子のようだ。なんとなく見たことがある文字はタイあたりの言語だったろうか。

廊下の左右を見渡した。同じ階に並ぶドアの前で「なんか掛かってる」と部屋に入ろうとした同期たちがドアノブに引っかかっている同じ袋を見つけていた。

「笠地蔵か……いやトトロか？」

太明は顔を引きつらせて呟いた。

ずんぐりした三つの影が、誰もいない廊下の一つ一つのドアの前にそっと土産を残して人知れず帰っていくところが違和感なく想像できた。

タイは破魔たちの今回の遠征先だ。

「にしてもまたでけぇ袋を……この攻撃力高そうなフルーツなんだっけ……？」

六月にもらったカンガルージャーキーもまだ食べきってないし。なにしろ外国基準のサイズ感の袋が各部屋に配られたので、集まるたびに持ち寄って減らしているのだがいまだ誰かが部屋から持ってくるのだ。

カンガルーは絵を見ればまだすぐわかったが、今回のパッケージに描かれている果物はさすがに

見慣れなかった。当然タイ語も読めないが、小さく書き添えられた英語からなんとか読み取れたところでは、

……ドリアンチップス。

「どういう気持ちでこれ選んだんだよ……」

ウケ狙いなんだろうか。破魔にそういう学生ノリがあるとは思えなかったが、否定できるほど深くつきあってもいないのでなんとも言えない。ああ見えてひょうきんな奴だったのか？　うーん、わからん。やっぱり今までコミュニケーションが少なすぎた。

異国帰りの土産の贈り主の姿はもう見える範囲にはなかった。

オーストラリア土産はドアをノックして直接渡していったのに、なんで黙って置いてった……？

土産を回収して部屋に戻り、後ろ手に閉めたドアを振り返った。

どこからどこまで聞かれてたんだ、今の話……。

＊

次の土曜、秋季リーグ第九戦第二試合、横体大戦。

孫、浅野、太明がスタメンから外れ、破魔、神馬、大苑が入ったフルメンバーを堅持が起用した。八重洲が総合優勝の望みを繋ぐには、慧明に一敗以上がつくことを期待しつつ自力では横体大を下して一敗をつけねばならない。

慧明はすでに第一試合で督修館《とくしゅうかん》を寄せつけず九勝目をあげ、いまだ全勝をキープして現在首位。残り二日に楠見戦、横体戦を残している。

「やっぱあの三人入ると安心感が違うなあ」

「負ける気しないもんな」

ウォームアップエリアに残ることになった太明はリザーブメンバー内で交わされる感嘆の声を耳にした。

日本代表から帰還した三人の強力な攻撃とブロックで横体大を押さえ込んで第一セットを先取した。途中のメンバーチェンジはリードを広げたところで神馬の対角で高梁が浅野にかわっただけだった。

このままだと第二セットも出番はなさそうではあるが、セット間のインターバルになるとリザーブメンバーはコートの端にでてパス練で身体をあたためる。コートメンバーはベンチ前で補給をしていたが、破魔が主務に話しかけてスマホを渡してもらうのに太明は目をとめた。試合中もスタンドのアナリストらと通信が生じるスタッフ陣を除き、選手はベンチにスマホは持ち込んでいない。

「……？」

そちらに注意を引かれていたのでパスされたボールを逸らしてしまった。「太明ー。どこ見てんだ」「わりーわりー」ボールを追いかけ、ジャンプして片手キャッチしてからまた目を戻すと、破魔がベンチに腰をおろし、大きな背中を丸めて主務から借りたスマホの上にかがみ込んだ。

インターバルの残り時間いっぱい破魔は熱心にスマホを見つめていた。ホイッスルが鳴り響き、はっとしたように顔をあげた瞬間どこか目が泳いでいたような気がしたが、スマホを横に置いて立ちあがったときにはスイッチが切り替わって戦う顔つきになっていた。

スタメンは第一セットと変わらず。コートインするメンバーと入れ違いにリザーブはアップエリアに引きあげる。大股でコートへ歩いていく破魔の様子を太明は横目で窺うと、アップエリアに戻るコースをひょいと変えてベンチに向かった。

タオルを揃えている主務の隣の席に尻を滑り込ませ、

「破魔、今なに見てたんですか」

「ん？　ああ、ライブ配信見せてくれって」

「って、この試合の？」

「見直したいとこあるなら和久に映像送ってもらうか？って言ったんだけど」主務がベンチに開いて置かれたノートパソコンに目を投げてから「配信のほう見たいんだって」破魔が置いていったスマホを不思議そうに拾いあげた。太明はさりげなく手をだしてまだライブ配信のアプリが表示されているそれを受け取った。

ネットを介した無料配信よりも自チームのアナリストが自前で撮影しているビデオのほうが画質はよほど鮮明だ。こんなちっちゃい映像でなにを見たかったのか……。

映像のほうじゃない。破魔が見たかったものに勘づいた。

第一セットを終えたところでライブ視聴者の感想がコメント欄にいくつも書き込まれていた。

「おいおい……　〝ターミネーター〟がネット依存ってどういうジョークだよ」

都合で会場に行けなくとも遠方から試合を見られるのがネット配信の利便性だ。会場に帰ってきてもネット配信を見ずにいられないっていうのはミイラ取りがミイラになるみたいなものじゃないのか。

〝大魔神合流するとやっぱ強いなー〟

〝横体も悪くないけどね。力で押さえ込んだね〟

〝やっぱもうレベルが違うよな。学生の中にVリーガーが入ってんのと一緒だし〟

おおかたは別に悪意はない感嘆や驚愕《きょうがく》のコメントだ。アップエリアのチームメイト間でも似たようなやりとりが交わされていた。

しかし割合にすれば少数だが、ちくりとしたコメントもあった。

〝大魔神、三人とももう大学でやらなくていいだろ。はやくV行けばいいのに〟

〝破魔チートすぎて後ろがいる意味ないじゃん〟

〝ブロックのワンマン多いね。ディガーいるとこブロックが邪魔してた。まあブロックでとめれちゃうんだけど。チームワークは先週のほうがよかったな〟

細かいプレーまで見てる奴もいるな……。視聴者には現役バレー部やバレー部出身者も多そうだ。とはいえ大半の高評価のコメントの中では批判は気にするような数ではない。

ところが第二セットに入り、八重洲の鉄壁のブロックに異常が見られるようになった。

横体大にブロックのあいだを抜かれる場面が何本か続いた。まだタイムを取るほどの状況ではないが、どうもコート内の歯車が噛みあっていない。

太明はアップエリアに戻っていたが、またぱっとベンチに飛びだした。緊迫した口調でインカムと喋っている主務の隣にまた尻を滑り込ませ、スタンドの和久とのやりとりに耳をそばだてる。

「横体のコース変わった？　……だよな。こっちが変なとこ空けだした。全日本ではああいうのどうしてんの？　破魔はディガーどう入って欲しいんだろ。練習詰められなかったからな……。ターミネーターの心理わかんないって。まじで未来から来たっぽくて」

一般的にミドルブロッカーはローテーションでバックライトに下がってサーバーとなったあと、サーブ権が移ったところでリベロと交替する。ローテが半周して前衛にあがるときにまたリベロと交替してコートに戻る。しかし破魔がバックアタックも打ててレシーブ力もあるので、後衛でもリベロと替わらないという〝破魔シフト〟を八重洲は組んでいる。

破魔がリベロと交替するタイミングがあればベンチに呼んで話を聞けるが、〝破魔シフト〟が仇《あだ》になった。破魔はコートを離れることがない。

コート上の破魔の表情はいつも勝っているときと変わりない。強くて常に冷静な頼もしい助っ人キャラクターとしてCGで造形されたような、そういう造作の顔だ。

だが破魔が入って負けている状況に陥ったことがないので、勝っているとき以外の顔を知らないだけかもしれないじゃないか。

「太明、なに？」

和久との通信をひとまず区切った主務がこちらを向いた。

「いや……なんとなくですけど、破魔、跳ぶ場所わかんなくなってるような――」

そのとき和久の声がインカムから漏れ聞こえた。「おっと、まじか！」と主務がコートに目を戻した。

横体のレフトにあがったトスに八重洲のブロックはセッターが一枚。セッターが前衛のローテではライト側が低くなる。破魔のヘルプは――？

破魔はセンターでクイッカーにゲスブロックしていた（ブロッカーの直感で跳ぶブロックのことだが、多くの場合戦術的意味のないプレー）。破魔がゲスることなどまず見られない。横体側レフトからクロスに突っ込まれたスパイクに破魔が遅れて斜め跳びして手を伸ばした。手の端にボールがあたり「あっバカ」主務が悪態をついた。

クロスはディガーが守っていたが、破魔がさわったのでディガーが正面で拾えたボールの角度が変わった。

ブロックタッチで威力を削ぐことは後ろで拾うディガーを助けるが、それも後ろとの連係があってこそだ。ブロッカーの突飛な動きは逆にディガーの邪魔をする。

破魔だからこそ遅れて跳んでも届いた。しかし届いてしまったのでディガーからボールを遮り、カバーが誰もいない場所に落ちた。

やはりブロックとディグが分解している。あまりタイムを取らない八重洲がタイムを取った。

「配信見せてください」

コートから一直線に引きあげてくるなり破魔が主務のスマホに手を伸ばした。堂に入った態度で要求されるとトッププレーヤーとしてなにか正当な必要性があるような気がするので主務が怯《ひる》みつつもスマホを渡そうとしたところへ、太明は慌てて両手を広げて割って入った。

「おいおいおいおいなに考えてんだよ。そんな時間じゃないだろ。見なくていい見なくていい」

太明を投げ飛ばして主務の手からスマホを強奪するんじゃないかという怒気が膨れあがった。こいつやばいぞ……まじで依存症か。

「外野は好きなように言ったってなんの責任も取らない」

ひたと破魔を見あげて諭すように言うと、怒りに満ちた目が睨みおろしてきた。

「……どこから外野で、どこから内野だ」

絞りだすような声で破魔が言い捨て、大きなモーションで身をひるがえした。巨軀《きょく》が風を巻き起こし、その内から噴きだした怒気が風圧となって吹きつけてきた。

大苑と神馬が心配そうに待っているところへのしのしと歩いていくと、でかい三人でまるで身を縮こめるように集まった。

地球上に三匹しか仲間が残っていない獣が冬毛に変わりはじめた身を寄せあってあたためあって

いるかのように、その様子が何故《なぜ》か見えた。

タイムがあけて選手がコートに戻ると太明はベンチ沿いを監督席へ走った。コートサイドと平行に設置されたベンチの一番センターライン寄りが監督席だ。パイプ椅子に座ってコートを睨んでいる堅持の足もとに片膝をつき、

「堅持さん、おれ入ります」

「どこに入る？」

端的な問いへの答えに詰まった。

大苑が強烈なバックライトを叩き込んでサイドアウトを取り返した。この秋季リーグで太明は大苑のポジションに入っていたが、大苑と今交替したら相手ブロックを粉砕するようなあのバックライトが八重洲の武器から失われる。

「あっ……！」

また破魔がゲスって跳んだ横のスロットから打ち抜かれた。が、破魔が空中で車のワイパーのように斜めにブロックを振った。八重洲の戦術ではあのブロックは禁じ手だ。この瞬間、後ろで守っていたディガーが意味をなさなくなった。しかしディガーに頼る気はないとばかりに怪物じみたプレーでボールに手が届いて跳ね返した。

獣がひと声吼《ほ》えたような濁声《だくせい》の短い気が破魔の口から発せられた。空気が震撼《しんかん》し、ざあっ、と不穏な波紋が広がった。

太明の身体にも波紋が突き抜けた。孤独な怪物の悲哀の咆吼《ほうこう》が波紋とともに胸を締めつけていった。

以降、破魔のプレーから迷いが消えた。

センターから猛烈な勢いでレフトブロッカーの高梁のヘルプに跳ぶ。空中で横に流れながら左肩を高梁にぶつけにいき、強引に半スロット押しやった。半スロットは五十センチ。一人の肩幅ぶん程度だ。代表を経験しいっそう鍛えられた当たりに高梁がはじき跳ばされてブロックから外れた。トランプのカードが突然入れ替わったように破魔がスパイカーのコース正面に入り、ボールに覆いかぶさるほどのブロックで押さえ込んだ。

ブロックが決まったにもかかわらず味方までぞっとさせた。高梁で受けとめきれないのだから自分がサイドブロッカーに入っていたらどこまで吹っ飛ばされていたかわからない。

「太明」

頭の上で堅持の声が聞こえた。

「レフトからライトにコンバートしたが、もう一つコンバートする気はあるか。それともスパイカーに執着があるか？」

堅持が言わんとしていることはすぐに理解したが、答えるのに一拍の間があいた。

「……いいえ、ないです。別に執着なんて」

「そうか」コートに向けていた目を堅持が軽く閉じ、ごつごつした声で言った──「頼む」

即答できなかったことが我ながらちょっと意外だった。高校の頃のほうがむしろ本当に執着がなかった気がする。だが八重洲に入って、アウトサイドヒッターあるいはオポジットとして、自分の能力でできることを頭を使って考え抜いたし、チームの底辺にぶら下がっているような立場からたぶんこれまでの人生で一番必死になって這いあがった。

ただ、今のままでは自分の力ではこのチームでやれることは中途半端だと理解もしている。

6. MASTER AND SERVANT

八重洲大は第九戦で横体大を下して同じ一敗に引きずりおろすと、続く第十戦も破魔ら三人を含めたフルメンバーが出場して東武大《とうぶ》を下した。

最終日第十一戦、Ａコート第二試合で督修館を下して三連勝を飾り、十勝一敗で秋季リーグを終えた。黒星は慧明につけられた一つで踏みとどまった。

総合順位はまだ確定せず、直後にはじまるＡコート第三試合、九勝一敗の横体大と十勝中の慧明の直接対決の結果にゆだねられた。

「まだ最終結果待ちだけど、秋リーグお疲れさまでした。じゃあＡ３見に行く奴はダウンしてから行くように」

廊下で短いミーティングがあり、

「それと、三年――」

と、高梁が最後に言って視線をさまよわせた。廊下に集まった部員を見渡して三年の主な顔ぶれを把握すると、

「三年は早めに次期主将と幹部の候補を決めておけ。全カレと天皇杯が残ってるけど、全カレ終わったら引き継ぎする。上一《うえいち》がこの話しあい仕切るのが恒例だから――破魔」

高梁の視線をなぞって太明は振り返った。集団の一番後ろに距離をあけて立っていた破魔がかすかなモーター音が聞こえてきそうな首の動きで高梁を見返した。

「……はい」

応えた声も平板な機械音のようだった。

ミーティングがばらけると四年はスタンドに試合を見に行き、一、二年たち下級生はＡ３の審判としてコートに戻ったり、閉会式後の帰陣のためあらかじめバスに荷物を積み込む仕事に散った。

三年はなんとなく顔を見あわせて廊下に残り、「そっか。もう引き継ぎかー」とざわざわと話しだした。

どちらかというとぼやき口調なのは最終学年になることへのプレッシャーゆえだ。雑務が多い下級生でもなく、最上級生の責任も負っていない三年というのは四年間の中では一番気を張らなくていい学年だったのである。

仕切りを任された破魔に同期の注目が集まり、その発言を待った。

破魔の目の焦点は同期の特定の誰の顔にもあっていなかった。同期全員を視界に入れていたが、心を持たない防犯カメラがただフレームに入るものを録画しているだけのような表情のまま、結んでいた口を開いた。

「主将には太明に一票入れる」

破魔の発言にささめきが起こった。

八重洲の主将は原則としてコートに一番長く入っている中心メンバー――ひらたく言うと「一番強い奴」がやるのが代々の慣習だ。そして上一が「一番強い奴」と見なされることが多い。上一は学年内で身長順で「上から一番目」の者を指す。もちろん身長が全てではないにしろ、早くから期待されてコートに入ってきた者が多くなる。

つまり太明が主将になるのは八重洲の原則からは大きく外れる。

しかし選手も、裕木はじめサポートメンバーも、ほとんどの同期が納得顔で太明を見た。

「神馬と大苑は？」

その中で納得顔ではない少数派に、候補に推された太明本人が直接訊いた。訊かれた二人が目を泳がせ、

「普通だったら破魔だと思う。けど、来年も代表に呼ばれたら留守にすることが多いと思うから……」

と、消極的な賛成を表明した。「わかった。ありがとう」と太明は二人に頷き、

「みんながいいならおれがやるよ」

さらっと言うと裕木にあきれられた。

「っておまえ、躊躇《ちゅうちょ》なく引き受けんのな……いやいいんだけど、賛成だけど、八重洲《うち》の主将の責任わかってんのか」

「誰かが引き受けなきゃいけない責任ならおれが引き受けるよ」

「じゃああとは太明が進めてくれ」

破魔が早々に議長を放棄した。最上級生となる来年、チームの中心に踏み込む気持ちが破魔の中から完全に引いているのが見て取れた。立っているだけで圧倒的な存在感を持つ破魔の身体がなんだか今は透けて見えそうだった。

「おれがやるのはいいよ。ただ一つ話しとくことがある。破魔、神馬、大苑。ちょっと待って。まだここに——」

人里をそっと離れる獣みたいに三人が気配を消してその場を離れようとしていた。慌てて呼びとめたとき、廊下の角を走って曲がってきた一年生が破魔の腹に飛び込みそうになった。「あっすいません」身体を引いて謝ってから目の前の壁の正体に気づいて「ぎゃ！　すいませんでした！」と

膝に額をつけるくらいの勢いで謝りなおし、がばと頭をあげて、

「第一セット、横体が取りました！」

目の前の破魔と廊下の先にたむろしている太明たちを交互に見て、どっちに向かって言えばいいのか戸惑いつつ報じた。

「おっまじで？」「まだわかんなくなってきたな」「横体応援しにいくか」「って自力優勝ないからってあからさまに横体応援したらうちのハクが傷つくぞ」途中経過を聞いた三年たちが声を明るくしてざわめいた。

「じゃあ大物感だしてどっしり構えて圧で横体応援しようぜ」

太明も明るく言った。破魔たちの姿は廊下の角に消えていた。


全試合終了後に表彰式・閉会式があるため今日は全十二大学の部員がまだ会場に残っている。スタンドに試合を見に行くと他校の部員もAコート寄りに集まってフロアを見下ろしていた。

総合優勝を左右する慧明対横体大、第二セットは慧明が取ってセットカウント１－１とし、意地のぶつかりあいが続く。

試合を見ている人々の中に破魔も神馬も大苑もいないことをたしかめると太明はスタンドを離れた。各大学が荷物を置いているバックヤードのどこにもあの大きい三人は見当たらず、体育館の外へでた。

まだここにいてくれ――さっき廊下で言いかけた。あの場だけのことではなく、それ以上の切実な感情が、あのとき太明の頭にはあった。

今日繋ぎとめなければ完全に破魔の心を手放すという予感に駆り立てられていた。まだ大学には丸一年以上在籍するのに、自校の順位に興味も持てなくなったのだとしたら、どこに帰属意識をもって仲間と勝敗に一喜一憂するのか？

慧明戦後の夜の同期ミーティングを立ち聞きしていたのは今となってはあきらかだ。とはいっても〝ターミネーター〟の鉄の心があの程度の言葉で傷つくなんて思うか？　インターネットの向こうにいる素性不明の人々からの心ないコメントにしてもそうだ。自分より力のない下々の人間の嫉妬まじりの愚痴や批判などふんぞり返って鼻で笑えばいいだけの実績も自信もありそうなものだろう。

誤解してた……。だってあいつ心臓に毛が生えてそうなりしてるし。

強かったり、有名だったり、盤石な立場や実績があったりすることと、心の壁の厚さはまったく別だ。自分なんか強くも有名でもなく立場も実績もないのに神経だけは図太いと思っているし。

駐車場の大型車専用エリアに駐まっている〝八重洲ブラック〟に塗装された観光バスに近づいた。部員を会場に送り届けると帰陣する時間まではどこかで休憩しているらしい運転手がもう戻ってきて運転席にいるようだ。前方ドアがあいている。

長い車体に沿って窓の中に目を凝らすと後方に大柄な影が見えた。

「こんにちはっ」

何食わぬ顔で運転手に元気に会釈し、タラップをのぼってバスに乗り込んだ。

あえて車内に聞こえるように声をだしたので最後部の五人並びの席に一人で座っていた破魔がはっとして目をあげた。持っていたスマホをでかい手でとっさに包むのが見えた。

「いやなに、ネコバスにトトロ乗っててんじゃん！って外から見てすげぇウケた」

笑いながら太明は通路を奥へ進んだ。

「あ、先週置いてってくれたドリアンチップス、意外とイケたよ。うまかった。知らなかったけどタイ土産の定番なんだってな」

「そうなのか……？」

と、破魔が逆に今知ったという反応をし、

「正解だったのか。よかった」

「ん？　なんの正解？」

「カンガルージャーキーはよろこんでもらえたから」

いや別にカンガルージャーキーをそんなによろこんだわけでもなかったんだが。申し訳ないけど袋がでかすぎてむしろちょっと困ってるし。

なるほど……額面どおりに受け取る奴か。

次もよろこばれる土産を買って帰らねばならないと破魔の中でハードルがあがって、プレッシャーになってたのか。ウケ狙いかとか勘ぐったことに罪悪感が芽生えるほど至極真面目な理由だった。めちゃくちゃ真剣に悩んでチョイスしたのがドリアンチップスっていうのはまあまあ面白いが。

「トトロ、ってなんだ？」

破魔の重い舌がぼそぼそとまわりだした。急に距離を詰めすぎると警戒されそうだったので距離感を測って破魔の斜め前、最後列から二列目の席の肘掛けに尻を乗せ、

「トトロ知らない？　まじで？　毎年一回はテレビでやってんじゃん。ちゃんと見たことなくてもうっすらとは知ってるだろ？」

「テレビはほとんど見ない」

「もしかしてターミネーターも本人元ネタ知らねえのにあだ名になってんの？」

「それはうっすらと知ってる。言われてるのを知ったときに調べたら、ダイジェストかなにかがでてきた。さすがにおれはあれほどマッチョじゃない。あれじゃあジャンプできない」

「調べたんかよ……」人からなんて言われてるか人並みに気にする奴なんだよな……。「あれ新作公開されたの知ってる？　びっくりしたわ」

「ずいぶん古い映画だろう？」

「そうそう。シュワちゃんじいさんになってたけどやっぱかっけーの。たぶん配信で見れるから今度一緒に見る？　実はおれも2しか見たことないんだけど。破魔が見つけたのも2かもしれない。一番有名なシーンあるから」

「へえ……」

破魔の目がまたたいた。興味がないと一刀両断はされなかった。

「おまえはなんだか……意外と博識だったんだな」

トトロとターミネーターを知ってる程度で博識扱いされるのでは思った以上に重症だ。

「いやもうつきあい三年目じゃん。なんで今さらこんな話してんの」

二人で話すのがほとんど入学以来だ。入学早々の自分の不用意なリアクションで怒らせて以来親しくなるタイミングがなく、部の活動上最低限必要な会話以外のプライベートな会話を破魔とたことがなかった。

「まあおれは部で色物だったからなあ」

「今はチームの中心に融《と》け込んでる」

と、破魔が太明の髪をチラ見し、気まずそうにまた目を逸らした。

「だから主将に推したのは、おまえがなるのが一番いいと本当に思ってるからだ。おざなりに言ったんじゃない」

「主将は引き受ける。ただ、それには一つ問題がある」

自販機へ行っていたらしくペットボトルを手にした神馬と大苑が駐車場に入ってくるのが見えた。二人で親しげに喋ってペットボトルで小突きあっている。破魔もコートの外では口数の少ない男だが、三人でいると気易くふざけているのを見ることもあった。

バスをまわりこむ途中で二人が窓を見あげ、破魔のほかに窓の中に人影があるのに気づいた。太明はシートに膝立ちになって窓辺で手を振った。困惑顔を見あわせた二人をにこやかに手招きし、

「おれはリベロに移る。堅持さんも了承済み」

と、膝立ちのまま背もたれ越しに破魔がいる最後列を振り返った。

「ライトは大苑がいるし、直澄がレフトを本職にしたいって堅持さんに希望だしてるそうだから、レフトは神馬と直澄——来年のサイドのベストメンバーは基本的にそれで固めたい。ってことで、どうかな……おれに背中は預けられないか？」

背もたれに腕を預けて破魔の目を覗き込む。虹彩の色が薄く灰色がかっている。この色が〝ターミネーター〟の無機質な瞳を印象づけているのだろう。

リベロへのコンバート自体に破魔は驚きを示さなかった。

「いや……向いてると思う。視野が広くて指示力もある。粘り強いし、ムードメーカーだ。戦術理解度も今年は伸びた」

率直な評価を並べられ、太明のほうが驚かされて目を丸くした。

破魔がチームにいるときに太明が試合にでたことはほとんどない。つまり離れているときも配信

をかなり見ていたことが知れた。破魔のでかい手に包まれているスマホの中では第三試合が今も配信真っ最中のはずだ。

本当に気にしやすい奴なんだな。体育館から離れても最終順位の行方はちゃんと気にしていたのだ。

しばしの沈黙を別の意味に受け取ったのか破魔がはっとなり、

「また上からだと思ったか……」

と俯《うつむ》いた。

「いや。ありがとう。破魔にそう言ってもらえたら自信もってやれる。大学最強・日本代表ミドルブロッカーのお墨つきだもんな」

ほかの誰に言われるよりこんなに心強い評価はない。

神馬と大苑が戸惑いながら乗り込んでくると二人の体重で大型バスが揺れた。ネコバスにトトロが三匹に増えたじゃんと太明は一人でおかしくなる。

「ただ、おれがリベロで主将もやるなら一つ問題があるだろ？」

リベロは六人制バレーボールにおいて「六人」の外に置かれる特殊なポジションだ。後衛のプレーヤーの誰か一人と交替して「自由（Liberty）」にコートを出入りできることから「リベロ（Libero）」というポジション名がついた。サーブの順番を持たず、バックアタックを打ってはならない。またセッターのようにフロントゾーン（アタックラインより前のゾーン）でオーバーハンドでスパイカーにセットアップすることを禁止されている。自チームの得点に直接絡むことがほぼないポジションだ。

そしてもう一つ、プレー関係とは別に許可されていないことがある。

試合ではコート上で審判と話す権利を持つ代表者として「コートキャプテン（ゲームキャプテン）」を一人指名せねばならない。主将（チームキャプテン）がスタメンならそのままコートキャプテンも務めるが、リベロをコートキャプテンに指名することはできないのだ。

なので。

「キャプテンマークは破魔に預けたい」

破魔の目が見開かれた。

「けど、誰もおれには……」

「八重洲大学の顔は大学日本一のミドルブロッカー・破魔清央だろ？　裕木たちには話はつけてある」

あの夜、破魔は途中で部屋の前から立ち去ったのだろう。太明が同期に話したことはやはり聞いていなかったようだ。

〝七勝してきたメンバーっていうけど、破魔も神馬も大苑も当然そのメンバーだろ。功績はかっ攫《さら》われたくないけどスト勝ちするために入ってもらう傭兵《ようへい》じゃない。試合でた奴もでてない奴も、全員で背負ってんだよ。裕木もだ——「サポートしてただけ」なんて言わなくていいよ。自分だって七勝に貢献してるって自負は持てよ。学連の仕事もあんのに練習も毎日来てたし試合の日もすげぇ働いてくれてたじゃん〟

太明の言葉に、

〝くっ、黒髪に正論言われると反論できねえっ〟

などと裕木が表情筋を引きつらせて頬を染めていたことを笑って話した。

「おまえは……堅持監督からおれたちがいないチームの柱を任されたんじゃないのか。なんでおれたちのことを気にするんだ……」

　破魔はまだ真意を探るような顔をしている。

「堅持さんからおれが引き受けたのは、代表に選ばれた三人が帰ってくるチームを守ることだ。最初からそのつもりだったよ」

　破魔の瞳の奥が揺れた。鉄の色の壁が軟らかくなった隙に、そこに隠れた感情を捕まえるように太明は急いで言葉を継いだ。

「背中はおれが守る」

　――ぷくり

　と、破魔の下瞼に水滴が浮かんだ。ＣＧで綺麗なまん丸に描いたみたいに膨らんだその水滴が、すうっとひとつ、がっしりした輪郭の頬を滑り落ちた。

　予想外すぎて「うおっ!?」と素っ頓狂な声がでてしまった。「ちょっ、えっ、おれ!?　なに!?　どうした!?」これが鬼の目にも涙か!?

「初めて言われた……」

　直径二十一センチのバレーボールをハンドボールのごとくわしづかみにする手のひらで頬を拭うともう涙の痕はなかったが、骨太のバス・バリトンがいつもに比べてかぼそく聞こえた。長いつきあいの神馬と大苑ですら目を丸くしている。訥訥《とつとつ》とした語りに太明は神妙に耳を澄ませる。

「おれは昔から、味方には頼られるか、対戦校には倒す敵とみなされるかだった……だから……〝守る〟とは、誰にも言われたことがなかった……」

　ミドルブロッカーの役目は最前線で自陣を守る楯だ。

　破魔はいつも味方を「守る側」だった。

一方で対戦するチームの人間にとっては打倒すべき強大な敵だ。慧明の弓掛が高校時代から破魔に勝って日本一になることを掲げ、接近するたびぎらぎらと燃える敵愾心《てきがいしん》をぶつけてくるように。あるいは自分が敵チームだったら、できれば避けて通りたい災厄のように考えたに違いない。

今日も頼りにしてる。勝ってくれ。頼む。なんとかできるか？　破魔がいれば。次は倒す。破魔がいなければ。おっかねえー。破魔とあたらないでよかった。

いろいろな言葉が破魔の耳を通過してきただろう。

破魔の長いバレーボール歴の中で、なのにその平易な二文字の言葉をかけた者が一人もいなかったなんて、思いもしなかった。

「——守るよ」

繰り返した。誠心誠意をこめて。

「破魔、神馬、大苑——おまえら三人の背中はおれが守る」

「最終順位でた!?」

駐車場から息せき切って体育館に戻ってくると部員がスタンドで寄り集まっていた。気を揉んで見守る部員たちの中心には三人の部員——和久と越智がそれぞれノートパソコンで、裕木がスマホの電卓で、真剣な顔つきで計算に勤しんでいる。

太明は裕木の席の後ろから身を乗りだし、電卓を叩いてはクリップボードに挟んだスコアブックの裏紙に数字を走り書きしている裕木の手もとを覗き込んだ。

第四セットが三十点超えのデュースまでもつれた末、セットカウント3－1で横体大が慧明に競《せ》り勝った。その結果、総合優勝の行方に波乱が起きた。

八重洲に負けた横体大が慧明に勝ち、慧明に負けた八重洲が横体大に勝ち、横体大に負けた慧明が八重洲には勝ったという、ヘビとカエルとナメクジの三すくみのごとき構図になり、十勝一敗で三校が並んだ。全十一戦を合計した得失セット率でも三校とも同率。勝敗が同率になることは珍しくないが、セット率でも差がつかないことはそうそうない。

勝率で並んだ場合はセット率で上位が決まる。セット率でも並んだ場合は全試合を合計した得点率で――

「得点率でも決まらなかったらどうなるんだっけ？」

「今話しかけんなってっ」

裕木に問いかけると苛立《いらだ》たしげに肘で押しのけられた。

「裕木さん、でましたか？」

表計算ソフトで先に結果をだした越智がパソコンから顔をあげて裕木に訊いた。クリップボードにかかりかりとシャーペンを走らせた裕木が「ＯＫ！」と、勢いがあまったように最後に芯の先で強く点を打って斜めに線を撥《は》ねあげた。

和久、越智、最後に計算を終えた裕木が三人で数字を突きあわせ、視線を交わして頷きあった。

「公式結果は運営の発表待ちだけど、三人で突きあわせたからまずミスはないだろ」

と和久が裕木のクリップボードに追加でメモし、「主将」と高梁にクリップボードを手渡した。

ちょうどそのころ下のフロアでは最終戦を白星で終えた横体大の選手が安堵《あんど》の表情でスタンドの応援団から喝采を受けていた。悔しい黒星で終えることになった慧明は言葉少なに荷物をまとめて引きあげていく。

ユニフォームを汗だくにした弓掛がスタンドの上方に固まっている八重洲の集団に気づき、一度足をとめた。

〝小さい恐竜〟を想起させる、試合終了後もまだぎらついた光を失わない双眸《そうぼう》が迷いなく太明の居場所を捉えた。一瞬ぎょっとしたが、その瞳は太明の頭を越えてその背後に焦点を据えていた。

太明の背後に破魔がぬうと立ってともに高梁の発表を待っていた。

廊下から無言で立ち去ったときの、冷え固まった鉄のようだった瞳に光が灯っていた。

高梁がクリップボードに目を通してからおもむろに読みあげる。八重洲の部員だけでなくまわりにいた他大学の部員たちも耳をそばだてた。

「横体、十勝一敗。セット率２・６６７。得点率１・１５９。

慧明、十勝一敗。セット率２・６６７。得点率１・１４６。

八重洲、十勝一敗。セット率２・６６７。得点率、」

高梁が言葉を切った。高梁を取り囲んでつい前のめりになっていた部員たちがつんのめりかけるのを悪戯《いたずら》っぽく見まわし、続きを言った。

「――得点率、１・２０７」

コンマ一桁の数字を聞いた瞬間にはもう地響きが突きあがるように男声ばかりの歓声があがりだした。太明も満面の笑みになって目の前の裕木の肩を揺さぶった。

「八戦目までは競ったセットが多かったから得点率では負けてた。最後の三戦で点差つけたおかげで数字伸ばしてすり抜けられたって形だな」

和久の補足説明に、太明は背後を振り向いて頷いた。破魔の硬質な顔が安堵したように和らぎ、目尻を下げて頷き返した。

「一位八重洲。二位横体。三位慧明――」

高梁がクリップボードを高く振りあげた。

「総合優勝ー!!」

スタンドの一角で起こった黒いジャージの集団の歓喜の爆発により、「総合優勝は八重洲」の報が会場中に知らしめられ、どよめきと拍手が広がった。

＊

春に失ったリーグタイトルを奪還して関東王者に返り咲き、全国王者三連覇が懸かった全日本インカレを残した十月末。次年度の幹部候補について三年で話しあった総意を堅持と高梁に報告した。

「主将・太明。副将とコートキャプテンが破魔。主務が裕木、だな？」

高梁が部室に並んだ三人の顔を順に見て確認した。

後ろ手を組んで直立した太明を真ん中にし、左右に破魔と裕木がついている。この報告の場の正解がなんなのか実のところ三年のあいだでは知られていなかった。椅子に座った堅持とその傍らに立つ高梁の次の言葉を待つ。参考意見として受理されるだけで結局はトップダウンで指名されるのではないかとも予想していたのだが、

「じゃあ来年の八重洲を三人で中心になって引っ張ってってくれ。全カレ前からちょっとずつ引き継ぎしてくから、責任感持って頑張れよ」

と、素通りで承認されたので拍子抜けした。「候補を決めろ」とのことだったが、最初から決定権は当事者の学年にあったようだ。

「監督、なにかありますか」

高梁が堅持の意を伺った。

「いや。なにもない」太明の顔をじっと見て堅持が答えた。「よくこのメンバーをまとめた。……なにも、文句はない」

最大級の承認と受け取って、太明はめいっぱい晴れやかに笑った。


「髪、もうそのまま戻さないのか」

部室を辞して体育棟の廊下を歩いていると破魔がふいに訊いてきた。

「戻す?」意味を捉えかねて訊き返してから、「ああ」と黒に戻っている髪を片手でさわり「茶髪に戻さないのかってこと?」

「黒髪になってバレー選手らしくなったと思ったのは、おれが狭い世界でしかやってこなかったからでしかない。前の色のほうがおまえらしいし……髪の色がなんでも、おまえはもうバレー選手らしい」

「おいおい、破魔ん中で突然すげぇ株のあがりようだな」裕木が甲冑《かっちゅう》をまとった衛兵のようにぴたりと後ろをついてくる破魔の胸板に横目を送り、「どうやって手なずけたんだよ」と囁いてきた。

「そのうち戻す気ないわけじゃなかったけど、主将やることになったからなー。茶髪の主将がプログラムに載るのはさすがにまずくね?」

リーグのプログラムには各大学の主将の挨拶文が大判の写真とともに掲載される。伝統校八重洲大学の主将があきらかな茶髪で載ればお偉方やらOBやら多方面から顔をしかめられそうである。

「なにか言われたらおれが説明する。学連も一年経験したし折衝《せっしょう》力はついたからな。髪の色くらいでおまえが築いた信用はもう変わらねえよ」

「裕木先生、大丈夫？　熱あんじゃね？」

太明にしてみれば破魔の変化よりよほど裕木の態度の変化が驚愕だった。

ふんっと裕木が強気に鼻を鳴らし、

「上一じゃないって時点で例外的な主将なんだ。どうせなら前代未聞の八重洲の主将になれよ」

「破天荒なのがおまえらしい」

と破魔まで裕木を後押しするようなことを言った。今までぜんぜん仲良くなかったはずなのにこの二人のラインまで急に繋がんなよ……。

「おいおい、無茶振りだろ……なんにも考えてなかっただけでおれは破天荒が主義なわけでもなんでもないって」

＊

翌日の練習にさっそく髪を染めて出席した。堅持にはじろりと睨まれただけでなにも言われなかったが裕木にはぶつぶつ文句を言われた。

「てめー昨日の今日かよ。躊躇ねえのか」

「自分でけしかけたくせに……」

「全カレのプログラム用の写真、まだ提出期限あるから撮りなおす。明日一眼レフ持ってくるから集合写真撮ろう」

「なんだただのツンデレか」

裕木に憤怒の形相でヘッドロックをかまされそうになったので笑いながらその腕をすり抜けて、

「あ、ちょっと待って。まだ期限あるなら撮るの来週でいい？　一週間あけたい」

と、以前と同じくらいの明るさに戻った髪をつまんだ。

「……？　まあまだ大丈夫だけど、なにを一週間あけんだよ？」


その一週間後の朝――。

続々と食堂へ朝食に向かう寮生の流れの中に破魔の大柄な背中が容易に目につき、後ろから声をかけた。

「おはよー破魔」

「ああ。おはよう――」

滑らかな動作で首をまわして振り向いた破魔が、途端ギシッと音を立てて固まった。

「わ。誰かと思ったら倫也さん？　しかいないか」

かける言葉を失ってフリーズしている破魔にかわって比較的冷静に驚く声が後ろから聞こえた。寮内用のスリッパを涼しげに鳴らして歩いてきたのは浅野だった。

「おはよ、直澄。どう、綺麗に色入ってる？」

「綺麗ですけどすげぇ」

浅野が苦笑を浮かべて素直な感想を言った。

「それくらい明るいのって一回じゃできないやつじゃないんですか？」

「そうそう。何回かかけて色抜きながら色入れなきゃだから。昨日二回目やったけどあと一、二回やりたいから、全カレの頃には――」

「たいめえええええええッッッ!!」

と、怒鳴り声とともにどがどがと雷鳴のような足音が接近してきたかと思うと、

「てめえええええッ!!」

スウェットの部屋着姿で廊下を全力疾走してきた裕木がカンフー映画もかくやという跳躍をした。左右のスリッパが回転しながら跳ねあがり浅野が「わー。すげー」と天井を仰ぎみた。

「うおっと!」

裕木が繰りだしてきた跳び蹴りを海老反りでかわす。よろけつつ振り返った先で裕木がしゅたっと着地し、猫のように身を低くしてこっちにまた向きなおった。

「何気にすごいな、裕木先生!?　選手に戻れんじゃね!?」

「パツキンにしろとまで誰が言った!?　なに考えてんだ大ばか野郎っ!!」

「破天荒でいいって言ったじゃんかよ」

「ものには限度があんだろーが!」

「破天荒に限度設定すんなよ……」

まだ途中段階なので最終的にはもっと明るくなる予定なのは内緒にしておいたほうがよさそうだ。

裕木の脳の血管が切れても困る。浅野に向かってこっそり唇の前で人差し指を立てた。

「うちは関東一部の陣頭に立って歴史を築いてきた伝統校だぞ。国立だぞ。パツキンの主将なんて受け入れられるわけねえだろっ」

「だからだよ。主義をもっておれはこれで八重洲の主将に立って、八重洲の新しい歴史を開く」

茶髪に今まで主義はなかった。しかし今回、初めて主義をもってこの髪にした。

「髪の色くらいでもう信用は変わらないんだろ？」

悪びれずに言うと、自分が先週言質《げんち》を与えていたことに気づいた裕木が「ぐっ……」と反論に詰まり、「破魔もなんとか言ってくれっ」と破魔に助けを求めた。

フリーズを解かれた破魔が真顔で曰《いわ》く。

「いや……。主義がなくても否定はしないが、主義があるならより尊重する」

「全肯定しすぎだろっ。服従すんなっ」

裕木が若干泣きそうになって浅野に視線を向けたが、淡泊に微笑んで三年のやりとりを眺めているだけの浅野がどちらかに与《くみ》する気がないのはあきらかだ。

「……くそおっ、ばかあっ！」

裕木が悪態をつき、頭を掻きむしって喚いた。

「そうだよ、変わんねえよっ！　どうなってもサポートするよっ！」

7. FIRED

「なん寝言言いようと!?　自分で言うとったやん、福岡に未練ないって！　なんいつも気まま勝手に決めて好きなようにどっか行きようと!?」

大学卒業後は福岡に帰ると佐々尾から聞いたとき、七年前に東京の高校へ行くと佐々尾が言いだしたときと同じテンションで弓掛は激怒した。

福岡で新しく立ちあげる地域クラブの初期メンバーにかなり前から誘われていたというのだ。

「高校は正直やり残した気持ちもあったけど、大学はやり切って終われた」

満たされた顔で言われると、食ってかかった弓掛は怒りのぶつけ先がわからなくなって口ごもった。笑うと佐々尾の顎の左寄りにある古傷が突っ張る。七年前に取っ組みあいの喧嘩《けんか》になったときに弓掛の頭突きを食らってできた縫い痕が、わりあい彫りの深い造作に貫目《かんめ》を添えていた。他大に舐められなくていいと、慧明での佐々尾はその傷を佐々尾広基の個性に取り込んでいた。

「だって、日本一は獲らせられんかったやろう」

「優勝杯二つ持たせてもらえばまずまずだろ」

そう言う佐々尾の中にはさらに次のカテゴリで一番を目指す渇望がなかった。……ないことが見て取れてしまった。

「次は福岡に恩返しに帰る」

佐々尾が福岡への恩を口にしてくれた嬉しさもあったが、急に恩返しなんて柄にもないことを言いだした訝《いぶか》しさもあり、弓掛は複雑な心境で頬を膨らませた。

「……あんたはそうやっていつもおれの予想外の進路を選びよる。おれは歳じゃ絶対追いつけんのに、ずるか奴や……」

「社会にでたら二コ差なんてすぐあってないようなもんになるさ」

佐々尾が四年になったこの年度、慧明は春季リーグで初タイトル、東日本インカレで二タイトル目を獲ったが、秋季リーグは十勝一敗が三校並ぶ中で八重洲、横体大に得点率でかわされて総合三位に沈んだ。最終日の横体戦で二セット以上取れば総合優勝が確定していたが、チーム全体としてそれを意識してしまい、１－３で試合も優勝もどちらも逃した。八重洲との直接対決では勝っていただけに悔やまれる結果だった。

シーズン最後の大会となる全日本インカレは準決勝で横体大に勝って挽回したが、決勝では〝大魔神〟こと大苑・破魔・神馬がフル出場した八重洲に退けられた。

タイトルは二つ獲ったが、フルメンバーが揃い万全を期した八重洲との直接対決はすべて負けていた。

「おれはまずまずだなんて思っとらんよ。大魔神をきっちり倒しててっぺん獲らんと満足せんもんね」

ふんぞり返って言い放った弓掛を佐々尾が妙に真顔になって見つめてきた。

「なあ篤志。福岡に……」

「福岡に？　なん？」

「……いや。あげはの面倒頼むわ。あっちはまだガッコ一年あるだろ。なんかあったら篤志呼べって言っといたから」

「おまえの女の面倒押しつけんといて！　ほんともう、あげはが東京でてきとうのに、なんで広基が福岡帰るとよ……」

あげはというのは佐々尾がまだ福岡にいた中学時代につきあっていた彼女だ。佐々尾の一つ下、つまり弓掛の一つ上だが弓掛は中学が違ったため「面識はある」という程度だった。佐々尾はわかりやすい面食いなので当時からめっちゃかわいいことで有名だった。めっちゃギャルだったけど。

佐々尾は福岡を捨てて高校は東京に進学したので、そのときにあげはとは別れたと弓掛は思っていた。実際たぶん一度別れたのだが、高校卒業後福岡で就職したらしいあげはが、二年働いてから東京の専門学校に入るため上京してきた。それが弓掛が大学二年、佐々尾が四年になった春だ。

というわけで佐々尾とヨリが戻ったのに、あげはが来てから一年後、佐々尾は大学を卒業して福岡に帰ったのだった。

あげはが佐々尾を追って東京に来たのかどうかは知らないが、もしそうならかわいそうやん……と弓掛はあげはに同情的だった。

〝ねーねー今日の夜ヒマ？　渋谷でやるコンパの頭数足らんけん来てくれん？〟

……考えすぎだった。

佐々尾と関係なく単に東京に来たかっただけっちゃろ、この女。

試合を終えて廊下で着替えようとするとスマホにメッセージが着信しているのが目に入った。まだ引かない試合の昂《たか》ぶりを抱えてメッセージを読んだ途端脱力感に襲われ、膝から崩れそうになった。

冷眼冷耳　冷情冷心
高校時代のスローガンを胸中で唱えて努めて冷静に返信した。

〝リーグ中やけん行けるわけなかろう〟

〝じゃあよかー。直澄くんに頼むけん〟

「直澄もリーグ中に決まっとうやろ！」

音速で来た返信に思わずスマホに唾を飛ばして怒鳴った。あのデコデコした爪が貼りついた指でどうやってこんな速さで入力できるんだ。

ベンチの荷物を運んで引きあげてきた山吹誠次郎、佐藤《さとう》豊多可、荒川《あらかわ》亜嵐の景星出身組が浅野の名前に反応した。

「直澄さんだったらさっきスタンドにいましたよ。挨拶したとき八重洲の連中と一緒にいるの見えました。最後まで見てたみたいですね。あっちにとってもうちとの直接対決が正念場ですからねー。そりゃ真剣に見るでしょうね」

一年生リベロの豊多可が小生意気に鼻を鳴らし、

「控えがイキがんじゃねえよ。八重洲戦出番なかったら今のおまえダセェからな」

二年生セッターの山吹がすげなく切って捨てた。

五月十四日、日曜の今日は春季リーグ第九戦が行われている。慧明は第二試合で楠見大に勝利して全勝をキープし、来週の土曜、第十戦で八重洲戦を迎える。

その八重洲は第一試合で東武大を下し同じく全勝をキープ。リーグ後半になると無傷のチームが一校、一校と脱落していく中、全勝で残ったのが慧明と八重洲だ。

黒いチームポロシャツで統一した行列が二階スタンドからぞろぞろと降りてきた。廊下にまとめてあったリュックや荷物をめいめい担いで一階玄関のほうへと移動していく。チーム全体で慧明の試合を視察し、これから茨城までバスで引きあげるのだろう。

壁際でリュックを持ちあげる浅野の姿が目に入った。待機画面の通知を確認するようにスマホに目を落としたが、すぐにリュックのポケットに放り込み、リュックを担いでチームのあとを歩きだした。

弓掛は汗で身体に貼りつくユニフォームを引っこ抜くように脱ぎ捨て、着替えのTシャツを摑んでその背中を追いかけた。

「直澄っ」

Tシャツに頭と腕を通しながら呼ぶと浅野が少々驚いて振り返った。破魔ら四年勢はもう先へ行っていたが、近くを歩いていた八重洲の部員がぎょっとした目を向けてきた。次戦であたる敵のエースである。リーグ前半は会場内でも気にせず話していたが、ゴールデンウィークがあけて直接対決が近づくとどちらからともなく会場内で親しくすることはなくなっていた。

「あげはからなんか来とう？」

「ああ、うん。さっと見ただけだけど、なんか夜ヒマかっていうのは来てた」

　廊下で立ち話になった二人の脇を他大学の部員たちが追い越していく。第一試合で負けた八重洲からあえて間隔をあけて移動を開始したのだろう、東武大の面々だ。

「行かんでよかよ」

「篤志が言うなら行かないよ」

　浅野がやわらかく微笑みつつすっぱり断ち切るように言った。用件の詳細も見る前の即断に逆に弓掛がちょっと怯んだ。たとえば浅野に真剣に告った女の子にもこんなふうに湿度の低い風がからりと吹くように断るのだろうかと一瞬想像してしまった。

「直澄、もしおれが」

　ふいに訊いてみたくなった。

「八重洲なんか行かんどってって、もし言っとったら、篤志が言うなら行かないよって、言ったとや？」

　冗談半分だったが、浅野が虚を衝《つ》かれたように絶句した。予想外に真に受けられ、言った弓掛のほうが戸惑った。

「二人ともお疲れ」

と、ちょうど二人に気づいて歩みをゆるめた東武の部員がいた。廊下の天井にもっとも脳天が近い二〇二センチ、川島賢峻《かわしまけんしゅん》。

「ああ、お疲れー賢峻」

弓掛も浅野もはっとして互いから視線を外し川島に応えた。二人とも川島との対戦は終わっている。小中学生の頃から大会で顔をあわせてきた同学年だし、同じ選抜ユニフォームを着たこともある仲間だ。試合が終われば緊張感はゆるむ。

「次は合宿だよな。よろしく。ひさしぶりに参加できるけど、遅れを取らないように力を尽くす」

川島なりの静かだが確固たる自負を内に秘めて言い、完全には足をとめずに有蹄類《ゆうているい》を思わせるゆったりした歩幅で離れていった。

「あ、うん。よろしく」

とその背中に応えた浅野の肩を見あげて弓掛は首をかしげた。

「合宿いつやっけ？」

「え？　もう今月末だよ。篤志……」答えた浅野の声色が途中から低くなった。舌に錘《おもり》が乗ったかのように、続く言葉が慎重に紡がれた。「……まだ、聞いてない？」

「うん……あれ？」

自分の声が変に調子っぱずれになった。

ユニバーシアード世代とU‐23世代を中心にメンバーが選抜されるアジアカップという国際大会が夏にある。その選考と強化を兼ねた合宿がたしかにそろそろあってもおかしくない。今月末となれば参加者にまだ連絡が来ていないということは考えられない。

浅野のところにはもう来ているようだし、川島にも――腰痛に苦しめられて試合にでたりでなかったりしていた川島がアンダーエイジの合宿に呼ばれるのは高二の冬以来になるはずだ。

「あ、けど監督が伝え忘れとうだけかもしれんしね」

「そんなわけない、篤志」

浅野が即座に否定してきた。

「……わかっとう」

と弓掛もすぐに真顔に戻った。

「そんなわけなか。つまり賢峻が呼ばれたけんおれが外された」

「なんで……？」

浅野が漏らした疑問形は目の前の弓掛にではなく、もっと上の誰かや組織に向けられていた。

「だって篤志は……」

「どっちにしても本チャンは来年のユニバとU－23の世界選手権やけん。また賢峻から取り返すよ。オポは枠が少ないし、賢峻とポジション争いするのはわかっとったし」

「篤志、けど」

「直澄」

口を挟もうとする浅野に釘を刺すように強い声で呼んだ。浅野の肘を摑んでこちらに正対させ、自分も浅野に身体の正面を向ける。物言いたげに唇を嚙んで見下ろしてくる浅野の目をひたと見あげる。

「直澄とはフェアでいたい。わかっとろう？」

浅野も弓掛の目を見つめ返し、頷いた。

「うん……わかる」

弓掛は浅野とずっと同じ目線で歩いてきたつもりだし、物理的な身長差があっても浅野も弓掛を

〝見くだした〟ことは一度もない。誰にだって同情なんか向けられたら腹が立つが、ほかの誰よりも、浅野にだけは憐れまれるのは嫌だ。

「……わかったよ。大丈夫だよな」

「うん。チームのバスに遅れよるよ。行かんとやろ」

「うん。じゃあ、来週」

来週の土曜が直接対決だ。

心を残しながらも浅野が目を切って身をひるがえした。八重洲の部員も東武の部員ももう先へ行った廊下を駆けだしかけたが、肩越しに一度振り返り、

「さっきの、もしもの話さ。八重洲に行くなって、篤志がおれに言った可能性ってちょっとでもあった？　なかっただろ。実際言わなかったし」

「そうやね。時間が巻き戻っても言わんと思う」

「じゃあ、意味ないたらればだよ……」

すらりとした後ろ姿がチームリュックを揺らして遠ざかっていき、一人になると溜め息が漏れそうになった。息をとめて半ばまでかかった溜め息を飲み込んだ。

……こんなに簡単にクビになるものなのか。

という思いはどうしてもあった。高一でユースに招集されて以来弓掛はアンダーエイジの代表から外れたことはなかった。ユースとU－21では主将も任され、同期の選手やチームスタッフからの信頼も得ていると思っていた。

それが川島が復帰した途端呼ばれなくなるとは……川島が復帰するまでの繋ぎだったという、これは明白な宣告だ。

廊下の先から視線を外し、弓掛ももと来たほうへと戻ろうとしたが、きびすを返したところで足をとめた。

慧明の部員が壁に背中を預けて立っていた。

「……誠次郎」

とめていた息を吐きだして名前を呼んだ。

「二番手じゃ駄目なんですよね。わかります」

横顔をこちらに向けたまま山吹誠次郎が気障《きざ》な仕草で肩をすくめた。

山吹は景星学園の〝高校七冠〟の大記録の二冠目から四冠目の年に主将を務め、一つ下の灰島と正セッターを争った間柄だ。

思えば山吹もアンダーエイジ代表の選考に恵まれない奴だった。

アウトサイドヒッターとミドルブロッカーは同ポジションどうしで対角を組んでコートに二人ずつ入るが、オポジットは「セッター対角」を意味するポジション名だけあってセッターと対角を組み、コートに一人ずつしか入らない。

国際大会にエントリーされるのは最終的に十二名。リベロを含めた七名がスタメンとすると控えですら五名しか選ばれない。各ポジションの世代トップのプレーヤーしかほぼ選ばれないのだ。

アンダーエイジはU《ユース》－19、U－21、U－23と二年ごとに区切られ、世界大会は隔年で開催される。育成世代は学年による力の差がまだ大きい。年齢制限内で学年が上の者のほうがどうしても有利だ。

山吹の学年は世界大会の開催年に最高齢となる学年の常に一つ下にいるという不運を抱えている。

そのうえセッターとしても一つ下を〝天才〟灰島、一つ上を選抜では長身セッターとして重用されている浅野に挟まれている。合宿に参加しても最後の十二名になかなか残れずにいるセッターだ。――〝二番手じゃ駄目〟なのだ。

山吹の腕を軽く叩いて戻る方向へ促し、

「おれは〝一番〟を証明する」

決意をこめて弓掛は言った。

選抜に呼ばれてアピールすることができないのなら、国内の大会で結果をだすしか再び呼ばれる方法はない。そう――いまだ果たしていない、大魔神の三人を倒すことでしか。

8. TIPSY ALONE TOGETHER

浅野が酔っている顔を初めて見た。

十五名ほどが入れるカラオケルームのコの字型のソファに浅野とあげはを含む男女がまざって座っていた。女性陣はあげはと同じ雰囲気の、長い髪をハーフアップにしたりした綺麗な女の子たちだ。男性陣には学生っぽいカジュアルな私服の者のほかに社会人なのか就職活動中なのかスーツ姿の者もいたが、いずれも二十代前半だろう。

そのグループに浅野が意外と違和感なく融け込んで、ウーロンハイのジョッキを傾けながら男性陣の談笑にまじっていた。テーブルに並んだ空のグラスや皿の数を見るに宴もたけなわといった頃合いだ。

疎外感に戸口で怯んだ弓掛に浅野が顔を向け、

「あ、篤志来た」

と、ちょっととろんとした目で言った。長い指が持つジョッキの中で、からん、と琥珀《こはく》色の氷が崩れた。

〝篤志、お願い！　今からでいいけん来てくれん？〟

試合会場で見たメッセージのあと、寮に帰り着いた頃にもまたあげはからメッセージが届いた。だけんリーグ中やって言っとうやろ……。通知を無視して寮で夕飯と風呂を済ませてから既読にするためにようやく本文を開き——その直後に寮を飛びだしてきたので、書かれていた渋谷のカラオケ店に弓掛が駆けつけたのは夜九時ごろだった。

電車で移動中もしやと思って浅野にメッセージで確認すると案の定、既読がつかない弓掛の代打で浅野が呼びだされていた。行かないよ、と体育館で話したときには躊躇なく切って捨てた浅野が茨城から呼びだしに応じ、弓掛より先に渋谷に着くところだった。

最初に送ってきた浮かれぽんちなメッセージとは事情が変わっていることを浅野も察知していた。

友だちと一緒におるんやけど、二次会からずっとわたしたち挟んで座ってくる男二人おって、ちょっとキモいんよ。

さっき友だちとトイレ立ったとき廊下で待たれとった。キモい。

どうしよう。帰るときもついてくるかも。

ねえ、怖くなってきた……。

メッセージを送ってくるごとに逼迫《ひっぱく》感が増していった。

〝あげはの面倒頼むわ。なんかあったら篤志呼べって言っといた〟——佐々尾の言葉を信じて頼ってきたからには無下にするわけには当然いかなかった。

「ほんとありがと、篤志くんも。今度お礼するけんご飯食べいこーね」

「いいよ、そんなん。はよう家まで送っちゃり。おやすみ」

「うん。おやすみ」

「あんま気易くコンパとか行かんとき。まあ……おらん広基が一番悪かとやけど」

あげはの友人の女の子が住む東急線の駅まで送り、タクシーに二人を乗せたところで弓掛と浅野の任務は一応完了した。

特にしつこく絡んできたのが友人のほうを狙っていた男で、あげはは友人が一人にならないようずっとついていたようだ。あげは自身も恐怖を感じていただろうが友人を守るようにぴたりと寄り添って腕を組んでいた。

佐々尾の彼女はめっちゃかわいいけどめっちゃギャルだと福岡時代は弓掛のまわりでも有名だった。しかしそれだけではない。佐々尾が惚れた女の子なのだから——芯が強くて優しい、〝福岡の女〟だ。

この時間でも街灯りがまだきらびやかな東京の駅前から宵闇の中へ遠ざかっていくタクシーのテールランプを見送り、「ふあ……」と弓掛はあくびを嚙み殺した。口を閉じて吞み込んだ呼気がアルコール臭かった。

弓掛もあげはの後輩という立場で席に割り込んで三十分ほど飲んだ。三次会に移動しようかという話になりトイレに立つ者が増えたどさくさに紛れてあげはたちを連れて抜けてきたのだった。弓掛一人だったら着いた矢先に正面切って連れ帰ろうとして男とトラブルになっていたかもしれない。大学やバレー部の名前がでるようなトラブルは絶対に起こせなかったが、いざとなったときに自分の思考がそこに至ったかは自信がない。大事にならなかったのは浅野の計画的な立ちまわりのおかげだった。

「さてっと、どうしようか」

駅前に二人で残されると浅野がすこし困ったように言った。

「とりあえず渋谷まで一緒に戻る？」

「ん……うん」

弓掛も態度を決めかねてあいまいに頷いた。

次は来週、コートの上で対峙する心づもりで昼間別れたのに、その日のうちに夜の街中なんていうシチュエーションで二人きりになるなんてもちろん想定外である。試合で倒す相手と一度定めた気持ちの持って行き場に困る。

弓掛は寮で着替えてきたが浅野は試合会場での恰好《かっこう》のままだった。バスが大学に着くと寮まで戻らず都内にとんぼ返りしてきたのだろう。

チームの服装で部外の酒席に出席することに浅野の大学は特に厳しそうではあるが、関東の名門国立・八重洲大学の校名と校章が刺繡された黒いポロシャツはあの場の年代の参加者に睨みを利かせるのにひと役買ったはずだ。

「篤志、終電大丈夫？　まだ寮まで帰れそう？」

「余裕はないけど、十一時までに渋谷に戻れれば大丈夫やろ」

でてきたばかりの改札へUターンする前にスマホで時刻表を調べた。慧明大は東京都は東京都だが、東京と聞いて想起される二十三区からはかけ離れた東京西郊に所在する。渋谷からだと井の頭線、京王線と乗り継いで小一時間だ。

「って、直澄は？」

「終電はまだ大丈夫だけど、バスはとっくにないから歩いて帰るよ」

さらっと浅野は言ったがあの大学の最寄り駅から大学寮まで徒歩だとかなり距離がある。弓掛も試合で行ったことはあるがなにしろあそこはばかでかい大学都市だ。

この時間帯、逆方面は都心から郊外へ帰宅する人々で溢《あふ》れているが、都心に戻る方面は空いていた。ドア付近に立つと浅野がちょっとだるそうにドアの脇の手すりに背中を預けた。

トラブルなくあげはたちを帰すことができるよう周到に立ちまわっていた浅野の様子を見ると酔ったふりだったんじゃないかとも思っていたのだが、本当にけっこう飲んだようだ。浅野がどれくらい酒に強いのかも、普段どんな仲間とどんなふうに飲むのかも弓掛はよく知らない。

「巻き込んでごめん。広基のかわりに謝る」

「広基さんはおれの先輩でもあるよ」

「そっか……」

「それにちょっと……クサクサしてたから飲みたかったたっていうのもあったし……。滅多にないけどね」

浅野がぽろりと打ちあけ、きまりが悪そうに後頭部のやわらかい髪を掻きまわした。

そつのない行動の裏でそんな内心を抱えてたのか。感心したし、浅野もそんな感情を持つときがあるのかと驚いた。

車内アナウンスがまもなく終点・渋谷に到着することを告げた。ドアの上部を流れる電光掲示板の文字に二人の目が何気なく向く。弓掛にとっては首をもたげる高さにあるそれは浅野にとっては目線とほぼ同じ高さにある。

渋谷で弓掛は井の頭線に、浅野は山手線の秋葉原方面に乗り換える。

「今からもう一軒行かん？」

光の点で描かれる『渋谷』の文字を目で追っているうちに名残り惜しいような気持ちが増してきて、弓掛から誘った。

「直澄と、二人で飲みなおしたいっちゃけど……終電までちょっとは時間あるし」

至近を流れる光の点を映していた浅野の瞳がぱちりとまたたいてから、こちらを向いた。赤味が残る目尻を下げて微笑み、

「じゃあ一緒に帰らない？」

意味を摑みかねて弓掛はきょとんとした。

「おれの実家に。なんか帰るの面倒になってきたし。そっちに帰るかもって家に連絡はしといたんだ」

なるほど、実家。もし終電に乗り遅れても浅野には都内に避難先があるのだった。

「けどおれは終電乗らんと……」

「泊まってかない？　部屋飲みにしようよ。寝たくなったらすぐ寝れるしね。篤志もうけっこう眠そうだ」

高校どうしは交流があって合同合宿を重ねる仲だったし、選抜の合宿にも二人とも選ばれてきたので宿舎で一緒に夜を過ごしたことは幾度となくある。しかし双方の家に来る来ないの話になったことは一度もない。言うまでもなく東京と福岡とでは海を越える距離があったからだが、大学進学で弓掛が上京してきてからも、前よりずっとよく会っているような気がするわりには考えてみると試合会場でばかりだ。

ずっとチームが違ったから。

「行きたい。直澄んち。一緒に行ってよか？」

「もちろん」浅野が頷き、悪戯っぽくくすりと笑った。「あげはさんたちが連れて帰られるのを阻止しに来たのにな」

＊

「っていっても高校以降はずっと寮だからこっちの部屋には生活感ないんだけど。家族の物置にされて──っと」

弓掛を先導して二階の部屋のドアをあけた浅野がその途端閉めた。

「なん？」

首を突きだそうとした弓掛の視界を背中で塞ぎ「三十秒待ってて」とにこりとスマイルを残して弓掛をとめおくと、ドアの隙間から中へ身を滑り込ませた。

初めてあがった家で一人にされ、廊下の壁にかかった馬の絵を眺めて手持ち無沙汰な時間を潰していると、ぱたぱたと階段を駆けあがってくる足音が聞こえた。

「もー、直ちゃんなんで直接二階にあげちゃうのー！」

弓掛がそちらへ顔を向けるのと同時に廊下に飛びだしてきたのは、オーバーサイズのトレーナーにショートパンツという恰好の女子だった。

「お邪魔してます。凜奈《りんな》ちゃん？」

二つ下だという妹の話はちょくちょく聞いていたが直接対面するのはこれまた初めてだ。まだ高校生にしか見えないが、四月に大学生になり都内の私大に自宅から通っていると聞いている。

「弓掛くん！」

妹だと言われれば腑に落ちる、浅野と共通点がある顔がぱあっと輝いた。浅野よりも幼いがすっきりした目鼻立ちが爽やかで好ましい印象を持った。

「おれのこと知っとうと？」

「直ちゃんが高校のときはいつも大会観にいってたから。直ちゃん一回も連れてきてくれないからほんとに友だちなのか疑ってたんだよ」

「遠かったけんね。普通に気軽には来られんよ」

「凜奈あー」

弓掛の横合いでドアがあき、片腕に洗濯物の山を引っかけた浅野が顔をだした。外ではあまり聞かないちょっとぶっきらぼうな口調で「おれの部屋に置いてあるものあったら引きあげといてって言っただろ」

「あっ直ちゃんってばっ」浅野に駆け寄った凜奈が「もーっ、無神経」と怒って洗濯物を両手で奪い取った。浅野が無神経とは……およそ外では浅野に対して投げかけられない言葉だ。

「弓掛くんも連れてくるっていうの読んだのは直前だったんだもんー。乾燥機にかけられないものしか干してないよ」

「おれ一人で帰るにしても凜奈と母さんの洗濯物は取り込んどいてくれたほうがいいね……」

「直ちゃんが取り込んでくれたほうが早いじゃんー」

「聞いた？　これが〝便利な高枝切りばさみ〟の扱いですよ」

兄妹のやりとりを所在なげに見ていた弓掛に浅野が冗談めかして目配せしてきた。弓掛にも弟を挟んで一番下に妹がいるが、歳がかなり離れているので関係性はずいぶん違う。

「はい、ハタチ未満は退場。おれも篤志も明日は大学戻らないとだし、そんな遅くまで起きてないから」

追い立てられた凜奈が「はーい……」と頬を膨らませつつ素直に頷いたが、「ね。直ちゃん」と浅野の手を引っ張った。背伸びをして耳打ちしようとする凜奈が届く高さまで浅野が頭を下げてやる。なんだかんだ言うが慕われてるんだろうと、浅野の腕に腕をからめて口を寄せる凜奈の様子から見て取れた。そりゃあ浅野みたいな兄だったら自慢じゃないわけがない。

自分の妹はまだ小学生だが、私大なんか当たり前に行かせてやれるのかなと、遣《や》る方ないことがふと頭をよぎった。

「明日帰る前に写真撮ってって頼んで、だって」

凜奈が離れると浅野があきれた顔で通訳した。

「ああ、うん。ぜんぜんよかよ」

「おれ通す意味あった？　そのくらい直接言えば？」

家族に対してはやはり少々ぶっきらぼうだ。浅野は誰の前でもだいたい自然体だが、それでも完全に素ではないのだろう。

生活感がないと言っていたが、部屋に通されてみて感じたのは、とあるはっきりした時点で時間がとまっているということだった。

本棚に差さっている教科書類は中学三年までのものだ。バレー雑誌の付録と思しきカレンダーつきのポスターの西暦も自分たちが中三だった六年前で、ポスターに写っているVリーガーはたしか去年引退している。ミカサのボールが一つ床に転がっていた。今の最新モデルが発売される一つ前のモデルのボールだ。……が、そういうものたちの中で天井付近に張られた物干しロープが唯一現役の生活感をひしひしと主張していた。

「直澄が兄貴やっとう顔って初めて見たけど、豊多可や誠次郎の扱い方に慣れとるわけやんねって納得した」

「あー。たしかに一コや二コ下の面倒みさせられてきたね……慣れたくもなかったけど」

物干しロープを撤去しながら浅野がげんなりしたように答える。易々《やすやす》と天井に手が届くので凛奈の言い分もわからなくもない。弓掛は本棚の前まで踏み入り、バレー雑誌の何年も前の号の背表紙をひととおり眺めた。バレー雑誌を毎号買える小遣いがあったという、些細《ささい》なような大きいような自分との違いをふとまた思う。

どっちかが寝たくなったらすぐ寝ようと、一階から布団をひと組運んできて就寝準備も万端にしてから二人で飲みなおしとなり、床に差し向かいで座った。

道中のコンビニで買いだしをしてきたが、缶のアルコール飲料を一本ずつと食べ物を軽く見繕《みつくろ》ってきた程度だ。酔い潰れたいわけではなく話をしたい浅野の目的を弓掛もそれで察した。冷蔵ケースからレモンサワーを一本取ってカゴに入れた浅野に「篤志は？　なに買う？」と訊かれ、一本買うならこのメーカーのこれなのか、と浅野の嗜好《しこう》を一つ知った気分で弓掛はハイボールを一本取り、浅野が持ったカゴに入れた。「一本買うなら篤志はこれなんだ」浅野がカゴを見下ろしてどこか楽しげに言った。

こんなふうに浅野とサシで飲むのは初めてだ。けれどまるでちょくちょくそうしているみたいに肩肘を張らずに思い思いのタイミングでプルタブを引いた。プシュッ、と小気味よい音が二つ続いた。

カラオケ店では成功させねばならないミッションがあったので抑制していたのか、店での飲み方より大胆に浅野が缶をあおり、音を立てて喉仏を上下させた。

「直澄が荒れとうとこ見るのは貴重やね」

弓掛はハイボールをひと口あおると、あぐらを組んだ右膝に缶を乗せて手で支えた。床に転がっていたバレーボールにもう一方の手を伸ばしてたぐり寄せる。最近はもう触ることがなくなっていた旧モデルのボールの感触が懐かしい。回転をつけて軽く投げあげたボールを中指の先でくるくるとまわす。

「たぶん篤志が思ってるほど、おれは潔白じゃないよ……」

缶を持った手をあぐらの真ん中におろして浅野が長息した。いつも浅野のそばにいると清涼な水辺に立ったような空気に触れるが、今日はアルコール混じりの不透明な呼気がふわっと漂った。

「春高だって……みんなが聖地だって思ってるみたいには、おれには思えなかった。優勝したとき、ざまあみろっておれは思ったんだよ。あの大会に対して、ざまあみろって」

高校の頃には聞かなかった話を浅野が吐露した。

小学六年の全国大会で出会ってから、数えてみると今年で十年目だ。十年目にして今まで知らなかった浅野の面に今日いくつも触れた。身近で学校生活や練習をともにするチームメイトだったらきっととっくに知っていたことばかりだ。

一度も所属チームが同じになったことがないのだと再認識させられた。

それでいて、まだぜんぜん浅野のことを知らなかったという寂寥《せきりょう》を感じたわけでもないのだった。新しく知った要素がどれも、これまでに弓掛が知っていた浅野にしっくりとなじんだ。弓掛の中にあった浅野の像はどこもぶれてはいない。

「今のアンダーエイジをずっと先頭で引っ張ってきたのは篤志だ。賢峻が復帰したからって急に、なんで……」

「理由ははっきりしとう。わかっとろう？　そしたらおれは、そのハンデがあっても有用なプレーヤーやってことを証明するしかない。試合にでたら貢献できるってことを」

「ずっと証明してきただろ！　十分すぎるくらい証明してきたし貢献してきた」

「まだ大魔神に勝っとらん」

「勝てばゴールがあるものならいいよ。でもこれには篤志がっ……」

思わず感情が噴出したように浅野の語気が強くなった。ぎゅっと唇を嚙みしめ、やりきれない感情を飲み込んで声を絞りだす。

「……篤志が報われるゴールは、どこにもないかもしれない……。篤志に起こってることは理不尽なんだ。怒っていいんだ。理不尽な目に遭ってるのに気づかないふりしなくていいんだ」

川島にかわって弓掛が外れた理由は明白だ。

身長の足切り——綺麗事を言ったところで現実に存在する。

テクニックであれジャンプ力であれ、あるいはメンタルの強さであれ、最初はぱっとしなかったとしても正しい方向性をもって時間をかければ伸びる可能性が誰にでもある。弓掛が評価されてきた武器はどれも、ほかの誰にとっても後天的に伸びる余地があるものだ。

ただ、身長は最大の〝天性〟だ。将来性を鑑みれば大きい選手が優遇され育てられるのは仕方がない。

川島賢峻は中学生の頃からそうやって期待をかけられてきた。途中の故障が何年に及んでも見切られず、大切に守られてきた。川島自身も腐ることなく、その実直さで自分の身体を大切にケアしてきて今の復調がある。川島がいい選手なのは間違いない。川島を簡単に切らなかった〝上の組織の人々〟の判断を弓掛は評価している。

「気づかんふりはしとらんよ。おれは今までもずっとその理不尽な条件でやってきた。腹くくっとうってだけよ」

結局弓掛が頑なに押し通し、浅野に説得を諦めさせた。浅野が沈痛な顔で目を背けた。

「……来週、おれは篤志の力にはなれない。それだけじゃなくて篤志が勝つのを阻止しなきゃならない」

「うん。それでいい。直澄の気持ちはわかっとるけん……それで十分」

潔白じゃないと浅野は自分のことを言ったが、そんなことはない。浅野は優しい。優しいから自分以外の誰かを苦しめる世の中に憎しみを抱くのだろう。

おれは直澄ほど優しくないけん、自分のことしか考えとらんのかもね……。

片手で弄《もてあそ》んでいたボールを摑む。腕を伸ばして浅野の目の前にボールを突きつけると、はっと目をあげた浅野の顔が脊髄反射のようにきりりと引き締まった。

ネットを挟んでいるときと同じ、強い視線がぶつかった。浅野と向かいあうとき、二人のあいだにはネットがあることのほうが多かった。

「同じ側のコートで力を貸すんじゃなくて、自分の側のコートで一人前の——一人前以上の戦力になるために、直澄は強くなってきたとやろ？」

高校で対戦するたび、ネットの向こうの浅野が強くなっているのを弓掛は毎年実感していた。やがて景星の主将にもなり、八重洲大学から声がかかるほどの存在になり……弓掛が参加しない今度の合宿のキャプテンは浅野が任されるだろうと思っている。

「ニコイチで補いあうんじゃない。それぞれの場所で、それぞれ自分の力でずっと戦っとる。それでよかとよ——おれと直澄は」

9. STEEL VERSUS JEWEL

欅舎が楠見から二セット連取したという報がもたらされた。

次に試合を控えて廊下で身体をほぐしていた八重洲の選手陣に「ほう」と軽いどよめきが広がり、アリーナの熱戦の様子を七割ほど刈り取って響かせている分厚い鉄扉に視線が向けられた。

八重洲の出番は第一試合の欅舎・楠見戦の直後、同じコートの第二試合だ。

相手は——慧明。

全体集合がかかると越智がノートパソコンを抱えて二階スタンドから駆けおりてきた。座ってストレッチをしていた浅野も立ちあがった。

「仕事中にお疲れ」

「欅はスト勝ちをもぎ取る気迫や。本気でまだ優勝狙ってる」

声をかけると、越智が常ならず興奮して食い気味に言ってきた。立ったまま胸の前でパソコンを開き、

「セット落とさんで楠見に勝ったら欅は一敗キープ。失セットもうちに負けたぶんの3入れても全部でまだ6や。まだ優勝争いから脱落せんと最終日まで残る」

早口で続ける越智の声がなにかに憑かれたみたいに熱を帯びてうわずってくる。画面に表示されているのは表計算ソフトで作られた星取表だ。文字が読めないほど細かな表の縦軸と横軸それぞれに十二チームが並べられ、終了した対戦の結果のほか、セット率や得点率も書き込まれている。

パソコンを閉じて胸にぎゅっと抱え、

「統《すばる》が……八戦目からずっとスタメン取ってる……」

筐体《きょうたい》の角を摑んだ指が震えていた。

「け、慧明戦に集中せんとな。天王山や。気ぃ抜いてかかれる相手やねえな」

「越智はさ、三村《みむら》と戦ったときって、どうだった？」

はっとして表情をしかつめらしく切り替えた越智に、話題を引き戻すようなことを浅野は訊いた。

「どうっちゅうんは、どういう意味で？」

「ああ、そうだな、あいまいな訊き方しちゃったな……」自嘲気味に視線を逃がし、「できればやりたくないって思ったとか……手をゆるめたくならなかったか……ってことなのかな」ああ、なんだろうこの歯切れの悪い言い方は。事象をきちんと言語化して誰にでもわかるように伝えようと浅野は平素から心がけているが、今の気分がうまく言語化できない。

「——ゾクゾクした」

という答えに、視線を引っ張り戻された。

普段ローテンションな印象の一重まぶたが見開かれ、瞳が明るく輝いていた。

「やりたくないなんて、試合中は考えもせんかったわ。統が敵にいるんに興奮した。統と戦えるんが誇らしいような気持ちやった」

「……だよな」

と、浅野は微笑んで頷いた。

仲いい奴とあたったときこそ絶対こいつ叩き潰して参ったって言わせるって思う、と越智に言ったのはほかでもない自分なのにな。

「直澄？　なんかあったんか？」

越智が気懸かりげに訊いてきたが、堅持が歩いてくるのが見えて周囲の空気が引き締まった。

「集合！」

太明の号令で各々のペースで準備をしていた部員の意識が一つに束ねられた。リノリウムの床にシューズの足音が何十も響き、堅持と太明を中心に黒のチームTシャツやポロシャツで揃えた部員が集合する。浅野と越智も立ち話をやめてそこへ合流した。

「礼！　よろしくお願いします！」

太明の声がこのリーグ中でも特に強く響いた。

「よろしくお願いします!!」

同じように気合いが入った声が唱和した。

なおれ、と太明が指示したが緊張感を保ったまま本題に切り込んだ。

「弓掛サーブには四枚レセプションで入れるローテをあてる。昨日も話したとおりバンチ基本から、弓掛が来たらレフトは先に弓掛に仕掛けていい。トス伸びたらストレートにぶっ込んでくる。直澄——」

太明の視線が部員たちの顔を軽く一望し、越智と一緒に後ろ寄りにいた浅野に向けられた。

「神馬と半々で弓掛にぶつける。基準大事だからきっちり作って。頼むな」

「はい。——微力を尽くして、潰します」

淡々と応えた浅野の横顔に越智がそっと斜め上目遣いをよこした。

「弓掛に対してはとにかく前衛後衛全員で防衛する。あの恐竜に好きなように暴れられたらたまらない」

いつも明朗な太明の声も険しく引き締まっている。慧明と八重洲とは去年のタイトル四つを半分ずつ分けあったが、破魔、神馬、大苑が出場した二大会では八重洲がしっかり勝っている。慧明を、そして弓掛を抑えたフルメンバーが今日の試合も揃っているが、油断が入り込む隙間はなかった。慧明最大レベルの警戒をもって慧明戦にあたらんとしている四年生の気迫が三年生以下の気のゆるみも許していない。

「――大学ナンバーワンのサイドだ」

黙って太明の指示を聞いていた破魔が口を開いた。バリトンの中でも最低音のバス・バリトンが重量感をともなって部員たちの足もとに長い波長で広がった。八重洲のサイドにはシニアの日本代表経験者である神馬、大苑がいる。しかし二人も異論がなさそうに破魔のほうを見て顎を引いた。

「大学ナンバーワン・サイドが執念でうちに勝ちに来る」

と太明も破魔の言葉を引き継いで続け、凄みのある声色で言い切った。

「ただ、今年は慧明に一勝もやらない」

小さな電流が走るような感覚が浅野の皮下をぴりぴりと這った。

篤志……。聞かせたいよ。おれたちの学年にとって偉大な、畏《おそ》れるべき存在だった人たちが、篤志のことをこんなふうに言ってるんだ。

そして、弓掛に不遇を強いている人々に声を大にして喧伝《けんでん》したい。

大学ナンバーワンのミドルが破魔であることは万人の疑いようがない。大学ナンバーワンのサイドは神馬や大苑ではなく、かつて全国大会決勝で六度、自分たちの手で退けた箕宿高校の弓掛だと、当人たちが兜《かぶと》を脱いで評価している。弓掛が何度も立ち向かい、そのたび跳ね返されてきた強大な壁が、弓掛篤志が脅威だと、率直に認めている。

――そのうえで、意地と自負をもって、今年は一度も勝たせないと決意している。

「3－0《さんぜろ》で第一試合終わりそうです！」

アリーナの出入り口から一年生が飛びだしてきて声を張りあげた。

「スト勝ちか。欅も振り落とされないな」

太明がそちらに頷き、

「これでどうなんの？」

と裕木に尋ねた。手もとのクリップボードをめくる裕木に越智が駆け寄る。二人で顔を寄せて手短に確認の会話を終えると、クリップボードから目をあげた裕木が堅持のほうを一度見てから、滔々《とうとう》と諳《そら》んじた。

「欅が一敗で失セット6。失セット増やさなかったのはでかい。昨日の終了時点での単独三位は今んとこ変わらない。0敗はうちと慧明。セット率で上位に立っておきたいとこだったけど、失セットも3で並んでる。欅に一セットくれてやったのが微妙に響いたな。で、万一だけど、今日慧明に負けたら一敗・失セット6で欅に並ばれる。最終日の慧明・欅戦で欅に勝ってもらわないとうちは優勝の可能性がなくなる。もちろんうちも横体戦を残してるから気は抜けない」

「最終日に慧明の負け待ちするんじゃ秋リーグと同じだ。自力優勝したい――」

太明がそう言って破魔とアイコンタクトを交わした。

「今日慧明を全勝から引きずりおろして単独首位に立つ」

ピ―――――！

鉄扉の向こうで試合終了を告げるホイッスルが響き、くぐもった歓声がわき起こった。越智がはっとして鉄扉を振り向いた。「勝った」と唇が小さく動くのが読み取れた。

「入場！」

太明の号令が響いた。

廊下の端と端の鉄扉から八重洲・慧明それぞれの旗持ちが一番槍でアリーナへと躍りでる。慧明の旗持ちは一年生の上一である荒川亜嵐だ。褐色の長い腕で竿《さお》を掲げて「イエ——ッ！」と甲高い雄叫びをあげ、野山を跳ねるカモシカのように軽やかに走る亜嵐とともにターコイズブルーの大きな旗が空を駆ける。そのあとを碧《あお》い宝石色のTシャツの部員たちが水しぶきが噴きだすように飛びだしていった。

『玉磨かざれば光なし　慧明大学』

スタンドの手すりに結びつけられた横断幕が掲げるスローガンは、智慧《ちえ》の「慧」の字を冠する大学名と宝石色のカレッジカラーにふさわしい、全学生・職員に求める慧明大学自体の理念でもある。その横断幕の下を潑剌《はつらつ》とした歓声とともに駆け抜けた部員たちがコートに集合し、旗を囲んで円陣を組んだ。

一方の八重洲側では一年生の旗持ちが鉄黒の大旗を頭上でぐおんっと振りまわした。八重洲の旗持ちに受け継がれる厳《おごそ》かな旗さばきが布地の旗を硬い板金のように錯覚させる。旗の重量に引っ張られるように旗持ちがドンッという一歩を踏んだ。

旗持ちが露払いをしたあとを太明が歩きだす。黒のTシャツに映える金の髪が鉄扉をくぐった途端、アリーナの照明を反射して光の粒を振りまいた。そのあとを破魔、神馬、大苑、ほかの部員たちが連なる。黒の布地に白抜きの筆文字でスローガンが躍る横断幕が張られたスタンドの下を整然とした列をなし、キュ、キュ、キュ、キュ——と、シューズの音を一歩一歩故意に高く響かせて進軍する。

『剛にして柔　八重洲大学体育会バレーボール部』

八重洲が追求するバレーを掲げた横断幕の真上のスタンドでは控え部員がプラスチックのメガホンを並べ、校歌の斉唱で選手陣を迎える。メガホンを通した低音の合唱がフロアの床を震わせる。

対照的な二校の入場を迎えるスタンドは、リーグ最終日の一日前にもかかわらず満員に近いギャラリーで埋まっている。全勝を守る二校の直接対決——事実上の今日が頂上決戦だ。ライブ配信のほうにも多くの視聴者がアクセスしているだろう。

欅舎がストレート勝ちし、最終戦に優勝の可能性を繋いだ直後だ。前の試合の興奮さめやらぬ会場に現れた八重洲の物々しい進軍にギャラリーがどよめき、昂揚《こうよう》したまなざしが注がれる。

四年生に続いて主力の一翼として行列に加わる浅野もまたシューズの底が床を鳴らす音を意識的に顕示して歩く。

テレビ放送でおなじみのカラフルなタラフレックスのコートよりも、八重洲大学の威容は板張りの体育館にそぐう。

両チームのウォーミングアップ中、第一試合を終えた欅舎、楠見の下級生たちが審判を務めるためばらばらとフロアに現れた。フル出場した直後の灰島と黒羽も白いポロシャツとネイビーのロンパンにすぐに着替えて走ってきた。一ヶ月半のあいだほぼ毎週末、五セットマッチを十試合経験するうちに、一年生二人にも欅舎大のカラーがすっかり馴染んだように見える。

一ヶ月半前の開幕日にはわりあい軽い気持ちで言っただけだったが、自分の言葉がまるで言霊《ことだま》になったように的中し、今大会の〝台風の目〟となった欅舎が初優勝を狙える位置につけている。

「三分後からプロトコル！　着替えてない奴急いで着替え行って！」

公式練習の時間が近づくと八重洲のベンチ入りメンバーに裕木の声がかかった。

慧明側でもベンチ入りメンバーが順次コートを離れて廊下に姿を消す。両チームとも練習Tシャツからユニフォームに着替えた選手たちが再びコートに集まってくる。

一九一センチの浅野は上二――身長順で三年の中で二番目だ。鉄黒のユニフォームの背と胸にシルバーでプリントされたナンバーはこの春から11番。同じ三年で正セッターとして一緒にコートに入る早乙女は一八五センチで17番だ。

関東一部の多くのチームでは四年、三年、二年、一年の順にナンバーが割り振られ、そして主将が1番をつけるのを除き、各学年内では身長順に若い数字をもらうのが定型化している。ルールが明確なので数字の大小をチームメイト間で比較してわだかまりが芽生える余地がない。大所帯の横体大などは一年生が50番台まで下るが、だいたいどの大学もユニフォームのナンバーで学年がわかる。

弓掛のナンバーは15番。慧明は八重洲より部員が少ないので数字は早乙女より若いが、リベロや事務方をあわせても弓掛が三年の中でしんがりの数字を背負う。胸側のナンバーに付されたアンダーライン、通称「腹棒《はらぼう》」とも呼ばれるマークがコートキャプテンを表している。

八重洲は2番という若い数字をつける破魔がキャプテンマークを持つのに対し、慧明のキャプテンマークを持っているのが15番の弓掛だ。主将は四年の七見《ななみ》だが今リーグはリリーフサーバーとしてベンチ入りしておりスタメンでコートに入らない。三年生にして弓掛がこの春からキャプテンマークを預かった。

〝八重洲ブラック〟対〝慧明ブルー〟。フロアを挟んで向かいあう二色の横断幕が睥睨《へいげい》する下、それぞれが背負った横断幕と同じ色のユニフォームを着た二校のスターティング・メンバーがコートに散った。

　ベンチに残った裕木が慧明のスターティング・ラインナップを目視し、コートの太明・破魔と視線を交わした。まずは想定内のマッチアップだ。両チームとも「S1」スタート。セッター（S）がバックライト（コート・ポジション番号1）にいるローテーションが「S1」と呼ばれる。セッター対角である弓掛はフロントレフトからスタートする。

　同様に八重洲もセッターの早乙女がバックライトでサーバー。サーブ順にフロントライトに神馬、フロントセンターに破魔、フロントレフトに大苑と、最強の三人がS1では前衛に並ぶ。

　前衛にいる三ローテをサーブ側、レセプション側の局面に分けると六つのターンがあるが、このマッチアップだと弓掛が前衛にいる六ターンのうち五回、破魔もまた前衛で弓掛を押さえることができる。慧明も破魔になるべく多く弓掛をぶつけて打ち抜く作戦なのだろう。

　各セットの相手チームのスターティング・ラインナップは実際にメンバーがコートインするまで知り得ない情報だ。相手チームの作戦を予測して有利なマッチアップを組むという駆け引きが発生する。

　浅野はバックレフトのスタート。一つまわって前衛にあがってから三ターン弓掛とマッチアップする。

　五月二十日、土曜日。横浜体育大学蟹沢《かにさわ》記念体育館。屋外は風薫る陽気の五月の週末に迎えた春季リーグ第十戦。Bコート第二試合。

　十三時——試合開始のホイッスルが鳴った。

　八重洲のサーブを受ける慧明が最初の攻撃権を持つ。このローテのレセプション・アタックでは弓掛がレフトから打つため、攻撃力が下がるライト側にトスがあがる確率が低いことはアナリストからデータが提供されている。大苑・破魔の二枚が余裕をもってレフトにブロックにつく。身長一九〇後半の二人だ。ブロックジャンプにおいても高さ三メートルを優に超す壁を成す。

しかしその壁の、上!! 引き絞られた強弓《ごうきゅう》のように大きく弓なりに反ったテイクバックを完成させた弓掛の上半身がふわりと空中に現れた。

一拍、頂点で浮遊するあいだに肩胛骨《けんこうこつ》を大きく使って右腕が回旋し、身体がくの字に折れると同時にボールが火を噴いた。大苑の外から、アンテナとのわずかな隙間を逃さずストレートを突っ込む! ライン際の守備に入った早乙女が一歩も動けず。床板を砕くような威力のスパイクが右足の前で高く跳ねあがり、ディグの構えで固まっている早乙女の頭上を越えていった。

先制点は慧明。

弓掛は味方に向かって拳を軽く見せただけで、シナリオどおりの先制点にオーバーなよろこびは示さなかった。すぐに拳をおろして次の展開に意識を移す。一年生の頃からコートに立ち続け、三年生にして慧明の精神的支柱たる立場も確立している。

サーブ権を取った慧明がローテを一つまわす。ここから弓掛が本来のライトプレーヤーになる。八重洲は左利きの二人、大苑・破魔が前衛のためライト側からの攻撃が増えるローテだ。慧明のマークもライト側が厚くなる。

無論それは逆サイドの攻撃が通りやすくなるということでもある。ブロックがライトに引きつけられたところで、早乙女からレフトの神馬に長いトスが飛んだ。

キキュッ!――

その瞬間、慧明側でシューズの摩擦音が高くこだました。

センター付近まで位置をずらしていた慧明ライトブロッカーの弓掛が素早く足を返してサイドへ走る。思い切りのいい大股のステップから踏み切ると、空中をさらに横に流れながら身体をひねってネットと正対し、ネットの上に両腕を突きだす。

神馬が打ち込んだボールがネットを越える前に弓掛の手に捕まった。

ドゴンッ！と八重洲側にボールが沈んだ。

「一枚で！」

「神馬をどシャット！」

滑りだしの展開を昂揚して見つめていたスタンドの観客がどよめいた。

八重洲コートにもざわりとした空気が吹き抜け、選手間で視線が交わされた。

開始直後に慧明が二連続得点。

サイドアウト（レセプション側の得点）で単発の一点を取られるのは気に病まずともよいが、ブレイク（サーブ権がある側の得点）で連続得点をやるのは避けねばならない。しかも八重洲のローテはここが一番強い。敵からしてみると早くまわしたほうが楽になる。その八重洲の最強のスタートローテを慧明がいまだまわさせず、連続サーブをたたみかける。

八重洲のレセプションがレフトへ逸れた。早乙女がレフト側に詰まった位置まで走ってボールの下に潜り込む。ニアサイドに神馬、ファーサイドからは大苑が入ってくる。慧明は大苑のマークに一人を残し、弓掛を含む二人が神馬をマークしてレフトへ寄る。

神馬にあげると思わせて早乙女が身体を反らしてバックセットした。すぐ後ろで破魔がCクイックに跳んでいる——と、そこにブロックが現れた。弓掛！

左腕《さわん》が電光石火の速さで打ち抜いたボールに弓掛が指を引っかけた。ビッ！と鋭い音が空気を引き裂き、ボールが角度を変えて吹っ飛んでいった。「さわった！」と会場がまたどよめく。

ブロックアウトになり助かったものの八重洲側は肝を冷やした。ライトブロッカーの弓掛が、神馬のマークから瞬時に切り返して破魔のクイックに手をあててくるとは。

弓掛がまだネット前に張りついたまま、ぎらついた光がたぎる双眸を破魔に向けた。左手の中指をパンツの脇で一度こすると、ターコイズブルーのパンツの左裾に入った白い「15」のプリントの上を掠《かす》れた血の筋が横切った。

破魔を睨み据えたままネットに背を向ける。身体に遅れて最後に自陣側に首をまわすとき、瞳から溢れる光がふた筋の残像をゆらりと引いた。

八重洲がこのセット初めてローテをまわす。神馬が下がって浅野が前衛にあがる。ネットを挟んでマッチアップした弓掛と視線がぶつかった。

異質さを感じるほど見開かれた瞳がひたと見つめてきた。

コートの外で喋るときにはたしかに寄せられている友愛の情は、そこには一滴も混じり込んでいなかった。

高校時代から弓掛はもちろん強かったし、試合ではいつも互いに本気で倒そうとしてきた。だが高校の頃とは格が違う今日の弓掛の凄みに、浅野は正直呑まれそうになっていた。

レセプションを引き受けてから攻撃に移るアウトサイドヒッターに対し、レセプションを免除されたオポジットはひたすら得点を叩きだすことが仕事のポジションだ。サーブが飛来したときにはオポジットはもう攻撃準備に入っている。

慧明側ライトから打ってくる弓掛を八重洲側レフトの浅野が正面で防ぐ。ストレートまで伸びないか——と浅野はトスの軌道を判断してクロスを締める。浅野が取った基準にあわせて破魔がさらにインナーを締める。鉄の塊が横からぶつかってくるような破魔の強いヘルプに吹っ飛ばされそうになりつつ浅野は空中でなんとかこらえる。

弓掛の右肩までトスが伸びきらない。が、唇をすぼめて気を吐きざま強引にストレートに打ってきた。

並のスパイカーではこの角度からストレートを打ってもアウトになるだけだ。しかし精度の高いコントロールで浅野の手の端にわざとあてて外にはじきだし、ブロックアウトを取った。

大学トップクラスの最高到達点から叩き込む強打だけではない。テクニックも冷静さも一級――。

本気で……この無二のプレーヤーが、アンダーエイジの強化選手から本気で外されたっていうのか……？

慧明のサイドアウトで弓掛がフロントライトまでまわってくる。弓掛の前衛はあと一ローテだ。あと一ローテでまだなにを見せるのかと、スタンドからの視線の圧をはっきり感じる。

浅野と弓掛のマッチアップもあと一ローテ。弓掛を相手にするサイドアウト一往復の時間感覚が異様に長い。呑まれないよう自分を奮い立たせ、神経を研ぎ澄ます。

破魔・大苑がまだ前衛のため慧明のブロッカーがライトに寄る。かわりに自分の前が開けると浅野は「レフト！」と大きく助走を取りながらトスを呼んだ。

開けていたネットの向こうに弓掛の影が滑り込むのを認識した。クロスを打つ向きからとっさにストレートに打ち抜き、横から塞ぎにくる弓掛の脇を抜き去った。

「直澄！　ナイスキー！」

ふっと息を抜き、コート内やベンチからの声に笑顔を作って応えた。

滑りだしで慧明にブレイクを許したものの序盤は互角の競りあいが続く。八重洲は破魔の前衛が終わりサーブに下がるローテだ。

左利き独特のスピンがかかった強烈なスパイクサーブが慧明のレセプションを崩した。

この状況では慧明は必ず弓掛で切り抜けてくる。浅野、孫、大苑が三枚で弓掛につく。極限まで視野を拡げた弓掛の瞳が三枚ブロックを捉え、狙いを定めてボールを叩きつけた。孫の手をはじいて高くあがったボールが大きな山なりを描いて慧明側へ戻る。慧明のディガーが落下地点に入るも、そのままボールを見送った。

「アウトー!」

慧明コートのライン外に落ち、八重洲のブロックアウト。

試合開始から両チームあわせてまだ六点だ。六点のあいだにどれだけのものを出し惜しみせずに見せてくるのか。弓掛一人がレベルの違うハングリー精神で序盤から凄まじいスパートをかけている。まるで本当に生死が懸かった戦いに臨んでいるかのように。

八重洲が取ったレセプション・フォーメーションに気づいた会場の一部がざわついた。

八重洲の後衛のフォーメーションはもともと変則的だ。一般的には後衛でもレセプションを担うアウトサイドヒッターの神馬がコートを離れ、かわりに破魔が残っている。浅野、太明、破魔、そして普段はレセプションに入らないオポジットの大苑――弓掛のサーブに対して四枚レセプション。その大苑が守るライトサイドいっぱいに弓掛のサーブが突っ込んできた。大苑が体勢を崩しつつボールに手を伸ばしたが膝をつかされた。

神馬、破魔、大苑と、シニアの日本代表に選ばれたメンバー一人ずつを相手に、アンダーエイジの代表候補から外された弓掛が意地と気迫で互角以上に立ち向かっている。生き延びるためにはこのメンバーに勝って証明しなければならないことがある――鬼気迫る姿が凄絶《せいぜつ》ですらあった。

サイドに逸れたレセプションに早乙女が追いつけず、近い破魔が取りに行く。これで大苑と破魔の攻撃が消え、孫のクイックも消された形だ。

「レフト！　決めます！」

破魔に向かって浅野はボールを呼んだ。

スパイクカバーに入った太明の援護を受け、破魔からあがってきた二段トスを打つ。慧明の三枚ブロックが揃う。ただ弓掛は後衛に下がっていることに、正直ほっとしていた。

「直澄行け！」

自分の気持ちを認めるしかなかった。

おれは今日、嫌なんだ……。篤志と戦うのが。

サーブから戻った弓掛はブロックの後方でディグについている。

スイングの最後で力を抜いてスピードを落とし、指の腹でボールを押した。虚を衝かれた目の前のブロッカーの手の先をボールがゆるく越え、ブロックの真裏に落ちる。強打の応酬が続いたあとのフェイントに慧明のプレーヤーが金縛りにあったように硬直した。

「直澄ッ!!」

と、慧明コートで怒鳴り声があがった。後衛からダイブした弓掛が腹這いでボールの下に手の甲を突っ込んだが、その指先すれすれでボールがバウンドし、ピィッとホイッスルが響いた。

床に這いつくばった弓掛がネットの下から上目遣いにこちらを見あげてきた。

直澄と戦うの、ばり楽しみにしとう――

いつも対戦するときにはそう言って潑剌と目を輝かせていた、あの弓掛の明るい目の光ではなかった。

物理的に火花が散るかのような鍔《つば》迫《ぜ》りあいでサイドアウトを奪いあって第一セットが進み、また前衛で弓掛とのマッチアップが巡ってくると浅野の胸は重くなる。

打ってくるな……。弓掛に向かって念じてしまう。

だが弓掛にボールがあがれば何度でも阻みに行くのが浅野のポジションの仕事だ。

マッチアップは三周目に入っている。弓掛にトスがあがるや破魔がセンターからサイドブロッカーを押し潰さんが圧とともにヘルプにくる。圧に押されて焦《あせ》りが生じ、基準取りが半端なまま踏み切った。

破魔の苛立ちを肌で感じた。ブロックではサイドブロッカーが作った基準にセンターブロッカーが壁を並べるが、破魔の意図とはブロックの場所が違ったのだろう。スペースがあいた浅野の左脇から弓掛がきわどいストレート！　フロアを守っていた太明の頭の上を突っ切り、コーナーいっぱいでボールがバウンドした。金髪が風で揺れ、彗星が残していった星屑のように光の粒が散った。

今のはディガーではなくブロック側の責任だ。しかし首をひねって着弾を目で追った太明が「ごめんごめん！」とコートに向きなおって手をあわせた。

破魔が苛立ちを呑み込んで浅野に助言してきた。

「浅野。弓掛はストレートが増えてる。自信持ってラインまで寄れ。中途半端が一番やりづらい」

「はい……すみません、足引っ張らないようにします」

八重洲14－17慧明。第一セット中盤、互角の鍔迫りあいから八重洲が競り負けだし、じわりと点差が開く。

「直澄、どうした？　序盤より動き悪くなってる」

「ごめん。挽回する」

タッチを交わしに来た早乙女に浅野は表情を引き締めてトスを求めた。

弓掛にトスがあがれば浅野が必ず阻みに行くように、攻守が逆になれば弓掛が必ず浅野を阻みに来る。一七五センチにして大学最強クラスのサイドブロッカーだ。

ネットの上で弓掛と視線が絡んだ瞬間、わずかに気持ちが逃げた。弓掛の指先を狙ってブロックアウトを取ろうとしたが、通過点が浮いた。弓掛の指を掠めずノータッチで慧明コートのエンドラインを大きく割った。

得点を示す主審のホイッスルに続いて副審側からもホイッスルが吹かれた。

メンバーチェンジ？　はっとして自軍のベンチを見ると、堅持は不動のままだったが裕木が手招きをしていた。

控えの選手と交替し悄然《しょうぜん》としてベンチに戻ると裕木に腕を引かれて隣に座らせられた。肩にタオルをかけられ、

「懲罰交替じゃないからな」

と先手を打つように言われた。

「第二セットは戻す。外から一度よく見ろ。弓掛は今日ストレートがキレてる。ラインのディグがあがってないからブロックはとにかくライン締めて。あんま考えないでいい。クロスには破魔がいる。クロスに打たせれば破魔がとめてくれる」

左耳のインカムに手を添えて軽く首を傾けつつ裕木がてきぱきと話す。落ち着かせるように浅野

の腿を優しく二度叩いた。裕木が見てわかるほどパニックに陥っていたのだと自覚し、タオルで汗を拭きがてら浅野は恥ずかしさに顔を覆った。

らしくない……。

試合は八重洲が押される流れになっているが、コートの外ではサポートスタッフが冷静にこのセットの情報収集に努めていたのだ。

「慧明は去年から強いけど、去年と今年じゃ違うところがある。今年の慧明は弓掛のワンマンチームだ。弓掛一人でこれだけ得点しまくったらデータの貯金もたっぷりできる。な、越智？」

と裕木がインカム側の頰ににやりと笑みを浮かべた。

「スト勝ちは絶対阻止せにゃならんけど、焦ったらドツボに嵌《は》まる。慧明にセット取られることは想定内だ。もちろん最大で二セットしかやらない」

心理的には追い詰められているのは弓掛のほうなのだ。

一七〇台半ばという身長でアンダーエイジ代表に選ばれ続けていた弓掛がそもそも異例中の異例だった。一八〇台前半ですら相当のテクニックがある選手しか選ばれていない。弓掛が人の何倍も努力して結果を残そうが、これだけはどうにもできない。

けれど浅野にもどうにもできない。フェアでいることを弓掛が望むからには同情もできない。せめて同じ側のコートで支えることもできない。

弓掛の敵になることを選んだのは……自分だ。

八重洲が慧明を二点から三点追う展開で第一セットは終盤に突入していく。

正面から闘志をぶつけてくる弓掛から一度距離をおいてコート全体を見ていると浅野の頭も冷えてきた。

「直澄に？　ああ」

と、裕木がインカムに答え、耳から外して渡してきた。浅野は二階スタンドをちらりと見やって受け取ったインカムを耳に嵌めた。

『直澄、やりづらいんやったら第二セットのマッチアップ変えるのもありやと思ってるけど』

心配げな声が耳もとで聞こえた。コートイン前に廊下で越智に漏らしてしまった弱音を気にしてくれているのだろう。

『ただしスタメン下げようとは今んとこベンチは考えてえんで。頑張ってくれ』

「……ありがと。大丈夫」

頼もしい四年生とサポートスタッフのバックアップを受けてコートに立たせてもらって、不甲斐ないプレーはできない。

腹を決めて声を低くする。

「おれに行かせて欲しい。篤志と初めて対戦してるわけじゃない。敵として、一番近くで、一番長く戦ってきたんだ」

弓掛の強打と破魔の堅いブロックが激突し、ボールが高く跳ねあがった。山なりを描いて慧明側バックゾーンへ戻る。フロントゾーンにカバーに詰めていた慧明の後衛が取って返すが追いつけない。コート内に落ちればブロックポイント……！　「入れ！」裕木が声にだして念じた。

惜しくもボールはエンドラインを割り、八重洲のブロックアウトとなった。「かーっ、惜しかったー」裕木がのけぞって悔しがったが、すぐに気を取り直して身体を起こし、

「いい。いい。弓掛のタイミングに破魔がついてきてる」

八重洲22‐25慧明。第一セット終了。中盤で抜けだした慧明にそのまま逃げ切られた。

「照準あってきてるからオッケーオッケー！　第二セット取ろう！」

コートの選手に落胆を見せることなく裕木が大きな声をかけ、立ちあがってコートチェンジのため動きだした。

＊

「直澄、おまえとっくに聞いてたんだろ。篤志が慧明の特待もらってたって。知ってて黙ってやがったな？　二人して結託しやがって……」

高校三年の一月末の金曜だった——春高で景星学園が全国大会初優勝を飾った三週間後だ。浅野たち三年の追いだし会を兼ねた引退試合が行われ、三年の代とともにプレーした一つ上と二つ上のＯＢも顔をだしてくれた。

二学年上の佐々尾広基は浅野が一年のときの主将だ。監督の若槻《わかつき》が目をつけて福岡の中学から連れてきた選手だった。

母校の体育館の壁際に二人で並んで試合を見物するタイミングがあると、このときを待っていたように佐々尾に恨み節を言われた。

浅野は一試合終えてコートを離れたところだ。コートでは対戦チームを入れ替えて二試合目がはじまっている。引退試合は三年生チームと在校生チームに分かれるのが恒例だったが、今年は学年をまぜて戦力のバランスを取ったチーム分けになっていた。全国制覇メンバーは一、二年生が中心で、三年でレギュラーだったのは主将の浅野一人だったのだ。

「あはは。すみません。口止めはされてなかったから結託してたわけじゃないですよ」

福岡から全国大会に出場して活躍しようと意気込む中学生バレーボーラーの多くは県の古豪・箕宿高校を第一志望とする。しかし佐々尾は福岡をでて東京にやってきた――箕宿で佐々尾とともに福岡を全国のてっぺんに連れていくと張り切っていた、同郷の二つ年下の弓掛を故郷に置いて。

「おれにてっぺん獲らせるってまだ言ってるぜ。どんだけしつこいんだか」

佐々尾が鼻を鳴らしてぶっきらぼうに吐き捨てた。素直によろこんであげればいいのにと浅野はあきれる。一途に佐々尾にてっぺんを獲らせると言い続けている弓掛がかわいい後輩じゃないわけがないのだから。

「おれはまた篤志を阻止する側ですね」

あえて軽い笑いをまじえて言った。

「直澄が八重洲ってのは意外だったな」

「堅持監督に声かけてもらったときはおれも驚きました」

「いや、意外ってのは、おまえが受けたことがさ……」

佐々尾が語尾を濁した。浅野は壁に寄りかかって立ったまま、壁際に座っている佐々尾の横顔をちらと横目で見下ろした。

「今の八重洲の中核が北辰の出身者だから、ですよね。広基さんが言いたいのは」

「まあな、そういうことになるけどな」

佐々尾がいた年の景星も破魔清央らが在学中の北辰高校に苦杯を喫した。破魔は佐々尾の一学年下にあたる。佐々尾は二年生のときに景星を春高準優勝に導いたが、三年になった年は二年が主力の北辰に敗北した。

もちろんスポーツの試合だから対戦相手が親の仇なわけではないし、バレーボールという共通の志を持つ同年代だ。試合を離れればなんの忌憚もなく友人関係にある者どうしも多い。浅野と弓掛がそうであるように。

コートではセッターの山吹が三年にいいところでトスをまわして花を持たせる役にまわっている。今年の引退試合を学年をまぜたチーム分けにしたのが新主将になった山吹だった。サポートメンバーとして全国制覇の道のりを支えてくれた浅野の同期や、マネージャーとして尽くしてくれた菊川《きくかわ》も今日はコートに入って楽しそうに打っている。

一年前の春、三年にはレギュラーを取る力もないと放言して三年の顰蹙《ひんしゅく》を買った山吹の成長を浅野は頼もしい気持ちで眺める。口は悪いが根は正義感が強く、筋を通すことをモットーとする人間だ。口は悪いが。

監督の若槻は審判を務めていた。生徒と同じジャージを着ているとほんの何学年か上のOBにしか見えない若々しい長身が審判台の上に胸を張って立っている。

今日をもって三年が完全に引退する。そして週末を挟んだ月曜から新たに部員が一人加わり、新チームの体制が整う――福井から灰島公誓《きみちか》が来るのが週明けだ。もうすぐ年度が終わるという中途半端な時期だが、今転校手続きが済めば夏のインターハイには公式戦出場資格が回復するという若槻の目論見があってのことだ。

「篤志はなんて言ったんだ？　おまえが八重洲に行くこと。怒らなかったのかよ」

「そんなことで怒らないですよ。おれの進路ですから」

弓掛がはやくも慧明から特待生待遇で声をかけられていると報告してくれたのは高二の春休みだった。浅野にも三年の夏ごろからいくつか声はかかっていたがここに行きたいという決め手がないまま、秋の国体後、八重洲大の堅持監督からコンタクトがあった。

行こうと思ってる大学がある、と遅ればせながら浅野からも弓掛に報告することができた。

「八重洲からスカウトなんてすごかー、直澄ならレギュラー取れる、大学で戦うの楽しみにしとう、って言ってましたよ」

「チッ、なんだよ。仮にだけどもしおれが八重洲に行くっつったら絶対怒り狂っただろあいつ。なんで直澄には素直なんだよ」

「逆でしょう。広基さんには素直なんじゃないですか？」

と浅野は切り返した。佐々尾を絶句させてちょっと胸が空いた。この人はもうすこし困ればいいんだよな、と意地悪な気持ちで考える。

佐々尾がうなるような咳払いをして話題を変えた。

「まだこれ篤志には言うなよ。あいつ絶対また怒り狂うのが目に浮かぶから。卒業したら福岡に帰ろうと思ってんだよ」

今度は浅野が一時絶句させられた。

「本気で……ですか？　どうして……」

からかい笑いを収めて訊き返した浅野の声には、弓掛じゃなくとも非難の色がまじった。佐々尾が大学を卒業するまでまだ丸二年ある。進路を心に決めるにはまだ早いように思う。

「福岡で新しいチーム作るっつって動いてる人がいてさ。初期メンバーに誘ってもらってるんだよ。地域密着型クラブっていうの？　地元に根づいて応援してもらえるチームを作りたいんだってよ」

「ああ、地域クラブですか……」

Vリーグを昔から牽引《けんいん》してきたチームは企業の中の部活として発足した歴史を持つところが多い。基本的に所属選手は企業の社員の扱いになる。プロ契約をする選手も増えてきているが、無論のことプロの世界は厳しい。怪我の一発で収入と将来が断たれることだってある。現役引退後も社業に従事することで将来の安定を取る選手も少なくはない。スポーツ選手にはほとんどの場合どうしたって普通の社会よりも早い時期に年齢的な限界が来る。セカンドキャリアを視野に入れることは咎《とが》められるようなことではない。

対するクラブチームは特定の企業に属さない。複数のスポンサーや地域の支援、あるいは選手たち自身の手弁当で活動する。

「おれはVのトップクラスじゃ続けられない」

自らを断じる佐々尾の言葉が浅野の胸に刺さった。

「だったら、ほかのいろんな選択肢考えた中で、福岡に恩返しするのもありじゃないかって思ってさ。中学までで県外でちまったからな。それに……篤志には言うなよ」むすっとした声で念を押し、「篤志がいつか福岡に帰ってくるとき、うちに来いよって言えるくらいのチームは作っときたいって思ってる」

「広基さん……」

佐々尾が言わんとしていることの裏の意味に浅野は気づいた。

「篤志もVのトップではやれない、って思ってるんですか」

「あいつはチビでも一級のスパイカーだけど、でかくてジャンプ力も巧さもある奴は上に行けば行くほどいる。あのタッパで、少なくともスパイカーで続けるのは厳しい。これはな、絶対にだ。あいつがどんなにいい選手でも、どんなに努力しても、無理なもんは無理だ。あのチビがトップで対等に戦うのに一試合でどんだけ全身を酷使してると思う。おれですらギリギリのとこでやってる」

一八五センチの佐々尾が「小型」とされるのがこの世界だ。

どんなに努力しても無理だ、などと人を斬り捨てるのは勇気がいることだ。しかし佐々尾は断言した。弓掛という人物を佐々尾も浅野もよく知っている。努力の果てに届かなかったら……弓掛はさらに突き進むだけだろう。永遠に。

「あいつが自分のやれる範囲でやり切って満足する奴だったらじゅうぶん幸せに生きられたよ。別に日本代表になることがバレーやる目標ってわけじゃねえし、ていうかそうじゃない奴のほうが普通に多いしな。あいつの不幸は、自分よりでかい奴ら、強い奴ら全員に打ち勝っててっぺん獲らないと満たされないことだ……。たぶんぼろぼろになるまでやるだろうよ。そのときに、待ってるから、帰ってこいって、言ってやれる場所を作っといてやりたいんだよ」

顔をあわせるといつも喧嘩腰でぎゃんぎゃん言いあうくせに……まったくこの二人は……。

根っこが福岡という故郷で繋がっている二人の関係は、たとえこの先どんなに長くつきあっても浅野では決して築けないものだ。

佐々尾と弓掛が慧明で築くチームに自分も一緒に属するイメージが浅野には最初からどうしてもわかなかった。

景星を日本一にすることが高校時代の浅野の原動力だった。次の段階の目標を考えたとき、しかし、今より上のカテゴリでもトップを目指したいというモチベーションが生まれてこなかった。弓掛のように厭《あ》くことなくてっぺんを追求し続ける欲が浅野にはなかった。

バレーボールをやめたいとは思わなかった。若槻に教わった〝一番面白くて一番強いバレー〟が好きだったし誇りも持っていた。たとえば小さなチームに若槻に教わったバレーを持ち込んで昇格を目指すとか、そういうイメージのほうが浅野の中ではまだ現実的だった。関東学連には九部まであるのだ。

そんなふうに考えていた頃、よりにもよって関東一部の、しかも大学絶対王者に君臨する八重洲大学から話が来た。

それまで進路の決め手がなかったわりに、そのときは不思議と迷わなかった。

佐々尾と弓掛が慧明でチームを築くなら、自分はその最大の敵として戦う側になるのもいい——と思ったら、その選択肢がすとんと胸に落ちたのだった。

*

第二セットは序盤から高さのあるブロックで弓掛にしつこくプレッシャーをかけ続けた。

弓掛がいた箕宿高校が当時から掲げていた〝高さが正義〟のバレーを、交流が深かった浅野の景星学園もまた実践してきた。サイドステップからスタンディングジャンプをするいわゆる「カニさんブロック」では高さを得られない。クロスステップで助走をつけ、スパイクと同様に腕を振り込んでジャンプする「スイングブロック」で高さと移動速度を得る。

手応えが現れたのはローテ一周目、二周目がまわり、三周目のマッチアップが来た第二セット中盤だった。

ネットに突っ込んでくるように果敢に助走してきた弓掛が踏み切る。ネットと平行にクロスステップで移動した浅野も踏み切った。テイクバックを完成させながら前へ流れる弓掛と、ブロックを形成しながら横へ流れる浅野の道の延長線が、弓掛のインパクトの瞬間スパイクコース上で交わった。

——と、弓掛の打点にトスがまだ届いていなかった。ただとっさの対応力も並外れている。右手まで届かなかったボールを空中にいるあいだに左手ではたき込んだ。

その刹那、左手側にいた破魔がハエ叩きのごとく片手でボールを叩き落とした。

「!!」

自軍側に沈められたボールを追うように弓掛が着地してしゃがみ込んだ。

三年生セッターの亀岡《かめおか》が弓掛に謝りに来たが浅野が見たところセットミスではなかった。あわなかったのは弓掛のほうが早く入りすぎたからだ。

プレッシャーの蓄積が効いてきた――弓掛がブロックを嫌がりだした。

第一セットの破魔の苛立ちも収まり「よくなってる。このまま行こう」という言葉をもらえた。弓掛で失点した亀岡が今度はレフトに振る。しかし弓掛のタイミングに引きずられたのか焦って低いトスになり、大苑・破魔の二枚が容易《たやす》くシャットアウトした。

慧明が悪循環に嵌まりだした。

セッターが速いトスをだしはじめるとスパイカーは大胆に助走に下がれず小股で刻んでトスにあわせようとする。短い助走で入ってくるスパイカーにあわせるとセッターのトスはコンパクトになる。スパイカーとセッターが互いにあわせようとした結果、トスはより低く、助走はより短くジャンプはより低く、負のスパイラルで双方がコンパクトになっていく。

「ゆっくりゆっくり！」

「一セット取ってるから焦らなくてオッケー！」

「助走詰まってる！　時間使って入ろう！」

慧明ベンチやウォームアップエリアからコートを落ち着かせようと声が飛ぶ。しかしこの負のスパイラルは実は厄介だ。あげる側と打つ側が同時に変わらなければ結局トスはあわない。あわないことを懸念するとどちらからも変えられず修正の糸口がなかなか見えない。弓掛ですら足を搦《から》めとられている。

そして裕木が狙っていた瞬間が来た。

目の前の浅野の執拗《しつよう》なプレッシャーに弓掛が根負けし、とうとうクロスに打った。

クロスには破魔がいるが、さらにそのインナーを狙い、凄まじい超クロスで破魔の右手の外側を抜く。が、破魔の大きな手の端にボールが引っかかった。

慧明側にボールを跳ね返したが入射角が浅く、惜しくもサイドラインの外に落ちてブロックアウトとなった。しかし渾身の超クロスを引っかけられた弓掛が愕然とした。

辛くも慧明がサイドアウトを取り返したが、三連続失点。

弓掛が大きく肩を上下させながら汗を拭った。

苦しそうだな、篤志……。そうだよ、苦しめてるから。

ときにはアンダーエイジの選抜の仲間として——けれど大部分は別々のチームに所属する敵どうしとしてネットを挟んで戦ってきた。浅野は弓掛というプレーヤーを誰よりよく知っているつもりだし、弓掛も浅野を誰よりよく知っていると思っているだろう。浅野がレフトプレーヤーにコンバートすることで弓掛とマッチアップすれば、互いにとって一番厄介な敵になる。

一度は離れたが再び同じチームになった灰島と黒羽と、今度もまたネットを隔てることになった自分と弓掛と、なにが違ったのだろう?

浅野と弓掛の関係は敵どうしからはじまった。もし弓掛とチームメイトとして出会っていたら、今の浅野はなかったと断言できる。佐々尾がいた頃、佐々尾の存在感の陰に隠れるだけでチームの戦力になれなかったように、弓掛のリーダーシップに全面的に頼って成長する機会もなかった自分が想像できる。

〝同じ側のコートで力を貸すんじゃなくて、自分の側のコートで一人前の――一人前以上の戦力になるために、直澄は強くなってきたとやろ？〟

弓掛の言葉どおりだった。

同い歳のライバルに弓掛という強い光を放つ存在がいたからこそ、高校時代の浅野は弓掛と戦うにふさわしい者になろうという思いで、自分自身がチームを率いる力を備えて強くなれた。――全国大会の開会式で、東京代表と福岡代表の主将としてチームの先頭に立って弓掛とプラカードを並べたとき、誇らしい気持ちが胸に溢れた。

フェアでいたいと弓掛が言ってくれたのは、浅野を並び立つ者と認めてくれているからだ。

この試合で自分にできることは、全力で弓掛を倒すことだけだ。

慧明ベンチにメンバーチェンジを準備する動きがあった。アップエリアから勇んでベンチに駆け寄ったのはナンバー20番の選手、控えセッターの山吹誠次郎だ。セッターを替えてなんとか悪循環から抜けだしたいのだろう。

投入のタイミングがあるまで待機を指示され、山吹がじりじりしながら学生コーチの隣にいったん座った。

誠次郎……篤志を助けてやってくれ……。おれには今してやれることがない。

もしもテレパシーが通じたなら勝手なこと言いますねなんて斜に構えてぼやく顔が目に浮かぶが、山吹は力を尽くしてくれると、いくらかの甘えもこめて信頼している。

11. BREATHLESS

直澄、しつこい！

弓掛が打つときにはまるで吸いついてくるように浅野がブロックに来る。腕の長さと指の長さで浅野のブロックはリーチが広い。ストレートを塞がれる前に突っ込んだが、網を作るように五指を開いた浅野の手の中にボールのほうから飛び込むことになった。

目の前でボールが叩き落とされ、ズドンッと足もとの床を穿《うが》った。

どシャット……!?

足に絡まりそうになったボールを危うく避けてしゃがみ込みつつ、弓掛は自分の側に沈められたボールに愕然とした。——初めて浅野にシャットアウトを食らった。

浅野自身もすこし驚いたように浅い呼吸をしながらボールを見下ろしたが、呼吸を静めて顔を引き締めると、弓掛の目をまっすぐ見返してきた。

八重洲の堅持が推薦で浅野を取ったと噂が広まった当時、高校バレー仲間のあいだでも意外だったという声は多く聞かれた。八重洲はいわゆる昔かたぎのごりごりの体育会系のイメージがついているチームだ。推薦で入る選手といえば堅持が好むタイプの、まさに破魔が象徴するようなフィジカルが強い奴というイメージもあった。堅持が集めてきた歴代の主だった選手のいかつい顔面を並べてみれば浅野がその中にそぐわないように見えても仕方ない。

しかし弓掛に言わせれば、浅野は疑いなく八重洲らしい。

手足が長くてスタイルのいい長身なので細く見えるが、設備の整った景星学園時代から積みあげてきたトレーニングで体幹は強い。ブロックでもレシーブでも強打に力負けしない。スパイクのパワーもテクニックもある。個々の総合力が高い八重洲の戦力たり得るプレーヤーだ。

浅野と実際に戦ってみればコート外での人柄から感じる柔和で爽やかなイメージなど消し飛ぶ。オポジットにとってマッチアップしてこんなに厄介なレフトはいないと、浅野がコンバートしてきてからより感じている。

オポジットはコートに一人、アウトサイドヒッターは二人だが、圧倒的多数を占める右利きがしのぎを削るアウトサイドの競争率がオポジットより低いわけではない。同等レベルのライバルがごろごろいる中で各々の武器を伸ばして抜きんでようとしている。そんな中でも浅野はもともと全能力値が高いが、コンバートして本当にどこにも隙が見つからなくなった。セッター、リベロまで含むすべてのポジションをこなせる貴重なオールラウンダーだ。

ストレートは浅野に締められている。クロスに逃げれば破魔に捕まる。浅野の執拗なプレッシャーが試合が進むにつれ蓄積し、どんどん打ちづらくなっている。

さらに破魔が脅威たるのはブロックだけではない。前衛では決定率がきわめて高いCクイック、そして後衛に下がっても左腕《さわん》から放つスパイクサーブがある。

慧明はレセプションを崩されて攻撃態勢が整わない。かろうじてプッシュを突っ込み、セッターの早乙女にワンを取らせた。大苑が二段トスをあげることになったため残ったスパイカーはレフト浅野、バックセンター神馬のどちらかだ。強力なライト勢二人が攻撃から外れ、守る慧明側のプレッシャーが大幅に減じる。——が、

「破魔来るぞ！」

ベンチから警戒を促す怒鳴り声が飛んだ。

サーブを打った破魔がバックアタックに入った。短い濁声の気合いとともに腹筋に力がこもり、左腕がうなる。ダイナミックなスパイクフォームから本職のオポジット顔負けのバックライトが炸《さく》裂《れつ》した。

大苑の印象を上書きするほどの破魔のオポジットぶりに会場が衝きあげるような興奮で揺れた。

破魔はオポジットもやれるのだ。ミドルブロッカーで固定しているのは同じチームにずっと大苑がいたからという理由も少なくない。実際多くのチームではレフティのパワーヒッターはオポジットで重用されている。

弓掛は利き手の利も身長の利も持っていない。こんな連中が同世代に何人もいるポジションを、〝持たざる〟自分は勝ち抜かねばならない——自分が戦っているポジションの門の狭さをつくづく痛感させられる。

これで慧明15－18八重洲。これ以上八重洲にブレイクはさせられない。破魔のサーブを切って慧明がローテをまわせば弓掛が後衛に下がる。浅野とのマッチアップもや、っ、と終わる。

「次のサイドアウト取れれば切り抜ける！」

慧明にとっては苦しい状況だが弓掛は腹から声をだして仲間を励ました。

「次取ったら篤志サーブだ！」

「ここ一本踏ん張ろう！」

それを受けて仲間が気丈に声をかけあうのを聞き、はっとした。

切り抜けたいという本心からでた声だった。自分のサーブで反撃するという攻め気からでたのではなかった。

攻めずして勝てる相手じゃない……。

シャツの胸を引っ張って顔を流れる汗を拭う。胸に白でプリントされたナンバー「15」を顔に押しつけ、至近で凝視する。このナンバーに添えられたキャプテンマークを頭に刻みなおす。迫りあがったシャツの裾をゲームパンツに突っ込んで整えるあいだに呼吸も整った。最後に深く息を吐き、顔を引き締めて前を向く。

弓掛が後衛に下がるタイミングで、前衛にあがる亀岡にかえて山吹がセッターに投入された。気負って入った山吹が一本目のトスでいきなり攻め気で速攻を使った。が、タイミングがあわない。打点より高いボールをクイッカーが空振った。

「おい!?」山吹が声を荒らげたが、ベンチを意識してすぐに苛立ちを引っ込めた。「すいません。次あわせます」

その後山吹が修正したのでさすがに空振りはなくなったが、八重洲が先に二十点台に乗り、慧明ビハインドのまま第二セットは終盤に入る。

八重洲が早乙女にかえてワンポイントブロッカーを投入した。慧明に致命傷を与えるブロックポイントを狙う。早乙女も一八五センチあるセッターだが、一九〇センチ台のワンブロの投入で前衛の破魔・神馬とともに高波のようなブロックがそそり立つ。

――見あげると頭の上でブルーグリーンの海面が揺れている。

試合中、弓掛の視界に重なって映るのはいつもそんな景色だった。

自分以外の全員は海面の上に顔をだして楽に息をしているのに、自分だけが息ができない海面下にいる。スパイクジャンプのたびブロックジャンプのたび百パーセントの力を振り絞って海上まで跳びあがらねばならない。顔をだしてから喘《あえ》いで酸素を取り込んでいては高波が覆いかぶさってくる。焦りに駆られて息をとめたまま突っ込んだ。

中途半端なスパイクをみすみすコートに落とす八重洲ではないが、ワンブロとかわっているためセッターがいない。ディグがあがっても普通は速攻を使えない——が、そこで迷わずセカンドタッチに走ったのが浅野だ。本職のセッターと遜色ない正確なバックセットから、破魔がCクイックを叩き込んだ。

これがある！　浅野が入ることで高校きっての攻撃的な組織バレーを誇った〃景星バレー〃が八重洲に組み込まれ、八重洲の絶大な攻撃力が増強される。

「くそ、やられた。浅野がバックだとあのオプションあるのか」

「浅野はアンダーカテだとセッターやってるからな。気をつけとくべきだった」

慧明18－22八重洲となりタイムを取った慧明ベンチで悔しがる声が交わされた。

「このセットはしょうがない。スト勝ちにこだわらないで次のセットで切り替えよう。あと二セットしっかり取って最終的に勝つことを考えればいい」

主将の七見が努めて明るくコートメンバーを励ます。主務やリザーブメンバーはタオルやドリンクを配ってまわったり、選手のうなじにアイスバッグをあてがったりとサポートに尽くしている。

昨年、佐々尾や弓掛とともに四タイトルのうち二冠を獲得し、今年こそフルメンバーの八重洲を下して全タイトルを獲ろうという決意は強くありながら、後輩の成長によりレギュラーの座を譲った部員も中にはいた。七見もリリーフサーバーでしか出場機会がなく、コートキャプテンを弓掛に譲った。主務、学生コーチをはじめ今年の四年生は今大会では全員がリザーブやベンチスタッフだ。

〃なあ篤志。福岡に……〃

佐々尾が福岡に帰る前、最後まで言わなかった言葉が、ふいに脳裏に蘇った。

福岡にある弓掛の実家は決して裕福ではない。これからまだ学費がかかる弟妹もいる。弓掛は学費が大幅に免除されるスポーツ特待生待遇に加え、要返済のものも含めて何種類かの奨学金を寮費や遠征費にあてることで私立大に通うことができている。大学としてはオリンピアンになるようなアスリートの輩出を期待して全学生で若干名というスポーツ特待生を取っているのは自明だ。オリンピアンどころかアンダーエイジの強化選手から外れれば、大学にいられなくなることもあり得るんだろうか……？

高校二年生になった弟は部活に入らずバイトに時間を割いているようだ。帰省して話したときにも嫌々やっているような顔はしていなかったから、単にバイトを楽しんでいるのかもしれない。欲しいものがあって金を貯めたいのかもしれない。別になにかを我慢しているとは限らない。ただ、弓掛は弟と同い歳の頃も部活だけに没頭させてもらっていた。

やりたいことにやりたいだけ打ち込めることが、決して誰にとっても当たり前なわけではない中で、自分はいろいろなフォローを受けてずっとトップレベルの環境でコートに立たせてもらっている。裏を返せば今の環境を失う可能性も常にあるのだ。

タイムアウトあけ、後衛でもセカンドセッターやバックアタッカーとして存在感を発揮した浅野が弓掛の前にまたあがってくる。

慧明22－24八重洲。一時は引き離された慧明も食らいついている。24－24に持ち込めればデュースに突入する。

双方から打ち込みあい、阻みあう激しいラリーの中でスパイクとブロックが激突し、上空にボールが浮いた。センターラインの真上、両陣地の領空の境界線――これを八重洲に押し込まれると二十五点に飛び込まれて逃げ切られる。なんとしても慧明の点にせねばならない。

ボールを見あげて踏み切った弓掛の正面で同時に跳ぶ影があった。

「篤志頼む！」

「押し込め直澄！」

四本の手がボールに伸びる。浅野のほうが腕が長いぶんわずかに届くのが早い。肘がぶつかるほどの距離で弓掛は浅野の顔を見た。ネットを挟んでいようが互いにジャンプすれば目の前を遮るものはない。二メートル四十三センチのネットの上で視線が直接絡んだ。

篤志、引けよ！

直澄が引け！

声を発しない怒鳴り声が交わされる一瞬、双方からの力が拮抗《きっこう》しボールが虚空に縫いつけられた。だが押しあいは高いほうが勝つ——上から押さえられると押し返せない。

早く自分から手を引けばセルフカバーしてリバウンドに繋げる余地はあった。しかし弓掛は歯を食いしばってあらがった。強化選手に残った浅野に負けたくない意地で手を引けなかった。ぎりぎりまで粘った末、ボールと一緒に押し込まれた。

無策で尻もちをつかされる寸前、とっさに踵《かかと》を引いた。センターライン上で膨れあがった衝撃にはじき飛ばされたように大きくバックステップして踏みとどまる。キキュウッ！と摩擦で甲高いスキール音が響き渡った。

目線の先で浅野のつま先がセンターライン際に着地した。キュ、とこちらは大仰ではない摩擦音が鳴った。

浅野がすくと身体をまっすぐにした。弓掛はしゃがんだまま浅野を睨みあげた。浅野の目つきは今は腹をくくったように据わっていた。

マッチアップするポジションになったことで浅野が一番視界に入っている。浅野と十年も対戦してきた中で、一番多く試合中に視線がぶつかっている。

二人のこめかみを流れた汗が鏡映しのように同時に顎へとつたった。しかし鏡ではないので、浅野はシャツの肩口で、弓掛はシャツの胸を引っ張って、別の仕草でぐいと汗を拭った。

慧明22－25八重洲。

第二セットを八重洲に取り返され、セットカウント1－1で試合はイーブンに戻る。

12. SAVAGE PLAYMAKER

「誠次郎、トスも余裕持て！　浮かせる意識して！」

わかってんだよっ！　簡単にできたらもうやってんだよ！

怒鳴り返したいのを腹の中だけに収め、ベンチからの指示に山吹はただ歯嚙みした。下げられたくはないのでできないと言えるはずもない。

弓掛がトスを急《せ》かすような突っ込んだ助走をしてくる。するとクイッカーも弓掛より早く跳ぼうとして助走を取らなくなる。レフトもまわりに遅れないよう開ききらなくなる。これでトス浮かせたら空振るだろ！

こっちだって不本意なトスをあげてるんだ。結果的に交替前の亀岡とやり方を変えられていないのがもどかしい。懸命に頭を巡らせながらいつ交替のホイッスルが聞こえるかと焦りを募らせていた。せっかくチャンスが来たんだ。なにもできずに下げられてたまるか。

おまえには解決方法がわかってるのか？——チカ。

天才セッターはなにを考えてこの試合を見ているのか。あの不貞不貞しい顔に打開策が書いてあるんじゃないかと、コートの角でフラッグを手に提げて立っているラインズマンの顔を見たい衝動に何度も駆られた。

——いや、あいつの顔に打開策なんか書いてない。

なぜなら仮に灰島が入っていたら起こっていない問題だからだ。

打とうとしたところに一センチのブレもない精度のトスが必ずあがってくるという信用を、このリーグ中に味方から得ることに灰島は成功している。欅舎のスパイカーは「トスにあわせる」意識を持つことなく、セッターに信頼を預けて全力で助走すればいい。

それに比べて自分は灰島より一年先に大学に入っておいてなにをやっていた？　リザーブでは実戦でスパイカーとあわせる回数も多くないっていうのに。灰島のようにユース代表セッターという看板もない自分が、丁寧にスパイカーとの信頼関係を築くことを最優先にしてきたか？

一度下がったトスを修正できないのは、おれの信頼度の問題だ。

じゃあスパイカーにあわせて低いトスをあげ続けるのか？　それじゃ負のスパイラルから抜けだせない。

第二セットは修正に苦慮している最中で終わった。

コートチェンジが慌ただしく行われるベンチに引きあげるなり山吹はまっすぐ監督のもとへ駆け寄った。

「第三セットもおれを使ってください」

次のセットに提出するメダマ（スターティング・ラインナップシート）とエンピツを手にした監

督の天安《あまやす》が顔をあげた。

「ついでにもう一つお願いします。あそこの二人を使わせてください」

直訴ついでに図々しくさらに要求し、コートの端で活発に声をだしながらアップをしている二人の一年生のほうへ目配せをする。「佐藤豊多可と荒川亜嵐？」山吹の視線をなぞった天安が二人のフルネームを口にし、

「リベロはディグで？　レセプで？」

「両方で。攻撃に繋がるワンをリベロにあげてもらわなきゃいけないのはどっちも同じでしょう。第三セットで必ずトス修正します。おれを使ってください」

「ふーむ……第三セットまるまる預ければ修正できる？」

「まるまる？」

自分から言っておいて拍子抜けしたくらいで、思わず復唱してから山吹は慌てて顔を引き締めた。

「できます」

「ＯＫ。第三セットは下げない。もし取られてもまだ１‐２だから大丈夫」

選手たちが焦燥を滲ませているのに対して天安は悠長な口ぶりでそう言った。

慧明大は歴史ある大学だが、男子バレー部は過去目立った実績があるわけではなかった。てこ入れのため大学が監督を公募し、天安が選任されたのが六、七年前だ。

天安には学生時代バレー部でプレーしていたといった経歴はないという。試合中はほかのベンチスタッフと揃いのターコイズブルーのチームポロシャツを着た姿だが、腹まわりの肉がポロシャツに段を作ってベルトの上に乗っかっている様子はスポーツマンというより接待ゴルフのサラリーマンという印象である。

生粋《きっすい》のバレー人である八重洲の堅持とは経歴も人柄の雰囲気も対照的と言えるほど違う。

しかし天安のもとでチーム作りをはじめてから慧明は年々順位をあげ、去年はとうとう関東一部タイトルと東日本タイトルを獲った。それはたしかな手腕だ。

「豊多可、亜嵐！　召喚するぞ！」

山吹が呼びつけるとディグ練をしていた豊多可、パス練をしていた亜嵐がこっちに顔を向けた。すぐに意味を悟った二人が「しゃっ！」と顔を見あわせ、はずむように駆け寄ってきた。

「ワンも下がってるから高くしろ。おれの時間稼げ」と豊多可に指示し、続いて亜嵐にも「マイナステンポになってるけど引きずられるな。ファーストテンポ保って入ってこい。とにかくこっちで一回全員の手綱を引きたい」

「合点」「承知」

二人が血気盛んに応えた。豊多可は高校のあいだに一八五センチまで伸びて山吹よりもだいぶでかくなったリベロである。亜嵐はアウトサイドから大学でミドルに転向した一九九センチ。

「フレーム小さくして速い攻撃しないともっとブロックに捕まるんじゃないか？」

と、三年の波多野《はたの》が話を耳にして口を挟んできた。マイナステンポになっているとまさに山吹が言及したミドルなので反論があるようだ。

「なに言ってんですか。ワン低くしたって意味ないです」

ちょっと苛立って山吹は言い返した。

「攻撃の余裕がなくなって逆に有害です」

断定された波多野がむっとして黙ると、同じく三年でアウトサイドのレギュラーである鳩飼《はとがい》と鶴《つる》崎《さき》が波多野に加勢するように会話に加わってきた。

「あっちにもブロックの余裕をやることになるだろ」

「ただでさえ八重洲はでかい。速い攻撃はある程度必要だ」

「〝でかさ〟の対抗策は〝速さ〟じゃありませんよ」

山吹も引き下がらない。上級生三人と意見が衝突し睨みあいになる。「あ、山吹さんキレそ……」

豊多可がこそっと亜嵐に囁いた。

剣呑《けんのん》な会話が離れた場所でドリンクをあおっていた弓掛の耳に入ったようだ。

「誠次郎。やめろ」

弓掛が表情を険しくし、ボトルを摑んだまま大股で歩み寄ってきた。

「今は言いあってる場合じゃなか――」

「でかけりゃいいだけなら牛や馬にトスあげても一緒なんですよ！」

と、山吹は突然矛先を変えて弓掛にブチ切れた。

弓掛の顔から精悍《せいかん》さが一瞬抜け落ち、びっくり顔になった。目を丸くした弓掛と鼻先を突きつけんばかりに山吹は凄みを利かせた。

「忘れてませんか――〝でかさ〟に対抗するのは〝高さ〟です。〝九州の弩弓〟が小さいバレーしてんじゃねえよ」

＊

慧明の失速に灰島は口を尖《とが》らせてぷりぷりと不満を募らせていた。もっと面白い試合になるはずだろうと、フラッグをコートに突きつけて発破《はっぱ》をかけたい気分である。

第一セットの滑りだしこそ両者凄まじい気迫でぶつかって一気にヒートアップした。しかし第二セットは途中から慧明に本来のダイナミックさが欠けてきた。

第三セットがはじまったが、まだ慧明は立てなおしに苦労している。

「コンビミス……!?」

ざわっとした空気が会場を駆け抜けた。

山吹のバックセットがあわず、弓掛が空振り――!

はっとしてボールを仰いだ弓掛の頭上をボールが虚しく横切る。プレーヤー全員が自分の行動を一瞬見失った。

間が抜けた空白後、弓掛が真っ先に反応してリカバリーしようとした。指先がボールに届いたが、軽くはじいてアンテナにあたった。

ラインズマンについている欅舎一年四人が四つのコーナーから当該のアンテナを指さし、フラッグを頭上で左右にひと振りした。風をはらんだフラッグがバッ、バッと鋭い音を発した。ジャッジをだすとバサッと大きく半円を描いてフラッグをおろし、次のプレー開始のホイッスルまで直立姿勢に戻る。大学ならではの様式美に従って同じエンドライン上のもう一方のコーナーに立つ黒羽と動作が揃った。

慧明において弓掛が占める役割は絶大だ。弓掛の調子がチーム全体に影響する。第二セット以降、弓掛の焦りに全体が引きずられてきたことを灰島は見て取っていた。

第三セットは慧明がローテをずらしてスタートしている。第二セットより二つまわして弓掛がフロントライトからのスタート。これで弓掛と破魔の前衛でのマッチアップ回数は半減する。弓掛と浅野に至ってはマッチアップするのは一回だけだ。浅野にだいぶ苦しめられていたので、弓掛をすこし楽にしないと立てなおしは難しいだろう。

ファーストタッチもやはり焦りに引きずられて前に突きだすような軌道になっていたが、このセットから豊多可がリベロに入ったことでやっと上にあがりだした。ただ山吹とスパイカーとのあいだがまだ修正されるに至っていない。

鳩飼がハードヒットできず、ぱちんと手にあてただけで八重洲側にボールが渡った。打ち損じは素人目にはスパイカーの責任に見えるが、山吹のトスが高いため短い助走で入ると届かないのだ。

八重洲側もブロックの気勢を削がれて戸惑い気味だった。

スタンドで見ている他大学の部員から「セッターどうした？」「大荒れだぞー」「スパイカー見ろー」と失笑混じりの野次が口々に飛んだ。バレーは野次が少ないスポーツだが、それでも野次が飛ぶほど山吹のトスがあっていないのだ。

野次は山吹の耳にも入っているだろうがおかまいなしに──弓掛以下ほとんどが上級生なのもおかまいなしにスパイカー陣に声を荒らげた。

「今の高さキープするからな！　そっちであわせろ！　もっと助走取れば打てんだろ！」

慧明側コートのラインズマンに立っているとはっきり聞こえるので黒羽はその暴言に怯んだ顔をしている。コートの角と角で目があうと灰島は肩をすくめてみせた。──豊多可が言ってたとおり、おれよりよっぽど強烈な逸話を持ってんだよ、あの人は。目で語る。

〝山吹伝説〟──白石台《しらいしだい》中学の二年時、山吹が当時のバレー部の三年を全員退部に追い込み、以降山吹の卒業まで監督よりも山吹が発言力を持って部を仕切っていたという話である。白石台中は灰島が二年の秋までいた銘誠《めいせい》学園中とほぼ同レベル──東京都予選を突破して関東大会で上位を狙うレベルの強豪中学だ。

第三セット一周目、山吹は独りよがりなトスをあげ続けた。

スコア上はスパイカーにエラーがつく失点が響いて八重洲に水をあけられ、慧明7－11八重洲。このセットからミドルブロッカーに投入された亜嵐が二周目に前衛にあがってきてから、灰島にも山吹の思惑が見えた。

亜嵐はミドルにコンバートして日が浅い。クイッカーとしては未熟だが、サイド時代を含めると山吹のトスを打ってきた本数は慧明のスパイカー中ダントツなので最初から息はぴったりあっている。

豊多可と亜嵐がライフラインってことか——。

面白くなるという確信に、にわかに血が騒いだ。

亜嵐はもともとサイドだ。豊多可から高いワンがあがっているあいだにアタックライン後方まで大胆に下がり、サイドばりに十分な距離を稼いで助走に入った。クイッカーの亜嵐を追い越して突っ込みそうになったサイド陣がブレーキを引かれ、自然とひと呼吸生まれた。

亜嵐のタイミングにあわせる形でレフト、ライト、バックセンターと、四枚の攻撃カードが綺麗に揃った。

灰島の脳内にアドレナリンが溢れた。「ビッグボーナス来たあ！」スタンドで聞き覚えのある白チームのアナリストのでかい声があがった。

歯を食いしばって傍目《はため》にサディスティックな高さをキープし続けていた山吹の顔にも満足げな笑みが閃《ひらめ》いた。汗が流れる頬が不敵に吊りあがった。「行くぜ！」

豊多可から山吹へと渡ったボールが鮮やかに亜嵐にあがった。リードブロックを徹底する破魔がトスを追って跳びあがったが、決まる――亜嵐のほうが打点に届くのが早い。フラッグを中腰で構えた灰島は思わず前のめりになった。

ユースの合宿では同ポジションのライバルとして黒羽といつも垂直跳びを競っていたほどの跳躍力を持つ亜嵐だ。破魔と比べればまだまだ華奢《きゃしゃ》だが、長い腕がムチのようにしなやかにしなって力強くボールを叩く。

破魔の鉄壁のブロックが通過点を塞ぐ前にかわした。山吹がキープしてきた高い打点から、破魔の真正面で――ズドンッ!!　痛快に八重洲コートを打ち抜いた。

13. SHARP TONGUE AND RIGHTEOUS

山吹誠次郎が白石台中の二年になった春、男子バレー部に新しい監督が来た。

「上下関係を作らず和気あいあいとした部にしよう！」

人好きのする笑顔で新監督は前監督の方針の一新を宣言した。前監督はひと昔前の根性論を振りかざしシゴキをよしとする人物で、部員たちは厳しく締めつけられていたので、新監督の人柄と方針転換は安堵とともに歓迎された。

練習の準備や片づけ、掃除なども一年から三年まで平等に担うことになり、常態化していた三年から下級生へのシゴキも禁止された。

部内の風通しはよくなったが不満を覚える者も中にはいた。新三年の主将になった鬼塚《おにづか》がその中心人物だった。

「新監督はぬるいよな。前川《まえかわ》先生のときのほうが厳しかったけどチームのレベルがあがってる実感はあった。仲良くなっただけで強くなれるなら苦労しない。今のやり方じゃ今年関東大会四位入り、全中《ぜんちゆう》出場の目標が達成できるとは思えない」

監督不在の時間に鬼塚が部員に向かって不満を漏らし、

「だろ、誠次郎？」

と山吹に振ってきた。山吹は二年生のリーダー格と目されていたので二年を味方につけたいがためだろうとは思ったが、山吹にも同意する部分はあった。

「……ですね。指導法は前川先生のほうがまだましだったと今にしてみれば思いますね。おれも期待外れです」

我が意を得た鬼塚が「だよなー」と相好《そうごう》を崩した。

若くて熱心な監督が来たことに山吹は最初かなり期待した。しかし仲良く、楽しくと言うばかりで理論がともなっていなかったので落胆していたのだ。小学生バレーならまだ楽しいだけでいいかもしれないが、中学バレーではもっとほかに学びたいことがある。

初期の時点では山吹は鬼塚の不満に共感していたのだった。

ところが新監督が来て一ヶ月ほど経つと部の風向きがおかしくなった。

〝今日のレシーブ練でAパス七十パーセント達成できなかった奴がいた。ペナルティで走り込み三周。二人いたから六周。明日の昼休みに一、二年全員で走れよ。三年で見張ってるからな。ちゃんとやらない奴が一人でもいたら連帯責任だからな〟

ある日の部活解散後、部の連絡用グループメッセージに鬼塚から通達が送られてきた。このグループメッセージに監督は参加していない。

山吹は同学年のチームメイト数人とともに帰る途中で、めいめいのスマホに届いたメッセージを見て眉をひそめた。

「なにこれ……。こういうの禁止されたじゃん」

「バッカじゃねえの。だいたいレシーブのペナルティがなんでランなんだよ。走ったらレシーブうまくなるのかよ。バカバカしい」

「バカって三回でたな〜誠次郎〜」

翌日の昼休みに課された走り込みに山吹は参加しなかった。

不参加者がいたということでその翌日は倍の十二周が課された。

それも無視すると、三日目にげっそりした顔の同期に懇願された。

「誠次郎……全員で走らないとずっと倍になってくから走って……頼む」

その日の一、二年全員揃っての走り込み二十四周をもって連帯責任の連鎖は断ち切れた。これで理不尽なシゴキが終わったと思ったら、ところが――。

練習の成績の悪さのみならず、集合や準備が遅い、返事の声が小さかったなどと理由をつけて三年から下級生へのペナルティは続いた。早朝、昼休み、放課後の部活解散後に監督の目の届かないところで走り込みやワンマンレシーブを強制された。監督に対しては鬼塚があくまで「自主練」だと申請していた。

略して「ワンマン」とも呼ばれるワンマンレシーブは前後左右に揺さぶって投げ込まれたり打ち込まれたりするボールを一人でレシーブし続けるという、バレーボールでは昔ながらの特訓だ。前監督の頃は白石台中でも日常的に行われていた。

自主練のきつさに（強制された自主練はもう自主練じゃねえ！）まず一年生が音《ね》をあげ、正規の放課後の部活を休む者がでてきた。するとまた連帯責任でペナルティが積みあげられた。

「どこ行くんだよ、誠次郎」

今日も自主練が課された昼休み、山吹が制服のまま廊下を歩いていると同期に見咎められた。どこか陰湿な口調に山吹は眉をひそめて振り向いた。

「今日でないわけじゃないだろうな。ちゃんとでた奴がバカ見るんだよ」

疑心暗鬼に満ちた目で同期が見つめてくる。

「……地獄じゃねえか」

腸《はらわた》が煮えくり返っていた。腹の底でマグマがぼこりと浮きあがり、それがそのまま発声されたような低い声になった。

山吹自身はシゴキには耐えられた。だが同じように三年に虐げられている同期のあいだで相互監視し、抜け駆けする者を牽制する空気が生まれていることが地獄以外のなにものでもなかった。一時期は自分も鬼塚を支持したことも今の地獄にひと役買ってしまったのかと思うと自分にも怒りがわいた。

前監督の方針がましだったなんてことはないとはっきり悟った。新監督に不満があるのは事実だが、不満の捌《は》け口で前監督のようなやり方を絶対に肯定してはならなかったと後悔した。

景星学園高校で男子バレー部の公開練習があることを知ったのはそんな頃だった。

景星学園は比較的新しい中高一貫の私立校だ。まだ二年生なので高校受験のことは具体的には考えていなかったが、都内の高校バレー部の練習を見学できるいい機会だ。後々進路を考えるにあたって参考情報の一助になると思い行ってみることにした。

ちょうど公開練習の日程内の水曜日、監督に所用があり、かわりの教諭も都合がつかなかったため部活が休みになった。ただ週末には練習試合が組まれていたので、鬼塚から「監督の都合で練習時間は減らせない」と放課後も自主練をする旨の通達がまわってきていた。

同期と後輩を犠牲にできないため自主練（いい加減このシゴキに自主練という言葉を使うのは腹立たしい）には山吹も必ず参加していたが、その日に関しては公開練習への興味が勝った。

鬼塚に練習欠席の理由を告げるメッセージはきちんと送って筋は通した。学校にも外出届を提出し、放課後白石台中を出発した。普段から電車通学だが普段乗らない路線に乗って景星学園へ赴いた。

ふうん……設備だけはよさそうだけどな……。

新築の体育館の外観にまず惹かれた。だが別に景星を第一志望にしようと思って来たわけではない。これで指導方針や練習内容が時代遅れだったら設備の持ち腐れだ。と、ついすこしはずみそうになった気分をあえて抑え、冷ややかに見極める心づもりで先へ進んだ。

持参した体育館シューズに履き替えて館内にあがるとまずエントランスがあり、「板張体育館」というプレートがついた鉄扉の脇で一人の男子生徒が学習机を置いて受付をしていた。

「白石台中、けっこう強いよね」

と、山吹が記入した学校名を見たその生徒が顔をあげて話しかけてきた。一九〇近くあるか、椅子に座っていても背が高いことがわかる。しかしひょろりとしていて頼りなさそうだ。

「来てくれたら嬉しいな」

柔らかな笑顔で誘われると悪い気はしなかった。

「一年生ですか？」

「ううん。中等部の三年です。今日は高等部の手伝い。来年来てくれたら同期になるかな」

「おれまだ二年なんで、もし入っても後輩ですね。入るかわからないですけど」

「あ、そうなんだ。しっかりしてるから三年かと思った。たぶんおれよりしっかりしてるね」

そうですね。頼りないことを自分で受け入れているその生徒に軽い苛立ちを覚えて山吹は心の中で肯定した。一個上か……人はよさそうだが、この人がすぐ上の先輩になると考えるとあまり強くなりそうなチームではない。

「外部生も内部進学生もみんな仲いいよ。上下関係も厳しくないし。面白いバレーをやろうっていうのが若槻先生の理念だから」

外部生への安心材料のつもりで言ったのだと思うが逆に山吹は一気に白け、この学校への興味が失せた。ここも「仲良く楽しく」で中身はすかすかのチームか。

見学もやめて帰ろうかとさえ思ったが、座って見ている受付の生徒がにこにこして山吹が中へ入るのを待っているので目の前で引き返すのも気が咎めた。押しが強くはないのに意外と笑顔に強制力がある な……。

景星学園は有名な強豪チームというわけではないが、予想より多くの見学者が壁際の見学スペースを埋めていた。見覚えのある都内の中学の制服やジャージもちらほらある。

練習着姿の十二人のプレーヤーがコートに散ってゲームライクの練習が行われていた。Tシャツの上から蛍光色のビブス（ゼッケン）をかぶったプレーヤーが各チームに一人ずつ入っている。リベロを区別するビブスだ。

「うらあ！」

と、蛍光イエローのビブスをつけたリベロが活きのいい気合いとともに豪快にフライングレシーブした。相手チームからのスパイクを拾って「っしゃー！」とその勢いでコートの外まで腹這いで滑り込んでいく。やるじゃん、と度胸あるフライングレシーブに山吹は感心したが、

「っしゃーじゃねえ、広基！」

と、張りのある若い男の声がそのリベロに飛んだ。

「ブロックと連係してポジショニングしてれば今のは正面で取れたやつだぞ！」

コートサイドに立つ指導者は見映えのする長身の年若の男だった。

「拾ったけんよかろうもん」

むくりと起きあがったリベロが口を尖らせた。九州のほうの言葉か……？　都外からも入学者を集めていることは調べて知ってはいたが、それにしても遠く九州から。

見学後の雑談の時間に聞いたところではこの部員は福岡から来た二年生で、ポジションはリベロではなくアウトサイドだった。景星ではスパイカーでも全員必ずリベロも経験するという。

「今おまえが突っ切ったせいでスパイカーの動線遮っただろ。バレーは一対一じゃねえんだよ。味方と敵、十二人全体の中でどうポジショニングするかだ。ボールへの反応《レスポンス》はその次の話でいい。リベロの仕事は攻撃の一本目だ。反撃の土台を作るディグをあげる意識しろ」

あ──これだ。

という感覚が、突如訪れた。

明快な言葉で〝バレーボール〟が頭に入ってくる感覚。今までも目の前で見ていた〝バレーボール〟の解像度があがって、細部がもっと見えてくるような感覚が、山吹の中でしっくり来た。

白石台中の前監督にも新監督にも抱いていた物足りなさがなんだったのかがはっきりわかった。

厳しいのはいいのだ。上に覚悟と責任感があれば上下関係もあっていいと山吹は考えている。も

ちろん仲が良いに越したことはないのでそれを否定する気もない。ただ、「中学バレーだから」と基礎のスキルを一つ一つ教え込まれてきたが、ゲーム全体の中でのそれらの意味を考えさせてくれる指導者はいなかった。

「フライングでレシーブしたらいかんってこと？」

博多弁のリベロはまだ不満そうだったが、

「ポジショニングしててもフライングしなきゃいけない場面はいくらでもあんだろ——敵のスパイカーが上だったときだ。そういうときは思う存分派手に飛び込め。フライングで拾うのがなんだかんだ一番目立てるからな」

でかい身体で床に正座し、ちょっと不貞腐《ふてくさ》れて指導者の話を聞いていた博多弁のリベロの目が、徐々に生き生きと輝いていくのが印象的だった。

「かっこいいバレーをやりたいだろ？　一番面白いバレーが一番強いバレーだ」

と指導者がにやりとした。嫌われ者と紙一重の歌舞伎者じみた人柄と大風呂敷を広げた台詞《せりふ》に、受付をしたときの冷めた気分もいつしか消し飛んで、山吹は惹きつけられたのだった。

今日はそのまま帰宅するつもりだったが、急く気持ちで電車を乗り継いで白石台中に戻ることになった。

あのゲス野郎……。車中で窓の外を睨みながら握りしめていたスマホがばきっと音を立て、ガラスフィルムがひび割れた。

山吹が戻ってくるまで一、二年の居残りワンマンを続けると鬼塚からメッセージが来たのだ。

六月の長い夕方が終わる時間になっていた。学校で決められている部活動の終了時刻はもう過ぎている。黒く沈んだ無人のグラウンドを通り過ぎて体育館にまわると鉄扉は閉じられていたが、中から漏れる黄みを帯びた灯りが長方形の扉の輪郭を縁取っていた。こもったボールの音と、複数の野次るような声が響いている。

鉄扉のたもとには十数足の外履きが乱雑に脱がれていた。山吹もそこで外履きを脱ぐと靴下でほかの外履きを踏みつけてのしのしと進み、鉄扉を引きあけた。

途端、細い光の筋が帯状に広がって溢れだした。

鬼塚をはじめとする三年が輪になって一年生一人を囲み、「根性見せろよ！」「おらおら！」などと粗暴な野次を飛ばしながらボールを打ち込んでいる。懸命にレシーブして倒れたところにまで「すぐ立てよ！」「立って動くまでノーカンだぞ！」とボールが打ち込まれる。

中心にいる一年生はすでにふらふらなので拾えるボールも拾えていない。そこへ容赦なく打ち込まれるボールが頭や背中にぶつかってあちこちに跳ねる。遠巻きに散らばった残りの下級生たちがそれを拾って三年に渡す役に甘んじている。これから自分の番が来る者は怯えに強張った顔で。順番を終えた者は虚脱した顔で。同朋が心を殺して三年のために集めたボールが一人の同朋を責めたてる。

頭の中が沸騰するような怒りで満ちて、目の前が一瞬真っ赤に染まった。

右手を横に振るって鉄扉を殴りつけ、

「鬼塚ぁッ!!」

がぃん！と激しい金属音が響いた。

景星の練習に触れてきた直後に目にした自分のチームの光景が、あまりにも、あまりにも下劣な地獄だった。胸を掻きむしりたいほどの嫌悪感が山吹を苛《さいな》んだ。

大股で中へ踏み込んで一直線に鬼塚に向かって突き進んだ。こっちを向いた鬼塚の顔は汗にまみれ、息もあがっていた。三年の人数より多い一、二年全員を相手に何百本もワンマンを続ければ打つほうだってへとへとになる。

「誠次郎……。おまえこの次入れ。三十本あがるまでな」

ぜいぜいと喘ぎながら山吹にそう言い、ボール籠の脇で蒼《あお》ざめて立っている一年に次のボールを渡すよう手振りで命じる。自分も疲労困憊《こんぱい》になりながら休まず打ち続けようとする姿は熱心といえば熱心だが、山吹に言わせればただの倒錯した情熱だった。

「これが練習試合前にやらなきゃいけないことか？　なにが目的の？　言ってみろよ」

もはやこいつに使う敬語などなかった。

バレーはネットに向きあったスポーツだ。試合中に横や背後から故意にボールが打ち込まれる状況などあり得ない。

山吹の登場に一、二年がこれで助かったと安堵した顔を一度は見せたが、

「おれのやり方が気に入らないんなら退部しろよ。ただし連帯責任でほかの全員のワンマンのノルマ倍に増やす」

という鬼塚の脅しですぐにまた顔を強張らせた。

膝に手をついてひと休みしていた一年に鬼塚が向きなおり「なに休んでる！　まだ交替じゃねえぞ！」とボールを構える。山吹がカッとなって横からそのボールをもぎ取ると、振り返った鬼塚が血走った目で喚いた。

「おれたちだって二年間やらされてきたんだ！」

ほかの三年も気色ばんで群がってきて鬼塚の加勢に加わった。四方から山吹の服を摑んでボールを奪い取ろうとしてくる。

新監督のやり方じゃぬるいなんていうのは建前だったのだ。理不尽なシゴキに二年間耐えてやっと上が抜けたと思ったら「上下関係を作らない」という監督の方針変更で最上級生の特権を剝奪され、自分たちがやられてきたことを下にやれなくなったことが結局こいつらの不満だったのだ。

「やめるのはおまえらだ！　そんな腐った根性でコートに入るんじゃねえ！」

あっちから手をださせないと駄目だ——烈火のごとき怒りに駆られながらも頭の隅にぎりぎり残った理性が警鐘を鳴らした。先に手をだしたら責任を問えなくなる——けどもう、我慢ができない。

「どこか残ってるのか？　下校時間過ぎてるぞ！」

自制心の糸がブチ切れる寸前で割り込んできたおとなの声にある意味助けられた。

巡回の教員が校舎側の出入り口に姿を見せていた。生徒たちが密集して乱闘になりかけているという事態を目にして教員が顔色を変えた。

「な、なにやってる！　バレー部か!?」


この一件は監督にもすぐに連絡が行った。そしてこの一ヶ月間、陰で行われていた三年から一、二年への連帯責任の強要がやっと監督の知るところになった。

翌日の放課後は練習のかわりに教室の一室で全員出席のミーティングが開かれた。ただし新学期の時点から一年は半分に、二年も三分の二に減っていた。

「三年生からヒアリングした。三年生も反省して、心を入れ替えてやりなおしたいと言ってるから、今日は三年生と一、二年生で話しあおう。上下関係は気にしないでお互いに思ったことを言いあって解決しよう」

「はあ?」

三年グループとは離れた席に座っていた山吹はがたんと立ちあがった。

「この期《ご》に及んで仲良く話しあいですか? 小学校の学級会じゃないんです。監督がはっきり処分してください」

「処分なんて言葉を簡単に使うものじゃない。じゃあ一、二年は三年にどうしてもらえたら許してやれるんだ?」

「気に入らなければ退部しろって言いだしたのは三年です」

「三年に退部しろっていうのか!?」

監督も、教室前方の席に固まっていた三年もにわかに狼狽《うろた》えた。まさかそこまでの話が持ちあがるとは想像してなかったとでもいうのかと、ひと晩使って多少は落ち着かせてきた怒りがその反応でまた腹の底から煮えたった。

「それは厳しすぎる。三年生にとっては最後の年なんだぞ。ついエスカレートしていった部分があったと鬼塚たちも反省してるし……」

「だいたいなんで加害者からヒアリングしといて被害者の言い分は聞かないんですか!」

監督に向かって語気を強めたとき、鬼塚をはじめとする三年一同が俯き加減に立ちあがった。山吹を除く一、二年が押し黙って見つめる教室に椅子を引く音が次々に響いた。

鬼塚が一、二年側に身体を向け、代表して口を開いた。

「おれたちも先輩にシゴかれてきたし、みんなで全中に行って卒業したい思いも強かったから、つい厳しくなって、エスカレートしていったのは本当に反省してる。でも、おれたちもあれに二年間耐えてきたんだ。今の一、二年ならおれたちがどんなにつらかったかとか、我慢してきたか、わかってくれると思う……」

そして三年一同で、

「本当にすみませんでした」

と頭を深く下げた。不貞腐れてとりあえず謝っているような態度でもなく、本心から反省していることは伝わってきた。

山吹は険しい表情のまま一、二年の様子に目を投げた。これですっきり水に流せるはずもないが、かといって突っぱねられないという、戸惑いがちな視線が交わされている。

「よし！　これでみんな気が済んだんじゃないか」

と、微妙な空気を読み取りもせず監督だけが声を明るくした。

「まだ一年間ははじまったばかりだ。腹を割って話す時間はこれからもたっぷりある。一からチームを作りなおして――」

「なに終わらせようとしてんだよ！　なにも解決してねえだろ！」

監督がたじろぐ怒声とともに山吹は机に拳を振りおろした。

「立場が弱い下に退部ちらつかせといて、自分がやめさせられそうになったら被害者面か。どこまで卑怯なんだよてめえらは」

「もういいって誠次郎。そこまで言わなくても……謝られたら許すしかないだろ……」

同期のほうからもおずおずとなだめる声があがったが、

「こっちにだって泣いてやめてった奴らがいるんだよ！　筋が通るかよ！」

正論で一喝すると、態度を軟化させたことを悔いたように一、二年がはっとなった。

「おれはなあなあで手打ちにする気はない。こいつらは部活を地獄にして、バレーを踏みにじった。あんな腐ったワンマンでコートを汚しやがって……。二度と白石台のコートは踏ませない」

俯けていた顔を鬼塚が愕然としてあげた。

「誠次郎っ……おまえにそこまで決める権限ないだろっ」

「おれたちにだってまだあと一年あるんだ。一年間もバレーできないってことになるじゃないか」

「中学最後なんだぞ、大会もでられずに終わるなんてっ……」

三年が蒼白《そうはく》になって口々に言いだした。涙目になっている者もいた。自分たちがこの事態を招いておいて、今我が身に降りかかっていることが信じられないとでもいう嘆願に山吹はわずかも心を動かされなかった。怒りに燃える瞳で三年を睨みつけていると、慈悲を請う声が絶望的にしぼんでいった。

監督も、三年も、同期や一年も、山吹の怒気に呑まれて静まり返った教室で、山吹はきっぱりと断罪した。

「心を入れ替えてバレーをやりなおしたいっていうならとめない。ただしおれたちはおまえらとはもう一緒にやれない。ここじゃない、ほかのどこかでやりなおせ」

＊

景星学園にスポーツ推薦枠で入学して再会したのが、公開練習の日に受付にいた浅野直澄だった。一年生の頃は浅野より自分のほうが実力があると山吹は自任していた。一学年上の浅野は性格的にもプレー面でも積極性が見られず向上心が低かったし、初対面の印象どおりどうにも頼りなく、はっきり言ってただ人当たりがいいだけでチョロい先輩だった。

……まったく、素質ってのは嫌になるよな。

八重洲はセッターの早乙女がセットできない状況では浅野がかわってセッターに入るという約束事があるため、ワンが乱れた状況でもコート上のメンバーがスムーズに次善の行動に移る。浅野のセットでもコンビを使えるチームなので実質ツーセッターに近い。

一九一センチの長身に加えて腕が長くリーチがあるので、シニアを含めても日本人セッターではトップクラスの高いセット位置からボールを供給する。特に前衛に〝大魔神〟が揃ったローテでは浅野が攻撃から抜けようがまだ超強力な三枚がある。

腕をすらりと伸ばしたワンハンドでふわっと浮かせたボールを神馬の右手が捉え、山吹のブロックの上から余裕で打ち込んだ。

一八〇センチの山吹では浅野のような長身セッターの利は得られない。灰島のような天才性が自分にもあるなんていう甘い夢想をしたこともない。もしバレーボールが一対一の個人戦だったら、早めに自分の素質に見切りをつけてなにか違う競技に移っていたかもしれないと思うことはある。

けれどバレーボールは一対一じゃない。

決めた神馬が後衛に下がり、浅野があがってレフトスパイカーになると慧明側でライトブロッカーを務める山吹が浅野とマッチアップせねばならない。

「亜嵐！　寄れ！」

亜嵐に声で、後ろ手でディガーにもサインで指示してブロックに跳ぶ。センターからヘルプに来た亜嵐とともにコースを狭めるが、あいたコースを浅野が巧みな打ち分けで抜いた。が、山吹は内心ほくそ笑んだ。

「来たあ！」

フロアでコース上に入っていた豊多可が吠えた。いちいち主張がうるせえよと豊多可の血の気の多さに毒づくが、ディグは会心の出来だ。しっかり両足を開いた構えで豊多可が受けたボールが高くあがった。

余裕をもってボールの下に入りながら周囲に目を走らせる。守る側になった八重洲では破魔を中心にブロッカーがバンチシフトを敷きなおす。やりにくいでしょ、と今度はブロッカーとなってまたマッチアップする浅野に皮肉をこめて目配せした。まあこっちもやりにくいけどな。

豊多可のディグからチャンスを得た慧明のトランジション・アタック、亜嵐のAクイックを使う——ボールを叩いた瞬間、鋼板のごとき破魔の手のひらに阻まれた。ボールともろともに叩き落とされたかのように亜嵐が尻もちをついた。

「うへえ、こっわ！」

「ビビって打つから捕まるんだって！　吹っ飛ばせ！」

後衛から豊多可に煩《うるさ》くけしかけられ、立ちあがった亜嵐が不満げな顔で振り返った。

「いちいち怖いんだって、〝ターミネーター〟。後ろからじゃわかんないだろ豊多可は。目の前で打ったらまじわかるって」

「そんなもん牛だと思えばいいんだよっ」

と、豊多可に言われると亜嵐が噴きだした。

二人で顔を見あわせ「牛や馬にトスあげても一緒なんだよおっ」と山吹の口真似をしてぷくくくと笑う。「そんなヒスってねえ」山吹は二人を睨む。

「牛や馬じゃないですもんね。頭使ってやってますから、おれたちは。味方と敵、十二人全体の中でどうポジショニングするかでしょ。三人がかりなら直澄さんには決めさせませんよ」

豊多可が恩師がよく言っていた台詞を使ってうそぶいた。

「わかってんなら守備の指示任せるぞ」

八重洲に点は取られたがこのサイドアウトで破魔の前衛が終わる。攻撃を組み立てる司令塔となる山吹としては一番苦しいところを越えた。ネット一枚挟んで破魔の圧と対峙せねばならない精神的プレッシャーから解放されるだけで正直だいぶ楽になる。

セットカウント1－1からの第三セット、これで慧明10－14八重洲。滑りだしの悪さで広げられた点差は依然厳しい。

破魔のサーブで崩されて慧明がレセプション・アタックを決めきれずラリーになる。八重洲側から「セッター狙え！」と声が飛び、山吹を狙って直線的なボールが突っ返された。取りづらいボールをなんとか顔の前ではじくと、

「任せろ！」

自分の出番とばかりに豊多可が嬉々として後衛から飛びだしてきた。

向こうに浅野がいるならこっちだってセッター経験者の豊多可がいる。ただしリベロにはルール上制約が課されるプレーが複数ある。フロントゾーンでのオーバーハンド・セットもその一つだ。浅野がどこでもセッターのかわりにセットできるほどの自由度はない。

が、フロントゾーンを踏む前にジャンピングオーバーセットするぶんにはこの限りではない。アタックラインの後ろから豊多可がタンッと片足踏み切りし、ジャンプセットのフォームでボールの下に入った。

コンビを使う気満々のジャンプセットだが、っておまえこのチームでコンビあわせられるのまだ亜嵐だけだろうが！　心得ている亜嵐だけは速攻に入ってくるがほかのスパイカーはハイセットにあわせる態勢で助走距離を取っている。

亜嵐をペースメーカーに使ってコート全体の手綱を引いてきた効果が表れてきた。弓掛にも本来の一番早く取って返して一番長く取る助走距離が戻っている。

八重洲側ではミドルの孫が速攻を一応警戒しつつ、サイドにハイセットがあがれば三枚ブロックに行く構えだ。自分が警戒されていないのを見て取って山吹は動いた。

キュッ……

弓掛をマークしていた浅野だけが、慧明側のシューズの音に反応した。

14. BIG SERVERS

ふいに目の前が開けたように感じた。攻撃に入るたび張りついてきて弓掛の視界を狭めていた浅野の影が消えたのだ。

「五枚！」

八重洲コートの外から太明の声が飛んだ。破魔サーブのこのラリーでは守備を指揮する太明がコートを離れている。

五人目の味方スパイカーの気配に弓掛も気づいた。弓掛と亜嵐のあいだを割るスロットから助走してきた五人目は、セッター山吹——ミドル、オポジット、アウトサイド二人による四枚攻撃を超える五枚攻撃で相手校の守備を機能不全にしてきた、〝攻撃の景星〟の必殺のオプションだ。

ブロッカーのマークが分散した一瞬の隙に空中からフロントゾーンに入った豊多可がジャンプセット。阿吽《あうん》の呼吸で踏み切った亜嵐の右手がしなってボールを捉えた。

反応が遅れた孫の上から叩き込み、破魔に食らった失点を取り返した。

「いえー！　やられたらやり返ーす！」

一年組が跳びはねて胸をぶつけあった。

「はしゃいでねえで集中！　亜嵐サーブだろ！」

「アイアイサー」

山吹に叱りつけられ、会心の仕事をして前衛を終えた亜嵐が後衛に下がる。「入ってからずっと喋ってんのな。一、二年」「まあ楽しそうなのはいいんじゃね」三年アウトサイド組の鳩飼と鶴崎が顔を見あわせた。

八重洲はデータに強いチームとはいえ、リザーブセッターの山吹のデータはまだほとんど持っていない。慧明は元来サイドが強いが、山吹が入ってミドルも多用しはじめたので試合前に八重洲の選手が頭に入れた情報はかなり狂っているはずだ。いかに八重洲のブロックが最強でも指針となる情報がなければ反応は鈍る。

ここで山吹がバックセットを使った。孫がつくのが遅れてブロックを浅野一枚に剝がし、弓掛と浅野の一対一！

最初の感触では山吹のトスは少々頑固であわせにくかったが、やりたいバレーが明確なのだとわかってきた。それを摑めると断然打ちやすくなる。信念が一本通ったような、誠実なトス筋だ。

飛んでくるトスの軌道の向こうに、浅野にずっと遮られていた八重洲コートがひらけて見えた。

視界の端から浅野の手が現れたが、

間にあわんよ、直澄！　おれのほうが高い！

速く突っ込もうが通過点が低ければ捕まっていた。だが山吹がこだわってあげ続けていた高さがあれば、ブロックが届くより先にその〝上〟から叩き込める。わずかに遅れて引っかけてきた浅野の小指と薬指の先をボールがガッと削ってはじき飛ばし、壁まで吹っ飛んでいった。


第三セットは中盤に入り、慧明13－15八重洲。追う慧明がじわりと差を詰める中、山吹に二周目のサーブがまわる。

「すっかりあったまったことだし、ここらで決めてきますか」

などと豪語して山吹がサーブに向かった。

「ここで同点！　来い来い来い来い！」

ドラムがビートを刻むような速いリズムで豊多可が手拍子を打って盛りあげる。

エンジンがかかった山吹のキレキレのサーブがきわどいコースを攻める。八重洲から「アウッ！」慧明から「イン！」と正反対のジャッジが同時にあがった。太明がぎりぎりまでボールを目で追った末に身をひねった。見送った……！　エンドラインのボーダー上でボールがワンバンして後方に吹っ飛んでいった。

ジャッジは？　中腰の構えで着弾点を凝視していたラインズマンの動作に両チームから注目が集まる。

ラインズマンがフラッグの先をラインに向けた。

イン！

「来たあーっ！」

自分が取ったサービスエースみたいに豊多可が両の拳を突きあげた。「誠次郎ー！」味方コートが歓喜にわいた。

慧明14－15八重洲。

コート内に戻っていた山吹が頬に溜めた空気をぷっと抜き、

「はん、まだ一本目。セッターは仕事の半分。サーブでも働いてこそでしょ」

とクールにキメて味方に背を向け二本目に向かう。

二本目はネットインになった。白帯《はくたい》を切り裂くほどすれすれの高さを越えようとしたボールが一瞬引っかかったが、ボール自身の攻め気が勝ったように八重洲側に飛び込んだ。

目の前にいた孫がなんとかこれを腹這いで拾う。連続サービスエースは取れなかったが八重洲の攻撃を崩し、慧明にとってはチャンスが続く。

倒れた孫の頭を越えて早乙女から浅野にトスがあがる。第三セットは浅野と弓掛が前衛どうしでマッチアップするローテはここだけだ。ここしかないマッチアップで弓掛が浅野を通すわけにはいかない。

浅野のスパイクコースを塞いでネットの上にブロックを張る。タイミングは完璧だったが、二の腕の皮膚を削ぐような切れ味のストレートが脇を抜けていった。

「ナイスキー直澄！」「よく山吹サーブ切った！」八重洲コートで称賛があがった。

やるやん、直澄。

慧明14－16八重洲。八重洲も簡単には背中を捉えさせない。

とはいえ状況に変化は起きていた。弓掛のライト、亜嵐のミドルが決まりだすと鳩飼・鶴崎のレフトやbick《ビック》にもブロックがつきにくくなり、慧明の攻撃が通りだした。

が、ブロックを抜けたスパイクを後衛で破魔がダイビングレシーブ！　海洋哺乳類が海中から躍りでたかのように二メートル近い体軀《たいく》が床上を滑空し、ごろんっと回転して素早く立ちあがるなりバックアタックで反撃にも加わる。後衛に下がってからの献身性にも瑕疵《かし》がない。

「くそっ、〝ターミネーター〟の体力無尽蔵かよ」

慧明側では追いあげきれない焦りでぼやく声があがった。

山吹のサービスエース以降は双方一点ずつサイドアウトを刻み、慧明17－18八重洲。

「篤志、いけー！」

「ナイッサ一本！」

サーブがまわってきた弓掛に「篤志！」とアップエリアから七見が手を口の脇にあててアドバイスを送ってきた。

「ライト無効化しよう！　ここで大魔神つぶすぞ！」

破魔が前衛に戻って〝大魔神〟三人が前衛に揃っている。慧明が第三セットのスタートのローテをずらしたため、弓掛のサーブが八重洲のこのローテにぶつかっている。八重洲最強の攻撃力をサーブで削り取らねば、レセプション・アタックで点を取られるのは必至だ。

ただこのローテには弱点もある。S1ローテはセッター対角のオポジットがフロントレフトにいるが、左利きの大苑はレフトから打つのが苦手なのだ。大苑をライトへまわり込ませる動線をあけてレセプション・フォーメーションが敷かれている。

八重洲ライトサイドを狙ってサーブを突っ込む。最高時速一二〇キロ以上を叩きだす弓掛のスパイクサーブが0コンマ秒でレシーバーに肉薄する。飛び込んでサーブを拾った太明が動線の邪魔になり、大苑の足がとまった。

大苑を無効化すれば八重洲の攻撃は破魔から浅野までの幅に狭まる。ブロックに行かねばならない幅が九メートルから七メートルに狭まればブロッカーにも余裕が生まれる。ブロックタッチを取ったボールを豊多可が繋ぎ、慧明に攻撃権が移った。

「バックライト！　弓掛も来るぞ！」

一転して守備にまわった八重洲側で怒鳴り声が飛び交う。弓掛がブロッカーの注意を引きつけた瞬間、ジャンプセットに入った山吹が左手をひるがえした。

すぱんっ！とその手が直接ネットの向こうにボールをはたき込んだ。

ネット際で遮ろうとした破魔を紙一重で躱《かわ》し、八重洲コートの真ん中にボールが落ちた。

「ひゅうっ、危ねっ」山吹が唇をすぼめ、「気持ちいいねこれは」と頬を流れた汗を拭いつつにやりとした。

「慧明ブレイク！」「同点！」会場が興奮でどよめいた。

慧明18－18八重洲。

いいや……。まだ同点とは言えん。追いついたって言えるんはこん次よ。

弓掛の連続サーブ二本目も大苑の動線の分断を狙う。若干軌道が曲がってライトサイドいっぱいまで逸れた。太明がサイドに身体を流してレセプションするが右膝をついた。ボールが低い軌道でコート外へはじかれ、味方がこれを繋げられない。

「来たあ！」「弓掛にもサービスエース!!」

慧明19－18八重洲。

「同点はここだ！」

拳を突きあげて弓掛は吠えた。

そしてもう一点ブレイクを重ねれば抜けだす！

「篤志ー！」「も一本！」

味方からの後押しの声に、スタンドから観客のエキサイトした声が覆いかぶさる。

「弓掛ー！」「もう一本行けーー！」「箕宿・景星タッグのドリームチームで八重洲を倒せー！」

山吹、豊多可、亜嵐がコートに入ったことで、三年前に高校の舞台で日本一を争い三大タイトルを分けあった箕宿高校と景星学園、当時の主力から四人が集ったドリームチームが観客の目の前で結成されていた。しかも戦う相手がその前年の絶対王者に君臨した北辰高校の主力に景星の浅野を加えたもう一つのドリームチームとなれば、高校からの軌跡を知る人々にはたまらないタッグマッチだ。

弓掛サーブ三本目。猛スピードで突っ込んでいくサーブが大苑をライトまでまわらせない。稀少な左利きオポジットはライト側に強力な攻撃力をもたらすが、その代償であるかのようにレフトからだと打てない左利きは意外に多く、大苑もその例に漏れない。

咆吼のごとき破魔のひと声がトスを呼び込む。早乙女の背後からCクイックに入った破魔が、左足一本で踏み切って右へ跳んだ。

「ブロード!?」

スパイクフォームのまま大柄な身体が空中を流れる。早乙女のバックセットが破魔に引き寄せられるように伸びてぴたりと追いつき、アンテナいっぱいから移動攻撃《ブロード》でDクイック！

ノーブロックで打ち込まれたスパイクに弓掛もフロアで構えたまま動けなかった。つま先数センチのところで鉄球がコンクリを穿つような音を立ててボールがバウンドし、脛《すね》の骨までびりびりと痺《しび》れた。コートサイドまで流れていった破魔が右足でキュッと着地した。

慧明19－19八重洲。弓掛のサーブ三本で八重洲が断ち切った。

「やりよる。やっぱり破魔は前におるときが一番強かぁ」

腰を落とした構えのまま弓掛はぎらぎらした目で破魔を睨んだ。鉄の色の瞳が横移動して弓掛に向けられた。肩が上下し、どっしりとして揺れることのない瞳が珍しく縦にぶれた。息が乱れている……？

前衛で誰より多くジャンプするミドルブロッカーが後衛でもディグやバックアタックに駆りだされれば、並のプレーヤーだったら消耗しないはずがないのだ。

しかしその後のラリーでも常人離れした執念でブロックしてくる。山吹が両サイドに広く振ってブロックを引き剝がしにかかる。レフトでボールを跳ね返したかと思えば、リバウンドボールを山吹がファーサイドの弓掛に飛ばすやいなやネットの向こうで破魔も足を返して猛追してくる。豊多可の言いようではないが、それこそ敵側のトスを一心に追うことだけを教え込まれた猛牛のように迫る。

〝でかさ〟には〝高さ〟で対抗する——

空中でしっかり溜めてから、ブロックの上端にボールを叩きつける！　「ふ！」と腹から気を吐いて弓掛は右腕を振り抜いた。ブロックをはじき飛ばす威力の一撃だが、破魔が硬い……！　慧明側にボールを叩き落とされた。

「くっそ、ブロックマシーンが」

山吹がネットの向こうに悪態をつきながら近づいてくると、

「キルブロックはこっちの選択ミスです」

と弓掛の被ブロックをフォローしてきた。

「二番手なんて言っとったけど、誠次郎はいいセッターやん」

こんなセッターがまだいたのかと、弓掛は驚いていた。灰島と浅野のあいだにさえいなければもっと早くから世間の目を引いたのかもしれない。

率直に称賛を口にしたが、

「わかってるでしょ。いいセッターってだけじゃぜんぜん足りないってことくらい。特にあいつと張るには」

自分の台詞で胸が疼《うず》いたように、山吹の苦笑が歪《ゆが》んだ。

「いい」選手なのは大前提で「ここ」にいるのだ。ほかの場所ならまだしも、この関東一部では「いい」だけではコートに立ち続けられないことを、「いい」選手たちは痛感して遣る方なさを胸に抱えている。

「まあお世辞でも有り難くもらっときます」

と斜に構えて肩をすくめる山吹になんだかめんどくさいスタイルの奴だなとあきれたが、それが山吹が自分に課しているスタイルなんだろう。

前衛でクイックにブロックにと暴れた破魔が次はサーバーとなる。六ローテすべてで破魔からのプレッシャーを強いられている慧明側の精神力もぎりぎりで持ちこたえている状態だ。

「一本でサーブ切ろう！」「集中！　ここ大事だぞ！」味方どうし励ます声が飛び交う。「とにかく高くあげろ！」山吹の指示がレシーバー陣に飛ぶ。中央を広く預かる豊多可が「上に！　上上上上！」と連呼する。

砲撃音が轟《とどろ》くようなサーブが左腕《さわん》から放たれた。直後、ズドンッ！

八重洲側からネットのど真ん中にボールが突っ込んだ。

慧明スパイカーの中で真っ先に攻撃態勢に入りかけた弓掛はつんのめるようにブレーキをかけた。ネット際にいた山吹が大きく波打ったネットに襲いかかられてとっさにのけぞり、踏ん張りきれずに尻もちをついた。

「サーミス！」

安堵まじりの明るい声で味方がわいた。

八重洲の変則的な後衛シフトでは破魔はサーブを終えてもバックライトに残り、バックセンターの神馬と太明が交替する。ところが交替ゾーンに立った太明が手振りで神馬をコートにとどめ、破魔を手招きした。

破魔が——退く。

太明が笑顔で破魔とタッチを交わし、ねぎらいを込めて背中を叩いてベンチへ押した。主務の裕木が破魔をベンチに座らせ、慣れた手際でドリンクを渡し水分補給を促す。

八重洲サイドの動向を弓掛は驚いて見つめていた。破魔がガス欠でコートを退く場面など、高校時代から対戦してきて一度として見たことがなかった。

スタンドの他大学部員もざわめいている。

ネット際で座り込んでいた山吹が大儀そうに立ちあがった。

「ははっ……やっと引きずり下ろしたぜ。〝ターミネーター〟だって燃料が無限のわけがねえ」

大学最強の八重洲の牙城に、慧明がとうとう亀裂を入れた。

慧明コート内で誰からともなく視線が交わされた。

「大魔神を……」

「フルメンバーの八重洲を……」

「倒せるぞ……今日こそ」

　去年は果たせずに終わった、大魔神を加えたフルメンバーの八重洲を撃破するビジョンが、仲間の脳裏にくっきりと浮かびはじめた。

「篤志……！」

　アップエリアから七見の声がクリアに響いた。コートのメンバーに向かって絶えず声援を飛ばしていたリザーブメンバーも一時静かになっていた。七見や去年の主力の四年が手前に並び、こみあげてくるものを抑え込んだような顔でただ熱い視線をこちらに送っている。ベンチでも主務と学生コーチが前のめりになって膝の上で拳を握りしめている。

「篤志」「篤志」「篤志さん」コートメンバーからも弓掛を呼ぶ声が集まった。同期の鳩飼、鶴崎、波多野。後輩の山吹、亜嵐、豊多可。

　胸の「15」の下に付されたアンダーライン。自分に託されたキャプテンマークに弓掛は右手で触れた。

　仲間の声に頷き、その思いを引き受けて、ユニフォームの腹部をぎゅっと握った。

『2.43 清陰高校男子バレー部 next 4years〈Ⅱ〉』に続く

『2.43』がもっとわかる

バレーボール初級講座

★ゲームの基本的な流れ

- サーブが打たれてから、ボールがコートに落ちたり、アウトになるまでの一連の流れを**ラリー**という。ラリーに勝ったチームに1点が入る（**ラリーポイント制**）。得点したチームが次にサーブする権利（**サーブ権**）を得る。サーブ権が移ることを**サイドアウト**という。
- 公式ルールは1セット25点先取の5セットマッチ。3セット先取したチームが勝利する。第5セットのみ15点先取になる。
- ネットの高さは男子が**2m43cm**。女子が2m24cm。

★ポジション——バレーボールには2つの「ポジション」がある

プレーヤー・ポジション＝チーム内の役割や主にプレーする位置を表すポジション

アウトサイドヒッター

フロント（前衛）レフトで主にプレーするスパイカー。後衛ではセンターからバックアタックを打つ。サーブレシーブにも参加する攻守の要。

オポジット（セッター対角）

フロント（前衛）ライトで主にプレーするスパイカー。サーブレシーブに参加しないことが多く、優先して攻撃準備に入る。特に攻撃力の高いエーススパイカーが配される。

リベロ

後衛選手とのみ交替できるレシーブのスペシャリスト。違う色のユニフォームを着る。

ミドルブロッカー

フロント（前衛）センターで主にプレーするブロックの要。攻撃ではクイックを主に打つ。

セッター

攻撃の司令塔。スパイカーの力を引きだす役割として、スパイカーとの信頼関係を築く能力も求められる。

コート・ポジション=ローテーションのルールによって定められたコート上の位置

- 各セット開始前に提出する**スターティング・ラインアップ**に従って**サーブ**順が決まる。
- アウトサイドヒッター2人、ミドルブロッカー2人、セッター／オポジットをそれぞれ「**対角**」に置くのが基本形。後衛のプレーヤーは「ブロック」「アタックラインを踏み越してスパイクを打つこと」ができない。
- サイドアウトを取ったチームは時計回りに1つ、コート・ポジションを移動する(=ローテーション)。このときフロントライトからバックライトに下がったプレーヤーがサーバーとなる。
- サーブが打たれた瞬間に、各選手がコート・ポジションどおりの前後・左右の関係を維持していなければ反則になる。サーブ直後から自由に移動してよい。
- 後衛のプレーヤーのいずれかとリベロが交替することができる。ミドルブロッカーと交替するのが一般的。

コート・ポジションと、スターティング・ラインアップの一例

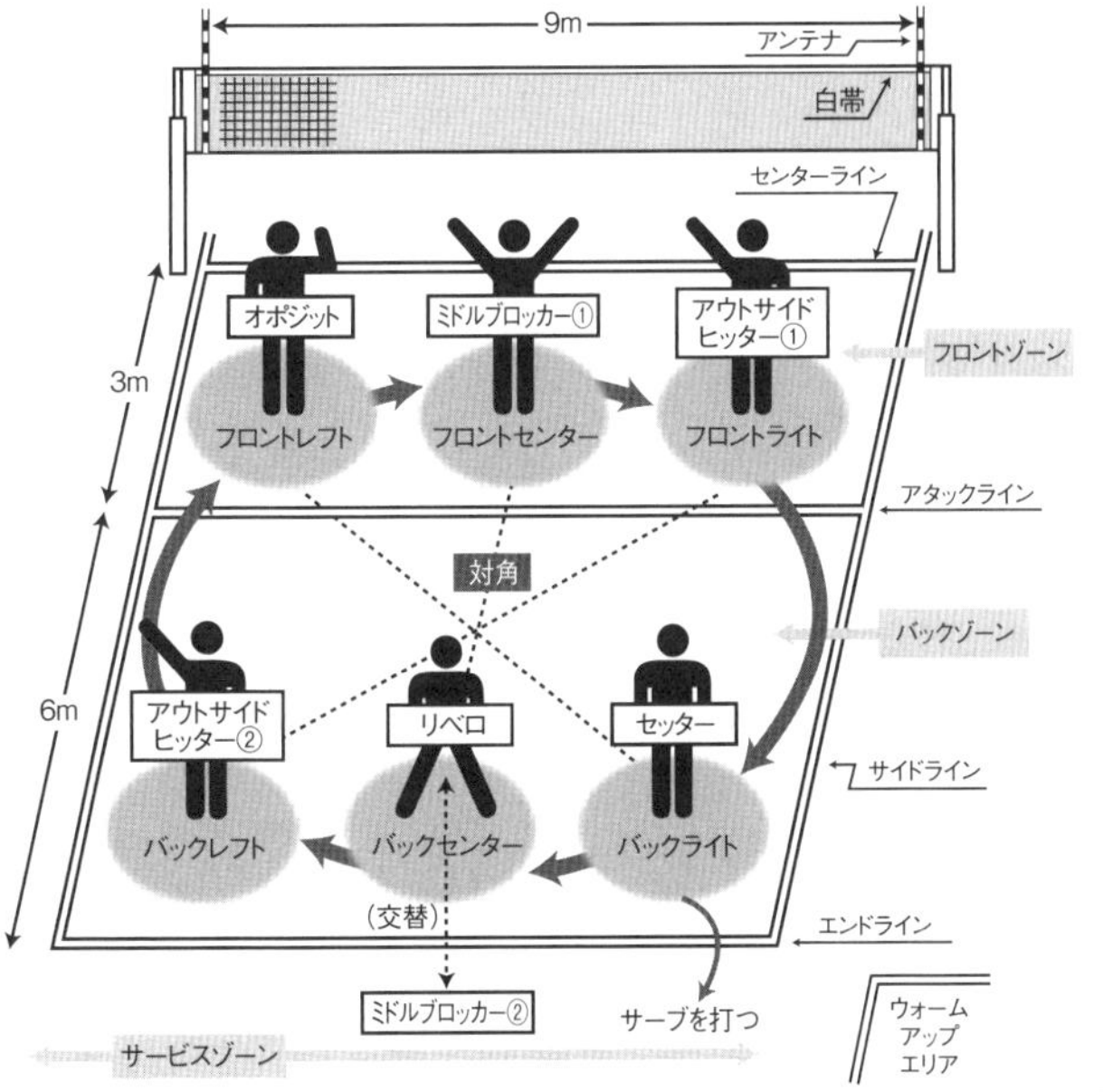

バレーボール用語集

【サイドアウト、ブレイク】
サーブレシーブ側のチームが得点し、**サーブ権**が移ることをサイドアウトという。サイドアウトを取ったチームは、ローテーションを一つ回してサーブを打つ。これに対し、サーブ側のチームが得点して連続得点となった場合をブレイクという。この場合はローテーションを回さず、同じサーバーがサーブを続行する。

【レセプション】

サーブレシーブのこと。レセプションからの攻撃を**レセプション・アタック**という。


【ディグ】

レセプション以外のレシーブのこと（**スパイクレシーブ**など）。ディグでつないだボールから攻撃することを**トランジション・アタック（ディグ・アタック）**という。


【コミットブロック、リードブロック】

反応の仕方によるブロックの分類。

コミットブロックはマークしたスパイカーに反応するブロックで、スパイカーの助走動作にあわせてブロックに跳ぶ。**マンツーマンブロック戦術**ではコミットブロックが基本となる。

リードブロックはセッターのセットに反応するブロックで、**ゾーンブロック戦術**で用いられる。セットアップの時点で攻撃の選択肢が限られる場合は、複数のブロックをそろえることが可能だが、攻撃の選択肢が多い場合は、ブロックが間にあわない可能性が高くなる。


【バンチ・シフト】

ゾーンブロック戦術において、ブロッカー3人がセンター付近に束（バンチ）になって集まるブロック陣形。ブロックとディグの連係を図ることが容易なため、トップレベルにおいては頻用される陣形である。

他には、ブロッカー3人が均等にゾーンを分担して守る**スプレッド・シフト**、左右どちらかに片寄って守る**デディケート・シフト**などがある。


【クロス、ストレート】

スパイクのコースの種類。クロスはコートを斜めに抜けるスパイク。クロスの中でもネットと平行に近いほどの鋭角なスパイクを**インナースパイク**と呼ぶ。

ストレートはサイドラインと平行にまっすぐ抜けるスパイク。**ラインショット**ともいう。


【クイック（速攻）】

セットからヒットまでの経過時間が短いスパイク。主には、前衛ミドルブロッカーがセッターに近い位置から打つスパイクを指す。

セッターとスパイカーの相対的な位置関係により、**AクイックからDクイック**に分けられる。


【バックアタック】

後衛のプレーヤーが打つスパイク。**アタックライン**より後ろで踏み切って打たなければならない。

バックセンターから打つファーストテンポのバックアタックは「**ビック（bick）**」（"back row（後衛）quick"の略）と呼ばれる。


【テンポ】

セッターのセットアップと、スパイカーが助走に入るタイミングならびに、踏み切るタイミングの関係を表す。**マイナステンポ**、**ファーストテンポ**、**セカンドテンポ**、**サードテンポ**がある。


【オープン攻撃】

前衛両サイドのスパイカーに向かって十分に高くセットし、時間的余裕を持たせて打たせるスパイク。前衛レフトから打つ場合は**レフトオープン**と呼ぶ。サードテンポのスパイクの代表。

【ブロード攻撃】
片足踏み切りで跳び、踏み切り位置から身体がネットに平行に流れながら打つスパイク。

【ダイレクトスパイク】
相手コートから飛んできたボールを直接スパイクすること。

【ツーアタック（ツー）】
ジャンプセットすると見せかけて、セッターが強打や**プッシュ**で相手コートに返球すること。セッターは自コートのレフト側を向いてセットするのが基本姿勢となるため、その姿勢を崩さずに強打を打てる左利きのセッターのほうがツーアタックに有利とされる。

【二段トス】
レシーブが大きく乱れたとき、コート後方やコート外からあがる一般的に高いトス（**ハイセット**）。セッター以外があげる場合も多い。

【ワンハンドセット】
片手でセットアップすること。特にネットを越えそうな勢いのあるボールをセットするときに使われる。

【ジャンプサーブ（スパイクサーブ）】
サービスゾーンで助走・ジャンプして、スパイク並みの威力で打つサーブ。他のサーブの種類に**ジャンプフローターサーブ**、**フローターサーブ**、**ハイブリッドサーブ**などがある。

【サービスエース】
サーブが直接得点になること。レシーブ側がボールに触れることもできずに得点になったサービスエースを**ノータッチエース**と呼ぶ。

【フライングレシーブ、ダイビングレシーブ】
空中に身を投げだしたり、床に滑り込んだりして、離れた場所のボールに飛びつくレシーブ。身体を回転させながらレシーブすることで、すぐに起きあがることを意図したプレーを**回転レシーブ**と呼ぶ。

【パンケーキ】
ボールが床に落ちる寸前に手の甲をボールの下に差し入れて、ぎりぎりで拾うレシーブ。ダイビングレシーブでよく用いられる。

【ブロックアウト】
ブロックにあたったボールがコート外に落ちること。アタック側の得点となる。

【オーバーネット】
ネットを越えて相手コートの領域にあるボールに触れる反則プレー。ただし、相手コートからの返球をブロックする際には反則にはならない。

【リバウンド】
ブロックにあたって自コートに戻ってきたボールをつなぐこと。強打すればシャットアウトされることが予想される場面で、軟打でブロックにあててリバウンドを取り、攻撃を組み立てなおす戦法もある（**リバウンド攻撃**）。

【マンツーマンブロック戦術、ゾーンブロック戦術】
マンツーマンブロックは相手のスパイカー1人に対して、ブロッカー1人が対応してブロックに跳ぶ戦術。３人以下のスパイカーしか攻撃を仕掛けてこない相手に対して主に用いられる。

ゾーンブロックは自チームの守るべきゾーンを、ブロッカー３人で分担して対応するブロック戦術。常に４人以上が攻撃を仕掛けるトップレベルのバレーボールにおいては、ゾーンブロック戦術が基本となる。

【Aパス、Bパス、Cパス、Dパス】

サーブレシーブの評価を表す。大枠の基準は、A＝セッターにぴたりと返り、すべての攻撃が使える。B＝セッターを数歩動かすが、スパイカーの選択肢が保たれるサーブレシーブ。C＝セッターを大きく動かし、スパイカーの選択肢が限定されてしまうサーブレシーブ。D＝スパイクで打ち返せず相手チームのチャンスボールになる、もしくは、直接相手コートに返ってしまうサーブレシーブ。

【ファーストタッチ、セカンドタッチ、サードタッチ】

3打（三段ともいう）以内に相手コートに返すというルールの中で、１打目、２打目、３打目にボールにさわること。

【ふかす】

打ちそこねて大きくアウトにすること。

【テイクバック】

ボールを打つために腕を前に振る準備として、腕を後ろに引くこと。

【対角】

コート・ポジションを六角形にたとえた場合に、対角線で結ばれるプレーヤーの関係のこと。対角の２人はローテーションが回っても必ず一方が前衛、一方が後衛になる。同じプレーヤー・ポジションの者を対角に配置し、前衛・後衛の戦力のバランスを取るのがローテーションの基本の組み方。

【アンテナ】

サイドラインの鉛直線上にネットに取りつけられる棒。相手コートにボールを返球する際、アンテナの外側を通ったり、アンテナにボールが触れるとアウトとみなされる。

【パッシング・ザ・センターライン】

インプレー中にセンターラインを踏み越して相手コートに侵入する反則。ただし足全体が完全に踏み越さなければ、相手のプレーを妨害しない限り反則とならない。相手コートを踏まずに**フリーゾーン**に逃げた場合も、相手のプレーを妨害しない限り反則とならない。

【イン・システム、アウト・オブ・システム】

あらかじめチーム内で共有したコンセプトに基づく組織的プレーが、高い確率で繰りだせる状況のことをイン・システムという。

現在、大学を含むトップカテゴリにおけるイン・システムとは、４人のスパイカーが万全の体勢でファーストテンポの助走動作を行うことが可能な状況を主に指す。

それに対し、レシーブが大きく乱れた場合などのように、イン・システムを確保できなくなった状況をアウト・オブ・システムという。

味方側のイン・システムを確保しつつ、相手側をアウト・オブ・システムにいかに陥れるかが、戦術上重要となる。

【スロット】

図に示すとおりコートをサイドラインに平行に1m刻みで9分割し、数字やアルファベットを用いて表すコート上の空間位置。ネットからの距離は問わない。主には、レセプションが返球される空間や、スパイカーが助走に入る位置を表すのに用いられる。

本書では、セッターが待つスロットを「スロット0」とし、自コートのレフト側に順に「スロット1、2、3、4、5」、ライト側に順に「スロットA、B、C」と呼称している。

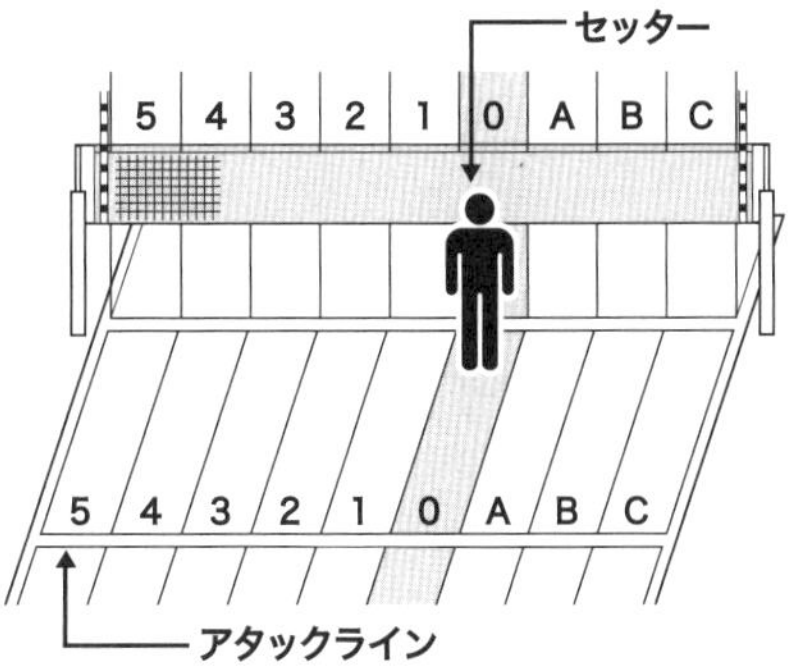

【ゾーン1、2、3…】

チームが守る9m四方のコートを均等に分割してできた各ゾーンに、数字を割り振って「ゾーン1、2、3…」と呼ぶ場合がある。

6分割する場合は、後衛ライトを1とし、図に示すとおり反時計回りでサーブ順に数字を割り振る。

9分割する場合は、前衛（2、3、4）と後衛（1、5、6）の間に、図に示すとおり7～9を割り振るのが一般的。アナリストは9分割を用いることが多い。

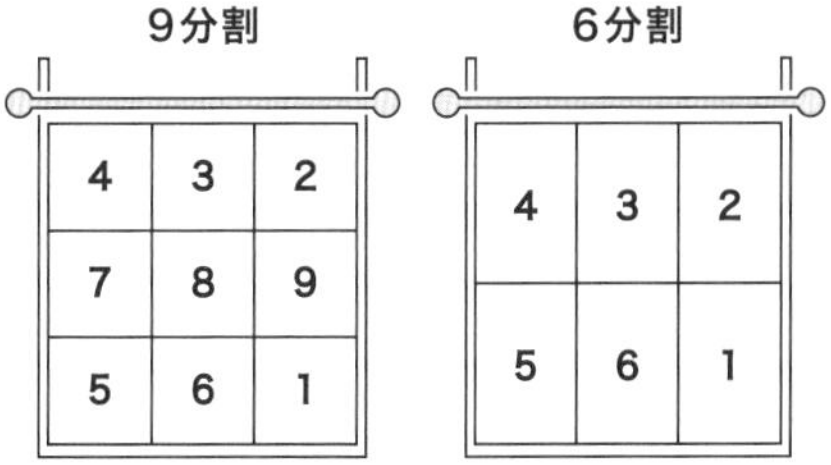

監修／渡辺寿規

［初　出］

集英社WEB文芸レンザブロー

・プロローグ　スイングバイ
2019年11月1日

・第一話　砂漠を進む英雄
2019年11月8日～2020年2月14日

集英社 文芸ステーション

・第二話　鋼と宝石
1. COLORFUL RELATION～14. BIG SERVERS
2020年10月16日～2021年1月22日

［主な参考文献］
『2019年度版　バレーボール6人制競技規則』公益財団法人日本バレーボール協会
『Volleypedia　バレーペディア［2012年改訂版］』日本バレーボール学会・編／日本文化出版

装画　山川あいじ
装丁　鈴木久美

壁井ユカコ（かべい　ゆかこ）

沖縄出身の父と北海道出身の母をもつ信州育ち、東京在住。学習院大学経済学部経営学科卒業。第9回電撃小説大賞〈大賞〉を受賞し、2003年『キーリ　死者たちは荒野に眠る』でデビュー。21年に「2.43　清陰高校男子バレー部」シリーズがTVアニメ化、『NO CALL NO LIFE』が実写映画化。『空への助走　福蜂工業高校運動部』『K -Lost Small World-』『サマーサイダー』『代々木Love&Hateパーク』「五龍世界」シリーズ等著書多数。

『2.43　清陰高校男子バレー部』特設サイト
http://243.shueisha.co.jp/

本書のご感想をお寄せください。
いただいたお便りは編集部から著者にお渡しします。
【宛先】
〒101-8050　東京都千代田区一ツ橋2-5-10
集英社文芸書編集部『2.43』係

2.43《にいてんよんさん》　清陰《せいいん》高校《こうこう》男子《だんし》バレー部《ぶ》 next《ネクスト》 4years《フォーイヤーズ》〈I〉

2023年9月10日　第1刷発行

著　者　壁井《かべい》ユカコ
発行者　樋口尚也
発行所　株式会社集英社
　　　　東京都千代田区一ツ橋2-5-10　〒101-8050
　　　　電話　【編集部】03-3230-6100
　　　　　　　【読者係】03-3230-6080
　　　　　　　【販売部】03-3230-6393（書店専用）
印刷所　大日本印刷株式会社
製本所　加藤製本株式会社

ISBN978-4-08-771841-6　C0093

集英社文庫　壁井ユカコの本

『2.43　清陰高校男子バレー部』①

東京の強豪中学バレー部でトラブルを起こした灰島は、母方の郷里・福井に転居し、幼なじみの黒羽と再会する。ほとんど活動も行われていないバレー部で、一人黙々と練習を始める灰島だが……。ずばぬけた身体能力を持つがヘタレな黒羽と、圧倒的な情熱と才能ゆえに周囲との軋轢を引き起こす問題児・灰島を中心に、田舎の弱小バレー部の闘いが始まる！

集英社文庫　壁井ユカコの本

『2.43　清陰高校男子バレー部』②

高一の夏。清陰高校男子バレー部で改めてチームメイトになった黒羽と灰島は、個性的な先輩たちと共に全国を目指し練習に明け暮れていた。一年前の一件を引きずってぎくしゃくしていた二人だが、夏合宿で互いへの信頼を取り戻す。そして、期待が高まる中で迎えた県高校秋季大会。順調に勝ち上がってゆく清陰だが、準決勝を前にまたもや事件が——。（解説／吉田大助）

集英社文庫　壁井ユカコの本

『2.43　清陰高校男子バレー部　代表決定戦編』①

万年一回戦負けの弱小チームだった清陰高校男子バレー部。だが天才セッター灰島、発展途上のエース黒羽の入部により、全国大会を目指して大きく変わり始める。一方で県内に敵なしの常勝校・福蜂工業高校のエースで主将の三村には、男子マネージャーの越智との「約束」を高校最後の全国大会で叶えねばならない理由があった。県予選を前に、両校は練習試合をすることになり⁉

『2.43　清陰高校男子バレー部　代表決定戦編』②

初の全国大会出場を目指す清陰と、エース三村にとって最後の全国大会を逃すわけにはいかない福蜂工業。予選を勝ち上がった両校は、代表決定戦を前にそれぞれ合宿を行うことに。清陰の合宿で灰島は折り合いが悪かった副主将の青木とも距離を縮め、改めてチーム一丸となって王者福蜂に挑む思いを新たにする。そして11月末、福井県代表の座をかけた直接対決の幕が上がる！（解説／須賀しのぶ）

集英社文庫　壁井ユカコの本

『空への助走　福蜂工業高校運動部』

陸上部を引退したばかりの涼佳に告白してきた、頼りない後輩の柳町。東京の大学に通う元陸上部の先輩へ届かない恋心を抱いてきた涼佳だったが、走り高跳びに打ち込む柳町の成長を見つめるうちに、少しずつ心が揺れ動き……。表題作ほか、バレー、テニス、陸上、柔道、釣り、写真、映画……それぞれの“今”に真っ直ぐ向き合う高校生たちの友情と恋、葛藤と成長がまぶしく愛おしい、青春小説集。巻末にショートストーリー「三村統の不信頼」を収録。